新力量

灵魂课

朱山坡作品

陕西出版传媒集团
太白文艺出版社

朱山坡

广西壮族自治区文学艺术界联合会用笺

作家积攒力气的方式要矫情和隐蔽得多。阅读、思考、观察、争论、情怀、与虚无的抗争、对世俗的质疑、精神病一样对一切存在的东西进行永无休止的探究和追问，在这过程中，作家像蚂蚁储备过冬的食物一样积攒自己的力量。我不害怕自己从少年变成了中年，又从中年步入老年，而是害怕我无法积攒足够多的力气去完成下一篇小说。

朱山坡

目录

爸爸，我们去哪里

惠江有多长，船就走了多久。阳光烫热，船如蒸笼。整个上午，父亲都没说一句话。我们和那些陌生人挤在黑色的船篷里，父亲像他们那样赤裸着上身，局促地坐在一个哺乳的女人身边。汗臭比奶味更浓，船比流水更慢。船客靠轮流抽着水烟和说些不痛不痒的絮话打发时光。那个女人低着头，并不说话，像父亲一样，只是她的样子出奇地安静和从容，仿佛身边的男人并不存在，甚至这条船也并不存在。船过了一个又一个的码头，乘客离开了一个又一个，最后只剩下我们父子和那个女人，我这才仔细地端详起她来。

女人矮小丰满，面容姣好，短发，花格薄衬衣，怀里的孩子看上去约莫只有一岁多点，胎毛还没有脱干净，瘦瘦的，脸色有点蜡黄，好像永远也吃不饱，小嘴一直要吮着母亲的乳房，一会儿左边，一会儿右边，始终有一只洁白的乳房半裸在我们面前。孩子睡着了，女人也在打盹，粉红的奶头挣脱了孩子的嘴，涓细的乳汁顺着他的脸流下来，白色的，除了招来几只苍蝇，还加剧了我的饥饿，我从袋子里掏出一只南瓜饼，独自啃起来。船老大焦虑地立在船头远远地看着江面，他似乎比我更希望早点到达终点。

可是，终点在哪里？父亲没有告诉过我。昨晚他只跟我说，明天我们出门一趟。我很久没有出过门了，甚至从没离开过村子。我们离开村子，在黄石码头上了船。离开码头的时候，浓雾封锁了江面，看不到两岸的芦苇、野花，甚至看不到坐在对面的父亲的脸，我们仿佛是在漫长的黑夜里航行。

惠江那么长，它肯定是通往世界的尽头。

“爸爸，我们去哪里？”我终于鼓起勇气再次问父亲，我们已经走了很长的路，我甚至担心因离家太远而回不去。

父亲阴着脸，不说话。他依然坐在女人旁边，尽管船篷已经宽敞得可以让他像在家里一样躺下来。但他一动不动，也从没有正眼看一下女人，仿佛她并不存在，但我看得出来，他早就想跟女人搭讪。我的母亲在我不到一岁的时候已经离开了人世，我一直在想象她的形象，那样子，应该跟眼前这个女人差不多，抱着我，把湿润的奶头送到我的嘴里。女人察觉到了我对她乳房的凝神，抬头看了我一眼，还笑了笑。我赶紧低头要啃南瓜饼，可是南瓜饼早已经吃完。我吮了吮手指上的南瓜味。

“你们去哪里？”女人问我，并瞧了一眼父亲。

这个问题本该由父亲回答，但他依然一言不发。

“不知道。”我摇摇头。

我记得女人是从一个叫旧津的码头上船的，一手抱着孩子，一手拎着一只饱满的布包，慌乱得像逃亡，从码头的台阶上匆匆跑下来，不顾一切地跳到船上，如果不是父亲本能地拉了一把，她也许会掉到江水里去。她也没有对父亲说一句多余的话，径直坐到船篷里大口地喘气，然后把衣服掀起，准确而及时地把奶头送到一个哭泣的嘴里。

“你们是白沙镇的吧？”女人问。

“不是，青梅镇的。”我胆怯地纠正。

“你们走了很长的路了，惠江被你们走了一半。”女人轻轻地笑了笑。那时候我还不懂惠江的上游以上就不叫惠江而叫湛水了。

“我们很快要到了。”父亲终于开口说话了。

“你们是走亲戚吗？”女人说。

“不是，出了青梅镇，我们就没有亲戚了。”父亲说。

“孩子从没见过他爸，我带着他去看看他爸。”女人平静地说，摸了摸孩子的额头，“他还不知道爸爸到底长得什么样。”

“现在我也有一个兄长在城里，他当过官的。在我们青梅镇，他的官职最大，我们要去看看他，每次看他，他总会送给我很多粮票和糖。”这是父亲唯一可以在女人面前炫耀的东西了。我是有这样的一个伯父，但早已经被抓起来了，在青梅镇，父亲羞于提起他，早已经与他划清界限。

“我丈夫没当过官，他是读书人，写过很多文章。我没认得几个字，可是他从不嫌弃我。”女人说到她丈夫的时候脸上的幸福喷薄而出，“我也是第一次乘船去看他。平时他不让我乘船的，江风大，我会晕船，幸好，这一次我没有晕船，孩子也没有晕船。这船开得真稳。”

女人脸上洋溢着自豪的光彩，好像整个世界都属于她似的，她直了直身子，怀里的孩子醒了。她本来已经把乳房藏了起来，孩子哭了几声，只好又把一只乳头塞进孩子的嘴里。我的肚子更饿了，可是袋子里没有了南瓜饼。女人大概也饿了，脸上露出疲惫和菜色。

“我送你几斤粮票吧。”父亲从口袋里掏出两张粮票，这是我们此行的口粮，父亲却要将它送人了。

“你为什么要送我粮票？”女人警惕地说，“我不需要粮票。”

父亲嘴拙，要化解误会："粮票……我兄长那里还有，等我见到他，他还会送给我的。他用不完。"

父亲撒谎了。伯父很久没给我们粮票了，因为没有人给他发放粮票了。这几斤粮票被父亲压在箱底，一直舍不得拿出来。幸好，女人婉拒了父亲的慷慨："我家里还有口粮——我丈夫从不允许我拿别人的东西，你不明白的，他是一个读书人。"父亲拿着粮票的手停在空中，像一只收不回来的翅膀。这是父亲一生中遇到的少有的尴尬时刻。

船老大回头对我们说，船要靠岸了。

船到了终点站，城南码头。偌大的码头也没有几条船，却有几个男人慵懒地坐在扁担上犯困。女人也跟着我们下了船，依然是一只手抱着孩子，一只手拎着布包，布包不时从手臂上滑下来。女人却走得很匆忙，像刚刚上船时的样子，但比上船的时候从容得多，好像到家了一样。

"她真是一个不知廉耻的女人——你妈妈跟她不一样，你妈妈从不在别的男人面前喂奶——只有母狗才让自己的乳房露出来让所有的人看！"父亲低声地诋毁女人，"她，那样子，一阵风能把她吹过几个山头，她能干什么活？一个女人干不了活像什么女人？你妈妈比她高大，比她有力气，比她懂事，什么活都能干，关键是你妈妈从不稀罕什么读书人……"

父亲悻悻地穿上了上衣，敞开着黝黑的胸脯，领着我亦步亦趋地跟随在女人的身后，爬上高高的撒满落叶的台阶。从背后看去，女人显得越加瘦小，像一只青蛙爬天梯，更醒目的是，她的左腿竟是瘸的，比右腿更长一些，因此她得拖着左腿走路。我瞬间觉得她的左腿是多余的，没有它也许能走得更快更稳一些。父亲似乎动了恻隐之心，几次靠近她，但不知道应该为她做点什么。

终于走到了码头台阶的尽头。抬眼四望，呈现在我面前的是低矮的楼房和破旧的街道，还有三条通往不同方向的路，每条路都铺满了金黄的银杏叶，踏上去沙沙地响。女人选择了向东，走上了这条杏树荫下的便道。父亲犹豫不决，看了看我，似乎要听我的建议。但我对此地一无所知。如果他不告诉我，我还不知道这是镜县县城。

“爸爸，我们去哪里？”

父亲想了想，往东。我跟在父亲身后，把树叶踩踏得沙沙地响。父亲加快了脚步，因为女人已经走出很远，还往北拐弯，消失在我们的视线里。

我们为什么要跟着女人走呢？我心里想。父亲没有给我解释。街道上的行人和车辆都很稀少，县城萧条得像假期中的学校。我们随着女人穿过了好几条便道和街道，父亲突然对自己产生了怀疑，他肯定是有目的地的，但迷茫了。在电影院门前，父亲放缓了脚步，并终于放下架子走到一间杂货店问路。但他被指点迷津的人弄糊涂了，似懂非懂地往前走。

我们在机械厂附近跟丢了女人。她也许从自行车零件厂的侧边小路走了，也许穿过了农贸市场，还可能径直走进了锯木场，反正我们看不见她了。父亲一下子迷了路似的，茫然四顾，最后往西，越过铁路，穿过一条黑暗而肮脏的涵洞，然后走过一片油菜地，我们终于看到了一堵长长的爬满青藤的围墙。围墙内，高大的梧桐树和银杏树遮掩了那些低矮的楼房。

父亲领着我绕着围墙走了很长的一圈，才找到入口。

这是镜县氮肥厂。虽然是午休时间，但还有很多人走动，令人惊惧的是停满了军车和警车。氮肥厂的大门对任何人开放，但里面的气氛让人窒息。

我害怕。看得出来，父亲也害怕，他刻意躲闪着，像一只害怕被逮住的兔子。

“爸爸，我们去哪里？”这是由恐惧带来的本能的提问，并没有实质性意义。

父亲瞪了我一眼，小心地绕过军警，来到一座大屋子旁边。

这是一所工人食堂。砖瓦平房，高高的烟囱，四周长满了杂草，地沟里散发着恶臭。食堂被锈迹斑斑的铁门关得死死的，看不见里面。门口站着两个穷凶极恶的军警，握着长枪，枪上了刺刀，没有人敢靠近他们。但除了门口，周边的戒备就没那么森严，只有几个军警在闲巡。食堂的背后只有一个窗户，窗台很高，离地面差不多有两个人那么高。窗户下面围着很多要往食堂里偷看的人，里面肯定有值得一看的东西，他们拼命地踮起脚，把脖子伸得老长也够不着，但有一个强壮的男人甘当人梯，半蹲着，让别人踩在自己肩膀上透过狭窄的窗户往里面看个究竟。军警对此熟视无睹，懒得去驱散，也许是，军警就是故意让他们偷看的。父亲狡猾地藏匿在那些人中间，羡慕地看着那些从别人肩膀上下来的人，听他们描述所看到的一切。

“他们吃得太丰盛了，我一辈子也没吃过那么好的东西！”那些人由衷地赞叹道，“红烧肉、牛肉、鸡腿、排骨汤、木耳炒猪肚，好几大盘，还有高粱烧酒，他们敞开肚皮吃，狼吞虎咽，这样吃法，不用枪毙，自己也得撑死——话说回来，换了我，我也要往死里吃。”说话的人口水横飞，溅到了父亲的脸上，那人对父亲说：“我看你的肚皮瘪成那样，就知道你这辈子肯定没吃过那么好的东西，不信你上去瞧瞧。”

父亲谦让着，并不急于爬到别人的肩膀上，因为需要排队，排队的人手里抓着五毛钱的纸币，像去戏院看戏一样，得向借你肩膀用的人交纳费用。父亲似乎还没有想清楚到底要不要花掉五毛钱。

借人肩膀的那个男人确实健壮，赤裸着上身，肌肉一块一块地横着，肩膀结实得像码头的水泥台阶，但经过那么多人的踩踏，两边肩膀红肿了，皮也破了，浑身是汗珠，两只抓着钞票的手颤抖地撑着膝盖，咬着牙根，顽强地支撑着肥瘦不等的看客，嘴里还一二三四五地数着时间，数到二十，肩头上的人便得下来，换第二个上去。

我在人丛中看到了那个女人。一只手拎着布包，一只手抱着孩子。孩子的哭声引起了人们的注意，父亲也看到了女人在队伍的后面。她试图从衣袋里摸出五毛钱，但努力了很久，摸出来的依然只是粗纸和一条花白色手帕。

“我明明还有五毛钱的，那是我留给自己乘船回家的费用。可是怎么也找不着了。”女人又慌又急地说。

有些人浅薄地哄笑。父亲从队伍里走出来，对女人说，不用着急，你再找找。

女人把布包里的东西全翻出来，除了孩子的尿布，什么也没有。

“他们快不得吃了！墙上的钟已经快到下午一点了，没吃够的，就等到了阎王那里再讨个饱。”又一个从肩膀上下来的人向排着长队的人通报情况，引起一阵骚动，队伍一下子就乱了，他们争先恐后地拥到了窗口下，要抢先踩到壮汉的肩膀上。

“别乱，一个一个来，这次看不上，还有下次，反正每年总会有死刑犯在这里吃最后的午餐。”壮汉先是劝慰，然后一声断喝，“如果要乱，我一个也不给你们看了——乱什么！那些被枪毙的也得排队，想死也得有先后！”

人群安静下来，又恢复了秩序。父亲悄悄地塞给女人五毛钱。女人要推辞，父亲瞪了瞪眼，女人只好作罢。

壮汉承受不了那么多的人对他的踩踏，但他不容忍别人来抢他的生意，喝退了几个试图取代他的人。他累得鼻子流血了，也不愿意让出岗位。

轮到父亲了。父亲迟疑了一会儿，向排在后面的女人招招手，示意她过来。

“我不看了，我把我的位置让给她。”父亲对那些排队排得不耐烦的人说，“她是女人，让女人先看。”

女人走过来了，递给壮汉五毛钱。

但壮汉并没有收女人的钱：“我从不让女人跨在我的头上，我不想倒霉一辈子的。”

女人哀求说，你行行好，就一次……

身后的男人笑问她，你一个女人也敢看这些马上就要上刑场的人？

女人平静地回答说，我丈夫在里面，我看他吃得好不好，是不是瘦了，我的孩子也要看看爸爸……

女人抱着孩子。孩子没有哭，只是看上去像他母亲一样挺焦急的。他们愕然，不再说话。壮汉犹豫不决，父亲往他的手里塞了几张粮票，壮汉才说服了自己，突然变得温顺敦厚，将身子俯得更低，几乎是趴在地上，嘴巴要磕着泥巴了，目的是让女人更容易一点踩到他的肩膀上去。

女人依然一手抱着孩子，一手拎着布包，布包本来可以让父亲代劳拎一会儿的，但她不愿意。她拎包的手扶着墙壁，另一只手顾着孩子，吃力而小心谨慎地试探着，先是左脚踩上去，可是她的左脚是瘸的，一点力也没有，只好换右脚，一换右脚，身体便失去了平衡，整个人要倒下来，因此她的右脚根本就不敢离开地面。壮汉催促她，大伙鼓励、催促她，可是她的右脚还是不敢踏上去，急得满头是汗。僵持了好一会儿，大伙觉得没有办法了，嚷着让她靠边站去。

“你们没看见她是个瘸子！”父亲厉声呵道。喧闹的人顿时安静下来。我不知道向来怯懦的父亲哪里来的勇气，竟敢在陌生人面前横刀立马。

女人哭了。没有哭的声音，只是黯然流泪。

此时父亲果敢地站到壮汉的身边，一下子蹲在女人的面前，对女人说：你趴到我的背上！女人迟疑了一下，终于明白了，一手抱着孩子，另一只手搂着父亲的脖子，她趴到父亲的背上去了，双腿紧紧地夹着父亲，父亲的脖子被她的手勒得死死的，青筋突出，右臂和脖子间那条深藏多年的刀疤突然变得明亮耀眼。父亲双手扶墙，踩着壮汉的双肩，缓缓地往窗口上送。

众人屏气凝神，盯着女人，生怕女人或她的孩子从父亲的背上掉下来，有几个男人围到了壮汉的身边，随时做好不测的准备，而我，紧紧地抓住女人给我保管的布包。

女人终于到达了窗口。应该说是父亲首先到达窗口，但他没有往里面看，而是继续向上，让女人的头正对着窗口，他的脸扣在墙壁上。女人往食堂里眺望了一下，赶紧把孩子举起来，让他的眼睛对着食堂里面，然后兴奋而迫不及待地告诉他：“第三张桌子，坐在左边第二个，瘦瘦的，戴着眼镜、围着围巾、碗里堆满了红烧肉的那个就是爸爸——你看，爸爸吃饭的时候也像个读书人……”她反复地指点给孩子，可是孩子根本就没往里面看，他显然是受了惊吓，只顾着哭，挣扎着要回到母亲的怀里。

孩子根本就没有看到自己的父亲，女人大失所望，对我父亲说，算了，下来吧。父亲缓缓地下来的时候往窗口里看了一眼，怔了怔，然后怏怏地从壮汉的肩膀上下来。

女人从父亲的身上下来，整理了衣容，忙给孩子喂奶。就在她喂奶的时候，她从孩子的衣服里找到了五毛钱，交给我父亲：“这是还给你。”父亲坚拒不受，女人就给了壮汉：“我们母子两个人借用了你的肩膀，理应给你两份钱——我丈夫也会这样做，他从不占别人的便宜——他是一个读书人。”壮汉犹豫了一下，收下了。父亲有些不满，让我顺势趴到了壮汉的肩膀上：“你让他也看看吧，他也是一个孩子。”壮汉知道自己多收了钱理亏，只好满足父亲的要求。我踩到了壮汉的肩头上。此时警笛骤然响起，我反而镇静了。我也抵达了窗口，极力往食堂里眺望，可是里面什么人也没有了，我只看到杯盘狼藉。

“看到了吗？站着吃饭的那个就是你伯父。他的胡子比头发还长，脸上满是伤痕，他饭吃得最慢，慢吞吞的——一辈子都改不掉的坏习惯。”父亲在下面大声地说。父亲只有一个兄弟，我只有一个大伯，可是我从没见过他。我想了想，告诉父亲：我看见他了，但他吃得像别人一样快，夹到自己碗里的肉跟别人一样多……警笛往外响去，窗底下的长队突然明白了什么，一哄而散：“他们被押赴刑场了！”壮汉猛地将我放下来，跟随着众人飞快地绕到食堂门口，他们来不及看囚车上的犯人，鱼贯而入，抢夺食堂里的剩饭剩菜，一边狼吞虎咽，一边往袋子里塞，场面混乱，争执四起。父亲拖着我，机敏地争抢着红烧肉，一边大把大把地往嘴里送，一边低吼地责怪我吃得太慢，痛斥我馋吃那些不值钱的豆腐……当戴着红袖章的人拿着木棍来驱逐我们的时候，我已经吃撑了，不停地打着饱嗝。父亲的手抓着肉，在红袖章的斥责中拉着我逃出食堂，往警车那边跑。

可是警车已经走远了。警车的身后也没有几个人跟着。但有一个人不舍不弃地追着警车，尽管她已经离远去的警车有一里之遥。她的孩子凄厉地哭着，她的头发被风吹乱了，她的身影被淹没在飞扬的尘土中。

警车将我们抛弃了，它们奔赴另一个世界去了。

离开氮肥厂，我们迷路了似的，不知道往哪里去。父亲带着我穿过锯木场后，向工人文化宫方向走去，我们在百货大楼前小坐了一会儿，父亲也开始夸张地打着饱嗝，满脸油光的脸沾满了尘埃，张开嘴巴时牙缝里满是肉屑。镜县县城肯定不是我们待的地方，父亲又要出发了，但他没有带我离开的意思，只是漫无目标地闲逛，东张西望。他迷惘了。

"爸爸，我们去哪里？"我依然不知道父亲要将我带向何处。他从来没告诉过我下一步应该要做什么。他就像一个没有预见的皇帝。

父亲依然没有回答我的提问。也许他也不知道答案。已经是黄昏了，我们应该待在城里，还是回家去，总得有个决定。可是父亲一直在东张西望，我才突然明白，他在寻找那个女人。

"我们和她素不相识，为什么要找她啊？"我对父亲的不可理喻第一次流露出不满。

"她是你妈妈！"父亲不耐烦地吼叫着说。

父亲吃得太多了，兴许他还喝了酒，神经错乱，语无伦次了。

现在，我和疯子父亲流落在镜县的街头，需要一个好心的人来将我们收留或带我们回家。但我们身无分文，连粮票也没有了。

估计那个瘦弱的女人也像我们一样，身上没有了回家的钱，尽管一张回家的船票只需要五毛。可是，她怎么会是我的妈妈？但父亲的神态凶狠得容不得我辩驳。我只能呆头呆脑地跟随着他，并且决定从此以后不再问他我们要去哪里。

"你没看见她一整天没吃饭了？你没看见她的孩子病了？"父亲回头大声地斥责我，"你没看见她的左腿瘸成那样……"

我全看到了，一辈子也忘记不了。可是她不是我妈妈。

父亲说："我们得把她带回家去……"

我感到震惊。原来父亲心里想得那么多那么繁杂。

我开始试图理解父亲，跟随着他到处寻找那个不辞而别的女人，好像她真的是我死去多年的妈妈一样。我们在镜县的街头旁若无人地迎着晚风狂奔，落叶在我们的脚下飞舞，它们有时绊住了我们的脚，有时遮挡了我们的眼睛，但无法阻挡我们狂乱的脚步。我们争相展示着各自健壮、随时准备承担责任的双腿。我们父子从没如此亲密，从没如此像一对父子，我们互相鼓励着，狠狠地使着劲，跑得铿锵有力，要让整个县城都能听到我们的声音。

我们在城南码头看到了那个女人。是我首先看到的，我告诉父亲，我们猜得没错，她在镜县城里也没有亲戚，她得赶回家去。父亲眼前一亮，透过如烟的暮色，看到女人抱着孩子，挎着布包，正急匆匆地走下码头的台阶，一瘸一拐的，踩着厚厚的黄叶，跌跌撞撞地走上了船。隔着那么高的台阶，父亲碍着面子，不敢追喊女人。他装作从容、若无其事的样子，不紧不慢地走下台阶。可是，令他暴跳如雷的是，船竟然在我们离它还有十八级台阶的时候离开了岸，驶入了江中。

从码头那块并不显眼的告示牌上得知，这是今天最后一趟离岸的船了。码头上已经没有船，世界孤寂得像死了一样。

父亲终于忍受不住，望着江水，大声地呼喊。然而，船没再回头，且离我们越来越远。父亲转而恶毒地谩骂船家，但他的谩骂声被轻易地吹散在风中。

最后，父亲累了，泄气了，安静了。偌大的码头，静悄悄的，只有我们父子孤零零地站在暮色里，像两只无家可归的江鸟。

“儿子，我们去哪里？”父亲忽然问我。

面对突如其来的提问，我无从回答，茫然四顾。沉重的江面开始缓缓下沉，越来越低，越来越低……奔腾而至的夜色很快便要把我和父亲一并淹没，谁也将看不到我们，我和父亲也将看不到对方。

2011年4月3日

骑手的最后一战

父亲骑着马追随火车消失在漫长而黑暗的隧道里,再也没有回来。

这是他弥留之际的最后时刻,饱含着激情、隐喻和诗意。很久以前我便告诉他,铁路经过了家乡,隧道从雄壮的槐山底部穿过,一眼望不到尽头。父亲对此充满了向往,回家那天,我、哥哥和妹妹挟扶着他从火车上下来,然后从镇上租了一辆微型面包车把他送回到了家。哥哥把他从面包车上背下来,让他坐在轮椅上,好一会儿,他耷拉着的头才缓缓地抬起来。

"这就是槐庄呀。"看着到处的残墙断壁和破破烂烂的瓦房,父亲仿佛不相信自己已经回到了老家。当然,他已经十二年甚至更久没回来了。

这是旧槐庄。母亲说,只有我们家还住在这里,其他的人都搬到那边去了。母亲说的那边,是指离此几里外的渡口。自从火车从槐庄中间经过,噪声便将乡亲们赶跑了。火车从遥远的北面呼啸而来,村庄便处在惊惶的地动山摇之中,连狗都抱头鼠窜。那些没有拆除的破房子空无一人,比时间还荒芜。

母亲将一条蓝色的毛毯盖到父亲的腿上，然后和哥哥一起将他推进了屋。

黄昏的屋子有点暗了。这是一座普通的院子，中间一排瓦房，两侧各有两间附属房，前面一堵围墙，围墙外是荒废的庄稼地。院子里长满了青草。屋顶上的狗尾草也在迎风飘扬。屋子里有点凌乱，主要是因为堆放皮革的缘故。母亲靠着给皮革厂针织手套赚钱，她早已经拒绝我们的接济，能自给自足了，甚至还经常询问我们兄妹有没有经济上的困难。母亲已经六十岁了，比父亲小九岁。

我们抬头，便看到对面的一条明亮的铁轨和铁轨下面铺满石子的路基，还有沿着铁轨延伸的笔直整齐的澳大利亚桉树。村前原来有一条河，河水泛滥时整个槐庄及附近的农田都成为泽国，现在河不见了，农田也支零破碎，没有了茂密的蕉林，与许多记忆一样，被黑洞吞噬了，因此我对这里感到了陌生和孤独。

妹妹的智力并不好，因为她猜不出父亲到底还能活多久，甚至不知道我们家还有这座房子，尽管她也出生在这里，童年的时候掉到塘里差点淹死。因此，她充满了好奇，除了四处张望，还兴致勃勃地动手拔除院子里的杂草。哥哥首先听到了马的响声，我也闻到了马的气味。

妈妈你没告诉过我家里有一匹马。哥哥说。马在右边尽头的一间房里。这是一间后来加堆上去的房子，原来是一间柴房，也养过猪。现在一匹又老又瘦的马住在这里。它不断地用舌头舔着嘴唇上的两三个疮，身上长满了癞，苍蝇肆无忌惮地在它的身上安营扎寨，强盗一般吸着这具干瘪的肌体。妹妹说，妈妈，这匹马快死了。

“是我从一个屠户手上买回来的。眼看它就要挨刀子了。”母亲欣慰地说，“我也不知道买它回来干什么，它身上没有干活的力气，但我还得天天伺候它，唠叨它。”

“是一匹公马。”妹妹兴奋地叫着。

“是的，”母亲说，“三年了，算是奇迹。”

看上去母亲比这匹马还要苍老得多。从城里回来后，母亲已经在乡下生活十二年了，正好跟父亲在狱里的时间一样长。

“让我看看。”父亲在屋子里喊。

父亲是想看马。母亲生疏地走近父亲，抓住轮椅，试图推动它，但她推不动。我跑过来帮忙。

“让我再试试。”母亲轻轻地推开我的手。

母亲憋足了气，手腕上的青筋像脸上的皱纹一样争先恐后地跳出来，她的右腿顶住地上的一个泥坑，咬紧牙关，使尽了力气，轮椅终于动了。

那匹马将嘴伸向父亲。父亲本能地往后退了退，然后才缓缓地抬起右手，抚摸了一下马的嘴巴。

“这是我的马，老朋友又重逢了。”父亲说。他试着从轮椅上站起来，我和哥哥想帮他，被母亲制止了。

父亲努力了几次，终于依靠双手的支撑，颤巍巍地站住了。看得出来，他的内心有一匹马在奔腾。

“你本来就应该站起来的。”母亲说。这是十二年甚至更长时间以后母亲第一次跟父亲说话。我们都不适应这种状况了。父亲也不知所措，双腿挺起来，双手离开了轮椅，沿着走廊往前走了两三步，在走廊的尽头停下来。这是半年多来父亲第一次离开轮椅行走。

父亲只是虚弱。他做了第三次化疗。肺部出了问题，他却提前获得了自由。

“幸好得了肺癌。”父亲对我们说。

他甚至不愿意继续待在医院里了。与其被医院医死，倒不如回到老家等死。那么多年了，自从母亲离开他回到这里，父亲就再也没有回过。几乎已经忘记这里是他的老家，十九岁前他仍在这里种地，因为懒惰和不谙农活被祖父骂得狗血喷头。

父亲不知道怎样回答母亲。她与父亲已经没有感情。他伤透了她的心。他们离婚好多年了。他们早已经形同陌路。顺便要说的是，父亲的第二个妻子在父亲入狱的第二年便去向不明，有人说去了北京，也有人在成都见过她。她与我们已经毫无瓜葛。

父亲往走廊的尽头望去，努力寻找昔日的熟悉的东西。

走廊的尽头是一畦荒地。荒地之外是一片废墟，堆放着杂乱的腐梁和瓦砾，一只鸟巢筑在两棵橄榄树中间的枇杷树上。

“好大的废墟。”父亲说。

妹妹在给马喂草。母亲面无表情，随时准备扶住摇摇欲坠的父亲。

暮色骤降。突然一阵急促而巨大的呼啸声往背面扑来，父亲措手不及，被一股并不存在的风带倒，母亲刚好将他的屁股送到轮椅上。

火车经过。一节又一节蓝色的车厢，一张又一张模糊的面孔，快速地驶向南面，很快它将被漫长的隧道吞没，像进入了地狱之门。

“火车不知带走了多少魂魄。”母亲说。

哥哥在一家企业供职，虽然收入不高却是一个大忙人。第二天他便回城里去了，留下我和妹妹。我刚刚失业，又不愿意马上重新找工作。妹妹是不用工作的人，因为她的智力达不到哪怕最轻易的工作的要求。在此之前，哥哥照顾着她，母亲急切地希望她嫁出去，哪怕找一个在农村种地的丈夫，只要待她好就成。如果在十二年前，妹妹的婚事一点也不成问题，不用担心她找不到一家好人家。现在景况有点不同。父亲什么事情也不担心，甚至连自己的性命也不在乎了。他知道死神在不远处向他招手。从狱中，到医院，火车上，然后到槐庄，它就在我们的身后。我听得到它断断续续的脚步声，像跟踪而来的密探。父亲也听到了的，他经常要回过头去瞪着它的影子啐口水。

休整后的父亲慢慢恢复了力气，看上去显得精神焕发。每天他总起得很早，似乎是，比马还早。他坐在轮椅上看母亲忙碌。母亲像平常一样，择菜，喂马，洗衣，生火做饭，将绿豆和咸菜放在墙头上见太阳。父亲好几次想出手相助，都被母亲刻意避开。我从母亲久经风霜的脸上看到了怜惜、悲伤和埋怨。没有合适的事情可做，一天显得异常漫长，父亲能做的便是等待黄昏的来临。

每天黄昏，总有一趟列车经过。每天只有一趟。

黄昏将至，嵯峨的群山披满了金光。开始是我给他注射吗啡，后来是母亲。注射的时候，父亲总要握住母亲颤抖的手，害怕她下手太重。注射后，父亲轻轻地抚慰一下母亲又黑又瘦的手臂，然后说，好了，可以走路了。父亲迫不及待地沿着屋前杂草丛生的小路往铁路那边走去，尽管每走一步都很吃力，磕磕碰碰，气喘吁吁，甚至随时随地都可能摔跟头。旺盛的草帮了他的忙，抓住草他可以独自爬上小坡。

然后沿着铁轨旁边的一条小路往南走。我和妹妹跟随在后面。母亲站在围墙里面踮脚远眺，表情紧张，但一言不发。妹妹，有时候跟不上我们的步伐，或者她会停下来等待火车的到来。她似乎比我们更早地听到火车的声音。铁轨首先传来火车发动机和车厢跑动的轰响，妹妹过早地捂住耳朵，我喊她，她已经陷入惊恐中听不到了，丰满的胸脯耸得更高。父亲没有像我想象那样回过头来，而是一直往前走，比刚才还要急促，仿佛是跟火车赛跑。尽管打了几个趔趄，他都能撑着铁轨站直了。我担心的是，他会掉到铁轨里去。但父亲并不觉得有多危险。

火车首先从妹妹身边经过，然后离着我的身子十公分之距往前狂奔。火车与父亲擦身而过，火车带起的风差点将他吹倒——他的黑色小帽子被风扔到了杂草丛里，父亲无暇顾及这些，全力以赴地站稳。四十二节的火车对他而说过于漫长了。他向火车招了招手，火车上的乘客对他根本不屑一顾，甚至没有谁看他一眼。他觉得火车以及火车里的人太过傲慢，轻蔑他了，他朝火车嚷了一声：

"去死吧！"

这是我们从父亲口中听到的最粗野的一句。火车消失在隧道尽头。一切恢复了宁静。妹妹终于愿意放下捂耳朵的双手，向我们跑来。妹妹脸色蜡黄，显然是受了惊吓的后遗症。父亲向她吼叫："你害怕什么？"实际上，父亲的双腿也还在微微颤抖。妹妹可怜而茫然地站住了，不知所措，像一头无知的母驴。

"你们站着干什么？"父亲对我们吼道，"你们去把马给我牵来！"

我也不知所措。三个人在铁轨的边上僵持着，暮色从天而降。

第二天黄昏。父亲牵着马来到铁轨旁边。马并不愿意靠近铁轨。妹妹在马屁股后面拍打并吆喝着，让马知道没有退路。父亲让马站住，然后绕着它端详着。父亲是在掂量着是否能骑到马的身上去。他犹豫不决。火车却如期而至。排山倒海的轰鸣使马感到惊惧，在火车经过身边之前它便从斜坡逃之夭夭。

"它哪里是马，简直就是一只老鼠。"父亲失望地说，"你妈怎么养了一只老鼠！"

妹妹去追赶逃跑的马。马逃进一座荒废的房子里去。我记得原来这是地主庞四住过的大房子，后来分给了十几户人家，现在已经崩塌得像经历了一场震灾。

父亲还在嘟囔着，既埋怨又懊悔。火车要第二天才来。第二天比一年还要漫长。

此时从铁路那边过来一个妇人。我几乎认不出她来了。

“市长。”她谦恭地问候父亲。

父亲错愕地看着她。

“我是桂芳。”她自我介绍说。父亲恍然大悟，拍了拍自己光秃秃的头颅说，记起来了，我离开槐庄那年你刚嫁过来，现在住哪啦?

桂芳说，我原来住庞四的房子，前几年搬到渡口去了，新建的楼房。

挺好。父亲说。

“泽秀让我给你们的女儿介绍对象，我物色了一个，很般配的。”桂芳说，“我正好要去告诉泽秀。”

泽秀是我母亲。父亲说，挺好!

说话间，庞四旧居那边传来一声沉闷的巨响。仿佛是，一堵墙倒塌了。

然后是一匹马从一个缺口跑出来，往我家跑回去。

桂芳说，市长，我就不过去了，说好了，明天我把对象带过来让你们过眼，如果没有意见，男方要求月底就结婚。

父亲说，挺好!

桂芳依然谦恭地转身越过铁轨，消失在另一边。

我担心妹妹，赶忙跑过去。妹妹被倒墙压在下面，只露出一双白嫩的脚。母亲号叫着跑过来狂扒泥土，她本想唤来更多的人，但呼救声只在废墟上空回旋，像一朵要下雨的云。

妹妹已经死了。她是一个对生与死一无所知的人。

父亲茫然不知所措，惨白的脸上看不到哀伤。

那匹该死的马回过头来嘶叫了几声，似乎是，它与此无关。

没有了妹妹，我感到痛苦和孤独。虽然是那匹马害了妹妹，但我对它毫无恨意。父亲每天都要将它牵到铁轨旁边，然后模拟火车通过的轰鸣，以此考验和训练马的勇气，让它跟自己一样对火车充满蔑视。但我的理解完全不同，我认为那是父亲对马的报复和折磨，因此，我也乐此不疲地追随着父亲。马取代了妹妹的位置，陪我度过孤寂、宁静和无聊的下午。父亲的努力没有白费，真的火车经过，马再也不像过去那样惊恐万状，它镇静地抬头看着火车与它擦身而过。火车带来的风将它稀疏的鬃毛掀起，它岿然不动，眼神充满了轻蔑和傲慢。父亲非常得意。这是他最后的成功。

但显而易见的是，父亲并不满足于此。他开始训练马沿着铁轨奔跑。他跑不动，他只是指挥，我来执行他的意图。我骑上马背，挥鞭向南。马沿着小路奔跑起来，一直朝着隧道方向。

“还可以快一点。”父亲在身后喊道。他希望马跑得比火车还快。

但马不可以再快了。因为路太窄小，而且石子和杂草太多。

父亲唯一不满意的是速度。他汗流浃背，由于疼痛，他的脸变得扭曲。但他忍着。

我感觉得到母亲在背后的遥望和责备。在离隧道还很远的地方，父亲便呼喊我回来。

我骑着马回来。父亲试图要爬到马背上去。但努力了几次，没有成功。不是马太高大，也不是马不配合，是他太虚弱了，如果火车经过，一阵风会将他带走。父亲对自己很失望，一下子蔫了。

那时候，我和母亲都知道，父亲离生命的结束已经不远。

有一天晚上，父亲疼痛得实在无法安睡，竟像挨了刀的猪惨叫起来。母亲给他打了大剂量的吗啡，又服了止痛酊，他才稍为安静。我摸黑去镇上请来一个医生。医生检查了一遍，摇摇头，没收我们的诊费，赶紧走了。

第二天，来了几个乡亲。有我认识的，也有不认识的。他们都恭敬地叫父亲“市长”。其实，父亲早已经什么也不是了，一无所有，在城里几乎无家可归，医药费也无法解决，我和哥哥的生活都比较艰难，加上他的性格固执、怪僻，刚愎自用，他不愿意跟随我们。早在十二年前，父亲已经声名狼藉，乃至锒铛入狱。我们整个家族一下子掉到了深渊，像现在的院子一样凋零、破败。乡亲们从渡口那边过来，似乎是，出于礼仪来见父亲最后一面。他们当中，有受惠过父亲的，也有父亲没施过恩的，还有给母亲的面子而来的，其中有两三个是我家的亲戚。父亲疲惫不堪，坐在轮椅上，用和善的面容向看望者报以谢意。我觉察到了他的眼角闪烁着泪水。母亲给他披上一件薄外套，并在他耳边低语了什么。父亲谦卑地对乡亲们说，打扰你们了，给你们添麻烦了。

父亲的衣着很干净，脸也很白净。他坐在堂屋的中央，正对着铁轨。稻香飘来，满眼绿色，让人忽视了桉树干的白。看望者纷纷安慰父亲。谁都明白，那是客套话。也有安慰母亲的。母亲没有过多的表情，她似乎不需要安慰。她将看望者送走了。炎热的午后，父亲呼吸开始出现困难。母亲用湿毛巾擦拭他的身体。他发出哎哟哎哟的呻吟。我不知所措。

对父亲进入生命的倒计时母亲也无法镇静，手忙脚乱，她知道擦拭无法减轻父亲的疼痛，但仍全力以赴。

“打扰你了，给你添麻烦了。”父亲抓住母亲的手诚恳地说。

母亲不知道如何回答，默认了这是父亲对她的道歉，轻轻地俯下身来，抱了抱父亲，抬起头时，她的眼里饱含了泪水。

“我没有其他事情要做了。”父亲哀求说，“黄昏到来前，你们让我骑到马上去。我要跟你们告别了。”

父亲是认真的。他一辈子都是这样，刚愎自用，想干就干。母亲同意了。父亲为最后的告别做准备。他嘱咐我整理了他的个人物品，一些旧书信、笔记本和狱中的忏悔书。在忏悔书中，他不忘对自己的贡献和成就大书一笔，十九岁参加革命，打过三年游击，当过“红色哥萨克骑兵团”团长，在淮海战役中受过重伤，指挥修筑枝柳铁路，先后把两个城市治理得井井有条……而对自己所犯的错误轻描淡写，好像那些错误与他的功劳相比根本不值得一提。他让我把这些物品捆绑在一起，将来将它烧了。从他的一件大衣的衣兜里，找到了他跟母亲的结婚照。发黄了，破损了，模糊了。

“将它也烧了吧。”父亲一挥手。

处理好父亲交代的一切，黄昏刹那间便迫近。我将马牵出马厩。母亲搀扶着父亲，从屋门口走向铁路。这一段路过于漫长和坎坷，高高的杂草和灌木几乎将父亲和母亲淹没。我和马提前在铁轨边上等候着。我心情异常焦急，因为火车马上就要来到，而我们还没有准备就绪。

父亲艰难地爬上斜坡，颤巍巍地走近马，无助地端详着这匹在他看来是巨无霸的老马。他试了一下，但根本骑不上去。我和母亲合力将他送上了马背，但他无力坐稳马鞍和抓牢缰绳，摇摇晃晃地要坠下来。母亲无计可施，扶着父亲的腿。

“这样吧，”父亲伏在马背上，命令道，“你们将我绑牢！”

我们照做了。将父亲与马结结实实地绑在一起，使他成为马的一部分。我们确信父亲不会从马背上掉下来了。马也做好了准备，随时可以奋蹄飞奔。这时候，铁轨在颤动，火车的汽笛由远而近，轰隆的声音像滚雷呼啸而来。

“再见了。”父亲信心满怀而又知足地说，“我这一辈子终于圆满。”

火车风驰电掣，比往日更迅猛。父亲腾出双手拼命拍打着马：“驾！该死的，快跑！”

马狂奔起来，沿着小路，与火车赛跑。我们对马的速度很满意，但估计它很快就会散架。

父亲向我们挥手。

我也向父亲挥手。母亲突然撒开双腿，追赶着父亲。我来不及犹豫，也跟着母亲奔跑。

马使尽了最后的力气，它的争强好胜使它并没有落后火车多少，临近隧道时，它甚至使得三节车厢落在自己的身后。真了不起。

马、父亲和火车一起冲进了漫长而黑暗的隧道。

我不知道隧道的尽头是什么，也不知道火车将把父亲带向何处。

但可以肯定的是，第二天黄昏火车还会回来，而父亲永远不会回来了。

2011年7月24日

鸟失踪

不是迫不得已，母亲是不会到城里来的。因为她对汽车尾气像对鸟毛一样严重过敏，而且，用她的话说，除非死了，否则在城里永远也睡不着觉。但对那只鸟痴迷的父亲就不同了。每当我要出差需要他帮我照顾那只鸟的时候，他会毫不迟疑，甚至会连夜赶到。邻居告诉我，父亲照顾那只鸟比女人照看婴儿还要周密，他把肉切成肉泥，用牙签一点一点地送到鸟的嘴边，而他的嘴哪，如果不是隔着笼子都快凑到鸟的身上了。夜里，父亲就蹲在鸟笼子旁边，拿着扇给鸟驱赶蚊子。每天的鸟笼子都被擦拭得干干净净像刚换过新的一样，杯子里的水没有一点杂质，鸟的羽毛被梳洗得光亮如漆。父亲总是邀功请赏、喜形于色地告诉我，这几天鸟唱了多少回歌，说了几句话，甚至它的粪便有什么变化……我注意到了父亲对鸟的迷恋。他舍不得离开县城回家，整天就跟鸟在一起，甚至开始忌妒我向鸟靠近。父亲简直成了我的情敌。

晚年的父亲已经集天下男人所有的毛病于一身：酗酒、好赌、懒惰、几个月不洗澡和对老婆的傲慢，还不遮不掩地到陈村光顾一个四十多岁的贵州妓女的被窝。更有甚者，父亲要跟母亲离婚，异想天开地和贵州女人结婚。父亲觉得年过七十离婚并不值得大惊小怪，他总是拿死去多年的李家鹏为例说，九十六岁的李家鹏弥留之际唯一的愿望就是跟比他小两岁的老婆离婚，并以拒不断气相威胁——用他的话说，不愿到了地府仍听到讨厌了一辈子的女人在耳边喋喋不休地唠叨。母亲对声名狼藉的父亲已经忍无可忍，如果不是觉得彼此都已古稀早就把他撵出家门。母亲不止一次要求我拯救父亲，以免他死于酗酒，为了家族的最后一点尊严至少不让他死在贵州妓女的床上。但母亲对我的期待也许过高了，如果我能改变父亲的话，他就不是我的父亲了，他的偏执、怪诞、神经质让他的所有优点都相形见绌。然而奇迹还是在无意之中发生了。父亲每次从我这里回家之后，母亲都会欣喜地发现，他似乎忘记了酒的存在，忘记了通往赌场的路，甚至忘记陈村有一个操着贵州口音的暗娼，而不时在别人面前提到我的那只鸟：

“多好的鸟，像我的另一个儿子。”

不过，隔久不到县城，父亲又会故态复萌，甚至失魂落魄似的，提着酒瓶，徘徊在赌场的周围，乞求谁借给他十元哪怕两元的赌资，更令母亲气愤的是，贵州女人经常上门索要父亲昨晚的嫖资……如果说要靠一只鸟才能拯救父亲的话，我没有什么理由不忍痛割爱。还不等母亲开口，我便请父亲来一趟县城，让他把鸟带回乡下。但没说送给他，只是说，爸，你把它带回乡下一段时间，跟更多的鸟在一起，让它更自由更开心一些。父亲如获至宝，生怕我后悔，逃也似的带着鸟跑回乡下。从此以后的半年，他再也没和母亲吵过架，也没嫌她唠叨，更没提起过弥留之际的李家鹏，什么地方也不去，整天跟鸟在一起。乡亲们都说，自从有了那只鸟，你父亲就像变了一个人，所有的恶习都离他而去，他的人生朝着好的方向发展。

然而，有一天早上，母亲气急败坏地闯进城来，撞开我的门，充满责备地质问我，你的电话为什么打不通了？我说刚换了号码。看母亲的样子是有大事发生。

“你爸彻底失踪了，也许永远也不回来了。”母亲沮丧地说。

怎么能失踪了呢？父亲带鸟回去后，母亲告诉过我，父亲变得安分守己，经常带着鸟笼在山林里一待就是一整天，有时候竟然在山里过夜，开始是一天、两天，后来是三四天不回家，但最多也就一个星期他肯定要回家一趟，母亲都习以为常了，没有什么可抱怨的。但这一次父亲已经一个多月不回家，母亲和乡亲们去周边的山里寻找过，却不见他的踪影。都一个多月了，他怎么过啊？在山里头。我意识到事态的严重，赶紧随母亲赶回老家。乡亲们对我说的第一句话就是：“你爸变成了一只八哥，跟着一群鸟飞了。”他们指着村后的群山和看不到尽头的树林：“你爸就在那里，但我们已经很久没有看见过他了。”

父亲从我那里带回那只鸟后的第一件事便是跋山涉水到高州的天堂山采回最好的花木，重新编织了一只比原来大得多的鸟笼，用母亲的话说，那不是鸟笼，而是猪笼，大得可以装得下一头猪。后来的鸟笼子越来越大，一只鸟在里面显得空荡荡的，像一座巨大的宫殿里只住着一个人。父亲不愿意让鸟觉得孤单，开始是在鸟笼外逗鸟，有时逗呀逗呀就睡着了，他在打呼噜，鸟在歌唱。后来他做了一个更大更牢固的鸟笼，用他自己的话说那是一座鸟巢，宽敞得鸟可以张开翅膀进行超低空飞翔。最后他自己也钻了进去，跟鸟睡在一起，早上起来他的脸上全是鸟粪。母亲无法忍受鸟粪的腥臭和对鸟毛过敏带来的痛苦，叫父亲滚远一点，彻底跟他分居了，除了每天提供两顿饭外，母亲对他的事情一概不管，直到有一天突然想起世界上应该还有父亲这样的一个人，但一个多月没见了，她才着急起来。

那只鸟学会了说更多的简单的话，比如您好、再见、恭喜发财之类，作为奖赏，父亲要给那只鸟更大的自由。他不满足于让那只鸟待在鸟巢里，但他不敢贸然把它从笼子里放出来，怕它飞跑了，再也不回来。开始的时候，父亲把鸟从笼子里放出来，让它待在关闭的房子里，发现鸟有灵性，跟着他一起，不试图逃跑。后来，他小心翼翼地打开门窗，鸟也没有飞跑的意思，最后，把鸟带到地坪和晒场甚至更广阔的田野上，鸟都驯服地跟着他，只要他吹一个口哨甚至一个手势，它就会来到他身边，停在他的肩膀或头上，朝着路人不断地说“您好”。路人司空见惯地奉承两句，父亲便得意地说：

“多好的鸟，像我的另一个儿子。”

父亲放心了。他要带它到山林里去，让它听到同类的声音，闻到同类的气味，寻找自己喜欢的食物。有人警告过他，放鸟归林，一去不返。父亲对此嗤之以鼻，他相信自己的鸟。与鸟笼相比，那只鸟当然更喜欢山林，对回家越来越不愿意。父亲便纵容它，让它在山林里待上越来越多的时间，甚至和它一起在山林里过夜。母亲记得有一次，几天不回家的父亲失魂落魄地从山里回来，钻进厨房里狂吃那些过夜剩饭，浑身散发着说不清楚的臭味，用母亲的话说，把蚊子蟑螂熏死了一堆。吃饭的父亲顾不上跟母亲说上一句话，吃完饭扔下碗筷又往山林那边跑了。远远看去，他就像一个野人。母亲对着他的背影愤怒地说：

“你就死在山里算了，永远不要回来！”

此后，父亲回家的次数越来越少。有人在山里看见过他，他就躺在树上，那只鸟和一群形形色色的鸟在树冠上叽叽喳喳，热闹得像开生日宴会，老远就能听到它们的喧闹。乡亲们都说，自从父亲带回来那只鸟后，我们的山林从来没有那么热闹过，好像全世界的鸟都聚集在一起，都成为鸟的天堂了。母亲也曾经到山里找过父亲，别人告诉她，往鸟最多的地方去，肯定能找到他。起初几次，母亲还真能找到父亲，他在树上，鸟在他的身边，母亲叫嚷着，他就是不肯下来，也不跟母亲说话。后来父亲和那些鸟群离家越来越远，这里的山林又恢复了往日的宁静和孤独，要见到父亲，则需翻过几座山才能偶尔见到一次。母亲有些担心，想把父亲拖回家，但他不肯从树上下来，也不搭母亲的话。母亲急了，跑到陈村，往贵州女人的裤裆扔下白花花的三百元钱，请她去一趟山里，千方百计恳求父亲回家，回了家，即使以后天天睡在贵州女人的床上也不管了，反正名声都臭了，也不在乎更臭。贵州女人其实也很仗义，她二话不说，换上一双解放鞋就走，涉过米河，穿过乱坟岗，翻山越岭，像一个缉逃的警察，坚决、勇敢而义无反顾。锋利的荆棘把她都划得满脸血痕，头发被扯得七零八落，她的衣服也破绽百出，甚至露出了硕大而鲜嫩的胸脯。也许觉得如此艰苦的差事不应该只值区区三百元，也许担心贵州女人中途退却或被她的精神感动，母亲不断往贵州女人的裤兜里追塞钞票。在乌鸦岭接近峰顶的地方，在一棵高大的枇杷树上，她们发现了父亲。母亲躲藏起来，让贵州女人跟父亲直接对话。贵州女人说了很多暧昧、肉麻的让母亲醋意大发的话，企图劝他回去。但父亲对贵州女人已经没有兴趣，不仅对她的引诱无动于衷，还轻佻地怂恿她去找长着满嘴狗牙却有几个臭钱的韩十三。受人重托却一筹莫展，贵州女人对父亲生气了：“老鬼，你怎么忍心让像公狗一样的韩十三爬到我的身上呢？”父亲在树上嘿嘿地笑，贵州女人要破口大骂的时候，一粒鸟粪落在她妖娆的脸上，她只好落荒而逃。谁也不能把父亲从树上劝下来，只有那只八哥离开那棵树，父亲才从树上下来，赶到另一棵树上去，乐此不疲。母亲对此已经厌烦透顶，一次又一次地发誓不再去找父亲，真让他死在山里算了，但又一次又一次地到山里去。开始的时候，我以为父亲会回家的，因此，对母亲一次又一次的诉苦没放在心上。直到这一次，一个多月没有父亲的消息，我才真急了。

我拿出一笔钱，恳请身强体壮熟悉地形的乡亲们为我再次寻找父亲。收了钱的乡亲们带上柴刀、猎狗和干粮迅速消失在山林里，我和母亲朝着父亲最有可能藏身的方向跑去。

经过多年的封山育林，山里的树木和杂草已经异常茂盛，路轻易找不到，连灭绝多年的野猪、黄鼠狼都回来了，鸟更是像树叶那么多。这些山林本来我是很熟悉的，现在变得出奇的陌生，爬过的树彼此都不认得了，蓬勃的野草和无处不在的荆棘挡住了我的去路，都拒绝我进来了。乡亲们说，既不准打猎，又不准打柴，早就没有人进山，说不定过不了几年，老虎又要回来了。也就是说，每一座山都变得荒蛮而人迹罕至。我站在每一棵树下，仰起头，观察树上的动静，实在看不清楚还得大声地呼喊父亲，但每一次呼喊，只能惊起一群鸟。鸟离开树，盘旋在天空。在陌生的山林里，我无法理解父亲。躲在绵延上百里的山林里怎样生活呢？吃什么？睡在哪里？病了怎么办？这也是母亲忧虑和疑惑的问题。但我知道的答案也许比母亲多一些。

父亲曾经是一个枪法极好的猎手，整天带着一条猎狗出没山林之间。如果不是野猪差点儿要了他的命和母亲把他彻底离开山林作为嫁给他的条件之一，他是不会把猎枪送给二舅，天天跟着母亲在地里春播秋收地消耗将近五十年的光阴。四十多年间，父亲唯一一次重新端起猎枪是因为我。受他的影响，小时候我对鸟异常痴迷，常常整天在山林里寻找自己喜欢的鸟群。因此我的学业一度几近荒废，父亲为此十分生气，但不是我的亲生父亲，他不敢碰我的一根汗毛——但即使他是我的亲生父亲，又即使杀了我也无法阻止我从学校逃到山林里去，然后带回形形色色的惊慌乱窜的鸟。为了让我洗心革面回到课堂上去，父亲决定把鸟赶尽杀绝。他从二舅那里拿回了那支以铁沙子为子弹的猎枪，每天都从山里带回来形形色色的鸟——血淋淋的死鸟，堆放在地坪一角，苍蝇和老鼠从四面八方围过来吸它们的血和啃它们的肉。他这一辈子就是那时候枪杀过鸟，看得出来他一点也不喜欢这样，因此他走神了，他光亮无比的左眼就是那时候瞎的。那支枪背叛了他，一颗铁沙子改变了前进的方向，离开枪筒后便直接进了他的左眼，血从右眼流出来。面对惨烈，我们都妥协了。我回到了课堂，父亲把猎枪还给了二舅。从此以后的三十年，父亲再也没进过山林，也没有碰过一根鸟的羽毛，却从此迷上了酒和赌博以及后来的贵州女人，与母亲像冤家一样过着没完没了的日子。我们在一起的时候，都小心翼翼地避开与鸟有关的字眼。

鸟突然闯进我的生活是三年前的一个下午，我在边城东兴出差，意外地看到了一个从越南过来的农民，他提着一只鸟笼，笼子里有一只八哥。那农民介绍说它是越南品种，中国没有这种八哥。确实是这样，那只八哥比我所见过的体形都要健硕、毛色都要丰润，嘴巴也长一些，眼睛也大一些，而且有红色的嘴唇和细长的睫毛。关键是那只八哥在笼子里没有忧伤，对着我欢蹦乱跳，似乎有很多的话要跟我说，我把它买了回来，挂在屋顶的屋檐下，每天给它喂饲料，听它唱歌——它不是唱歌，是在说话，说的应该是越南话吧，因为我听不懂，但我知道它是向我讲述山林、天空、自由的生活和甜蜜的爱情。我告诉它中国的故事，把不能对人说的话都跟它说，它总是侧耳倾听，我的世界一下子变得辽阔无边，对那只鸟产生了依恋，如果它是一个女人，我会毫不犹豫地和她结婚。但这只鸟对父亲更加重要，重要到让他失踪的地步。母亲似乎对我送给父亲一只八哥开始不满，说什么罪魁祸首，与当初持肯定态度完全不同。当然，我也懊悔，如果我坚决一点，那只八哥还会在县城里，一样过着无忧无虑的日子。

但父亲跟鸟一起失踪了。

我们像警察搜索罪犯那样，一路上不放过任何蛛丝马迹。从早上一直到下午甚至到第二天，才陆续传来一些让人欣喜的消息。有人汇报说，在梅花岭坳发现了父亲扔掉的香蕉皮，有人说在尖峰顶捡到了父亲衣服上的纽扣，有人说在枇杷沟踩到了父亲的大便，有人说曾看到一个蓬头垢面的人在围龙山的石堆上烤食老鼠……这些还带着可疑性的证据或许能说明父亲还活着，只是不知道现在他在哪里。更鼓舞人心的是，有人在双头岭半山腰一棵古树上发现了一个巨大的巢穴，里面有一件蓝色衬衣。我和母亲赶到双头岭，母亲认出来那件衬衣是父亲穿过的，袖口上的补丁是她绣上去的，黑线，梨花状。我费了很大的劲才爬到树上去。那个巢穴建在四根树丫中间，是用树枝、树叶、野藤和毛茸茸的草构筑起来的，严严实实，密不透风，虽然昨天刚下过一场雨，但里面干燥而暖和。我从向南的唯一一个狭窄的门口小心翼翼爬进去，里面刚好能躺得下一个人，我仰卧着，稳固、柔软、宁静，没有睡在空中的战战兢兢，倒觉得异常舒服安全，还能感觉到父亲的体温和体臭。微风吹来，树轻轻地颤动，我很快睡着了，但很快便醒了。因为我梦到了父亲，他正在巢穴门口朝我笑。我叫一声爸，但除了吓了母亲一跳外，没有任何回应。我再仔细检查巢穴里的吃剩的野果核，断定父亲早已经离开这里，这个巢穴是他遗弃的家。

我赶到香梨坡。因为听说那里的一个牛贩子半个多月前曾见过一个类似我父亲的人。香梨坡属于另一个镇管辖的偏僻的小山村，只有十几户人家，通往山外只有一条像云梯的天路，翻越鸽子岭就是秀水县界了。被人破门而入的那户人家的主人是一个牛贩子。那天他从高州城回来得很晚，都快半夜十一点了吧，他像往常一样，推开厨房的门，要吃妻子给他留的晚饭。但厨房的门是虚掩的，牛贩子觉得奇怪，闻到里面有些动静，以为是什么动物闯进来了，便抓起一根木棒，突然拉亮厨房的灯。是一个人！头发乱得像一个鸟窝，浑身散发着臭气，正蹲在地上吃饭。牛贩子大喝一声，你是什么人？那人并不惊慌，只是抬头看了一眼牛贩子，像在自家里一样继续吃饭。牛贩子说，你把我的饭吃了，我吃什么？那人满脸歉意地把吃剩的半碗饭递给牛贩子。牛贩子说，你吃过的饭恐怕连猪都不会吃了，你的臭味能把一头牛熏死！那人不说话，接着把饭吃完。吃完饭，把碗往灶台上一放，起身便要离开。

“你是什么人？”牛贩子以为是逃犯，警惕地操起手中的木棒恐吓他，不让他袭击自己。

那人并不理会牛贩子，从他身边走出去。

“你去哪里？”牛贩子大声地问，是给自己壮胆，他的妻子不断地咳嗽，邻居的灯亮起了来。

“我的另一个儿子带着一群鸟朝西飞走了，不见了，丢下我不管了，我要去找它。”那人很快翻过墙头，越过磨房，沿着杂草丛生的石阶飞跑，转瞬便消失在黑夜里。

据牛贩子的描述，那人肯定就是父亲。我知道父亲是不会再回来了。他已经不再属于我们的世界，他已经属于山林。此后的一个星期，我们往西上百公里，一直寻觅到陆川县境，询问了许多的山民，不放过任何一棵可以筑巢而居的大树，甚至留心观察了每一堆人粪，期待能证明父亲仍然活着。但关于父亲的踪迹和音讯越来越少，乡亲们都已经精疲力竭，也厌倦不堪，再没有继续下去的信心和耐心，给再多的钱他们也不愿继续折腾。其实我早就愿意放弃这种寻找方式，只是说不服母亲，她说活要见人死要见尸。如果不是摔了一跤摔得头破血流，并且瘸了右腿，母亲是不会放弃努力的。我们从四面八方撤了回来，但我让乡亲们在各个路口、各个山坳，以及每一棵参天大树的树干上都贴上了防水的“寻父启事”和“致父亲的信”。在给父亲的信上，我写道：“爸，鸟失踪了，你可以回家了。”而且，我还把寻父启事在广西各地的电台、电视台、报纸反复播放、刊登，希望奇迹出现。

此后的一段时间里，消息不断传来。先是警察在博白县的山上围捕逃犯的时候意外抓到了一个身份不明的人。我马上赶到博白县公安局。但那人不是我父亲，虽然看上去那人在山上已经生活很长时间了。他用并不流畅的语言说他是湛江人，因为五年前偷了邻居家的一头牛被发现，便逃到了山上，五年了一直没离开过山林。后是合浦县一个果场抓到了一个经常“光顾”果场的惯偷，但他是一个哑巴，而且身材高大，力大无比，把几个保安都打翻了，父亲肯定没有那么大的力气。后来的信息与父亲越来越远，到最后我再也提不起兴趣去核实真伪，也懒得去打听，甚至希望那些信息不要再传到我的耳朵。母亲早把与鸟有关的器具全部销毁，家里再也闻不到鸟的气息，南来北往的鸟宁愿绕道而行也不再从我家的上空飞过。母亲终于安静了，也似乎渐渐地接受父亲失踪或者死亡的现实，她甚至打电话给我心平气和地劝导和安慰我说，也许我们误解了你父亲，也许是我们错了，是我们把他赶得越来越远。因此，母亲说算了吧，我们和他之间已经隔着千山万水，即使见到他也无法正常沟通——或许，你父亲根本就不希望我们闯进他的世界去打搅他。母亲的顿悟和豁达令我倍感欣慰，让我如释重负。后来母亲的电话仍然不断打过来，还是有意无意地谈到父亲，母亲不再责怪父亲，反而陷入了自责的泥潭。她喋喋不休地说，我理解了李家鹏，也理解了父亲，我应该用另一种方式和你父亲生活，我身上也有缺点，让你父亲厌恶了……我发现，其实母亲还没有真正理解父亲，或许我也没有真正理解。我只有安慰母亲，劝她不要自责。我们都没有错。此后，我和母亲在电话里尽量不再提起父亲，让父亲从我们的话题里慢慢地彻底消失。但四面八方的热心肠的人还是源源不断地向我提供新的信息，而我总是装出欣慰的样子告诉对方，我父亲，他已经回家了，那些鸟也跟着回来了。

这样一来，慢慢地，给我打电话提供线索的人越来越少，他们都相信我父亲已经回家。有一天，我突然发现母亲很久没给我电话了。她常打电话的地方——阚七杂货铺，他们说很久不见你母亲来过。我担心会发生什么事情，赶紧回家。回到家里，我被眼前的情景惊呆了。

屋顶屋檐屋前屋后窗户地坪围墙之上，全是鸟！八哥、鸽子、麻雀、鹦鹉……母亲站在鸟中间，给它们撒食，像喂养满地家禽。鸟在她肩上唱歌，在她的头上撒屎。我的闯入把鸟惊吓着了，它们拍着翅膀，炫耀着高难度的超低空飞翔。我叫了两声妈，她竟没抬头看我一眼，只是往我这方向撒了一把散发着芬芳的鸟食。因为鸟毛过敏，她没完没了地打着喷嚏。

…………

大约是快一年后的事情了吧。有一个早晨，我刚打开手机便接到一个从崇左打来的电话。电话里说，有猎户在山里抓到了一个野人，他穿着树叶做成的衣服，跟一群鸟在一起，把其中的一只鸟称作喜宏……我连夜驱车赶到崇左，找到抓获了野人的猎户。但那猎户说，他把野人放了，因为野人会说话，他是寻找儿子的，他说，喜宏带着一群鸟朝南飞走了，丢下他不管了。猎户往背后指了指：“他就是往南跑的，像飞一样。”

再往南，就是越南境内了。

猎户说，他是人不是野兽，我没有权利抓他，他是寻找儿子的，只要还不越境，连边防部队也管不着——他操跟你一样的口音，说话的声音跟你差不多，如果你有这样的一个父亲，那他就应该是。

我肯定地点点头。猎户还问我，你是不是应该还有一个兄弟?

是的，我有一个比我大十岁的哥哥，三十年前战死在越南谅山，被追授了三等功，只是尸骨现在还留在那里。生前，他的名字叫喜宏。

2008 年 5 月

天堂散

父亲从壶城回来第二年春天的一个临近黄昏的下午，我家突然来了一个陌生的女人。还没进门，我便能闻到她身上散发出来的淡淡的泥土气息和挥之不去的汗味。她怯怯地站在门外，双手提着一袋新鲜的黄瓜。四十岁不到的光景，看上去还很年轻，女人穿一件灰白相间的花格短袖衬衣，皮肤细腻得不像乡下人，脸颊晒得有点黑，黑得有光泽，长得很端庄，轮廓很好看，只是身材略显娇小，牙齿也不是很整齐，眼底下的雀斑星罗棋布，但无论如何，她都是一个纯朴得让人放心的女人。

我们一家三口正在吃饭。去开门的母亲首先惊愕地问了一声："你……找谁？"

我听到那个女人羞怯地回答："郭宏海。"

父亲惊疑的目光越过我的头顶，和门外女人的目光相遇了。他"哦"了两三下才站起来，走到门前。

"是你呀？怎会是你呀？"父亲的笑来得有些唐突，但恰到好处。

母亲闪开一条路，让父亲迎那女人进屋。女人忐忑地从母亲身边走过，眼睛始终观察着母亲的反应，似乎生怕母亲一声断喝把她轰走。她进了客厅，不知道把自己往哪里安放，显得局促不安。而父亲显然是措手不及，一时慌乱得找不着放碗筷的地方，在厨房里手忙脚乱。倒是母亲淡定地从女人手里接过黄瓜，然后让她坐到沙发上，给她倒了一杯水，一会儿又倒了一杯。喝了三杯水的女人才镇静下来，接过母亲递过来的湿毛巾擦了擦脸。母亲夸奖她的黄瓜，说那是她见过的最好的黄瓜，鲜嫩，洁净，皮薄，可以吃，可以美容。

“是自家的地里种的，拣最好的捎来了——一种完庄稼，我就到城里来了。”女人说，“我姓唐。”

“她是我在壶城乡下蹲点时认识的老乡，石榴村的……”父亲向我们解释说。

只有唐姓女人点头认同父亲的说法。父亲还想多解释一些，可是找不到更多可以拿得出手的说辞。因此，他依然显得措手不及并处于下风。

母亲和女人交谈的时候，未曾正眼看一眼父亲，透过若无其事的表情我看到了她内心深处熟悉的怒火，那怒火，被巨大的石块压住了，但不知道到底能压多久。

父亲终于取来了一套干净的碗筷。母亲冷静而不失热情地邀请女人坐到饭桌旁边，一起共进晚餐，并在她的碗里盛满了饭。我在火车站吃过了，女人说，怎么好麻烦你们？像乡下人那样礼节性地推辞再三，她才拿起碗筷，小心翼翼地吃起来，小心翼翼地夹菜，小心翼翼地偷看母亲捉摸不定高深莫测的神色。

“大姐。”女人可能意识到什么，向母亲解释说，“我跟宏海没有什么见不得人的关系，清清白白的，我是来听他讲完《天堂散》的——你知道《天堂散》吗？”

母亲吃惊地摇摇头。

“他没跟你讲过《天堂散》？”女人觉得不可思议。仿佛世界上所有的人都应该听郭宏海讲过《天堂散》似的。她脸转向我，我也不明真相地摇摇头。母亲依然淡定得像个女首领，只是再次轻轻地摇了一下头。

父亲终于弄明白了女人的来意，如释重负，长吁了一口气：“何必呢？”父亲的意思最明白不过了：为了听一个故事，何必跑那么远还给他带来可能发生的误解?

“大姐，我保证，听完《天堂散》我就回去。”女人极力打消母亲的疑虑，恳求母亲的同意。

母亲不置可否，冷若冰霜的脸上没有多余的表情。父亲装出笑呵呵的样子：“不必要了，我没有什么可讲的了，那故事已经结束了，没有了，明天你就可以回去了——今晚没有回壶城的火车了，大概。”

“故事还没有完，他们在天堂里失散了，能找到对方吗？”女人执着地要知道答案。

“没有了。编不下去了。故事编着编着就坏了，废掉了。”父亲断然道，有居高临下之势。

女人执着地要知道故事的结局，但她失望了。

“你为什么不能把一个故事给人家讲完？”母亲终于发飙了，冲着父亲怒吼。

父亲错愕了一下，他早就预料到母亲这一怒吼迟早会来，但想不到当着女人的面。

“真的没有了……”父亲很无奈，“故事不值得继续编下去了。”

在家里，母亲是绝对权威，她的意志几乎决定一切，尤其是父亲丧失编写故事的能力后。

“大姐，宏海他不愿意讲就算了，明早我就回家，我家里有丈夫，三个孩子和一地黄瓜。”女人说。

母亲拉着女人的手，又朝父亲吼了一声：“你必须把故事讲完！”

那时候，我还没成名，根本不能理解父亲对成名的渴望和焦虑。

父亲是省文联的专职创作员，也就是人们所说的专业作家，据说全国的专业作家只剩下不到两百名了，文坛对这些只拿俸银不坐班的计划经济时代的遗老颇有微词，这给名列其中的父亲很大的压力——尽管这种压力是自找的。父亲的狂妄之处在于，他试图为专业作家正名。但一看便知道，父亲是一个老土的过气作家，作品虽然出版过一些，然而，视野、题材、技巧、语言都已经跟不上时代步伐，属于一辈子没有成名却自以为名家的那一类，到了五十多岁还没有写出轰动一时的或可以问心无愧的代表作，他心有不甘，整天苦思冥想，处于莫名其妙的煎熬之中。可怜的父亲已经江郎才尽黔驴技穷，像一个穷途末路的将军做最后的挣扎，可是手下已无可驱使的一兵一卒。那一年，灵感犹如上帝突然降临到他的头上，一个自认为惊天地泣鬼神的故事雏形把他激动得彻夜难眠。他决定重新回到散发着泥土芬芳的农村，回到广大群众中去。壶城是他知青时代的故乡，那里是他的根，他几乎所有的作品都以此地为背景。他依然抱着过去文人所信奉的创作原则：只有感动了广大群众的故事才是好故事。他一辈子缺的就是一个好故事。

那一年，他终于收获了一个自认为不错的故事。故事的名字就叫《天堂散》。

父亲显然是吸取了过去的经验教训，不敢贸然下笔，生怕误入歧途，把好端端的一个故事写坏了写废了。于是，他把故事先讲给别人听，如果把别人感动得热泪盈眶泣不成声，他才下决心写，写出来的故事肯定感人。对于父亲这种层次的作家来说，小说感人就算成功了。然而，现在的作家越来越自信，这种老土的方法早已经随着赵树理他们埋入黄土，但父亲依然坚信这是走向成功的唯一途径。他在壶城石榴村的一年，就一边构思一边向那些乡亲讲述他煞费苦心虚构的故事，把简单的脉络式的故事小树变成参天的枝繁叶茂的小说大树。每天晚上，他就坐在女人家门口的石板凳上，向那些喜欢听故事的乡亲讲述一个并不存在的爱情故事。“我给你们讲的是故事，写下来就是小说了。”父亲说。村子里没有通电，夜晚漆黑一团，寂静得仿佛处于世界之外，他们需要故事的抚慰才能入眠。父亲虚构了一场与他年龄不符的爱情。那故事里，主角依然是知青，一个知青和一个农村姑娘轰轰烈烈、死去活来的爱情，他们在石榴树下相爱，因为世俗的重重阻力，使得他们的爱情被乱刀砍死，令他们伤心欲绝。像所有的庸俗故事那样，父亲安排他们双双沉河，殉情前约定在天堂相见，从此长相厮守，生男育女，缠绵终生。故事本来应该已经结束，但父亲突发奇想，让他们在熙熙攘攘的天堂里走散了，多少次擦肩而过却失之交臂……而在天堂里相互寻找对方才是他故事的重头戏，也是他自鸣得意的灵感，他断定这是区别其他庸作的神来之笔。然而令父亲沮丧的是，石榴村没有几个人对他的故事感兴趣，听众一夜比一夜少，那对恋人投河后，他们就一哄而散。开始父亲把失败的原因归咎于故事没有完全想好，经常破绽百出,而且他讲故事的方法如他的写作技艺那样并不高明。后来他才发现，乡下人对爱情的理解和接受能力远跟不上自己的浪漫思绪，与其说他们不相信那些伤感的细节，倒不如说他们压根就不相信爱情。因此，故事跌跌撞撞地蜿蜒前行，最终一头摔倒了。但令父亲稍感欣慰的是，坐在月光照不到的角落里的那个姓唐的女人始终听得入神，直到只剩下她一个。她竟然被这个故事感动了，那对恋人沉河的时候她痛哭流涕，呼天抢地，引起村人的讥笑和她丈夫的恶骂。

父亲记得，她是赵朴实的老婆，在石榴村是一个另类，干农活的时候喜欢幻想，经常突然停下来向忙得热火朝天的丈夫请教：

“什么才是爱情？”

“究竟有没有天堂？”

赵朴实有时候顺便掴她一巴掌，因为她干的农活总没有别的女人多。

那时父亲和唐姓女人几乎没有说过话。父亲不善于和年轻的女人说话。女人也只是把自己作为一名听众，她只管从黑暗中发出笑声或哭声，父亲宣布“欲知后事如何，且听下回分解”，她就悄然离去。白天在路上与她邂逅相遇，她也不和父亲打招呼，低着头侧着身就走过去了。在她眼里，父亲就是一个讲故事的人，讲完故事就回城里去，像贩卖廉价小商品的温州佬，卖完最后一件东西便溜之乎也。

故事还没有讲完——实际上还没有想好，怅然若失的父亲带着一丝慰藉离开了他熟悉的石榴村。他认为，只感动了一个人的故事是不足以感动全世界的，因此，他决定放弃原来的构想，重起炉灶，写一场在天堂里发生的故事。

父亲离开石榴村那天，唐姓女人追到村口，在众人的哄笑中问父亲：

“他们后来在天堂里相遇了是吧？”

父亲回答说：“是的，但他们最后在天堂失散了。”

“他们能重新找到对方吗？”女人寻根问底。这却是父亲正在思考的问题。

父亲想了想说：“天堂很大，人很多，车水马龙，熙熙攘攘……”

这个模棱两可的回答远远不能满足女人的好奇心，她满脸失望。

从壶城回来后，有很长的一段时间父亲都萎靡不振，深陷在那个日夜折磨着他的故事里，让他欲罢不能，像一个建筑师面对一座设计失误的烂尾楼一筹莫展。

“既然写了那么多的失败之作，多写一部又如何？”父亲挣扎着拿起了笔，作最后的努力，企图扶起一堵已经倒塌之墙。

这部小说便是《天堂散》。这是父亲的最后之役。已经写了厚厚的一堆稿纸了，就堆放在书桌上，风把它们吹得很散乱，还有部分被塞到垃圾桶里。这种情况，通常是写不下去了，却又于心不甘，明知写出来的又将是一堆垃圾，却不愿意承认，自己跟自己较劲。父亲随时都有可能一头栽倒在他的那堆乱稿纸里永远站不起来，和他的文字一起灰飞烟灭。这种担心我已经跟母亲说过，但母亲对父亲的志大才疏和争强好胜早已经厌烦，对他的焦头烂额和孤独绝望已经熟视无睹。“如果你父亲愿意为我们母子着想，就不应该再写狗屁小说，争取多活几年，像他的国家一级作家职称，退休金已经大幅度提高了。”母亲总是向我喋喋不休地抱怨。终于有一天，父亲踩着那堆书稿对母亲说，从此以后，他主攻书法了。这是很多江郎才尽作家体面的归宿。

父亲没有力气和理由再去写一部没有前途的小说。他解脱了。他的书房里变得整洁明亮，翰墨飘香。他开始热爱颜真卿和黄庭坚，开始托关系在本城晚报的角落发表书法作品，开始关心全国书展和兰亭奖，有时候还悄悄光顾过去不屑一顾的政府大院夕阳红剧社，跟几个老大妈学唱越剧《十八相送》……父亲突然过早地急剧往晚年滑去。

这时候，唐姓女人来了。

父亲无所用心地重拾《天堂散》，跟女人讲述故事结局的几种可能性，每天就讲一种，计划分五天讲完。五天后，唐姓女人就可以回家了，他又可以全神贯注地练习书法和《十八相送》。“你心目中就没有一个最理想的结局吗？”女人问。父亲说，没有。他看似拿不准，实际上是敷衍塞责。

母亲还远没到退休的年龄，但所在的单位人浮于事，纪律涣散，母亲因此得以经常早退回家催促父亲给唐姓女人讲述故事。说是催促，实际上是监视。往往是，母亲突然回到家里，父亲躺在客厅的躺椅上，手摇羽扇，有气无力地像讲述着一桩遥远的无头公案，而女人则远远地端坐在客厅的另一头，双目微闭，像仔细倾听来自天堂之外的稀薄之音。母亲的回来破坏了这种宁静与和谐，她找不到得体的话跟女人客套，便指责父亲对女人的傲慢：“你就不能一本正经地坐起来讲呀？像在石榴村那样。”父亲却依然悠然自得地躺在躺椅上，像一个正大光明的国王。

唐姓女人看到母亲回来，总是怯懦地迎上去拿过母亲手中的菜或大包小包，然后放到该放的地方，没有母亲的吩咐，她不敢贸然动一下我家里的物品，当然垃圾除外。唐姓女人介入我家的家务是从倒垃圾开始的。她总是在母亲弯腰去处理垃圾之前主动把垃圾袋系好，然后飞快地跑下四楼把垃圾扔掉。母亲觉得她的手脚还算麻利，便招呼她帮忙洗菜、擦拭厨具、拖洗地板、整理陈年杂物……女人总是乐此不疲，仿佛只有这样才能体现她待在我家里不是一个累赘，更不是白吃白住。第二天，不待母亲使唤，她便把家里收拾得井井有条，一尘不染，连父亲脏乱的书房也变得整洁舒坦生机盎然。很快有邻居问母亲，你家雇了一个保姆？母亲想了想回答说，是乡下的一个亲戚，到城里来住几天。慢慢地，母亲开始主动和唐姓女人谈论一些世事，比如，乡下的生活，乡下的夜晚，乡下的春天和夏天。后来，她们谈论到了乡下的爱情。

“乡下肯定也有爱情，只是跟城里的不一样，比如说，城里人先有房子才要爱情，而乡下人往往是先有爱情才有房子。”母亲以罕见的幽默感跟唐姓女人谈论爱情。父亲在一旁闭目养神，脸上满是不易觉察的不屑和嘲讽。

唐姓女人并没有明确赞同母亲的说法，只是笑笑。她笑得挺好看的，那牙齿，那春风荡漾的脸，那双对爱情极度敏感的眼睛。父亲的右手指头轻轻地敲打着躺椅侧部的藤条，那节拍仿佛是弹唱《十八相送》。

“你跟我说说《天堂散》吧。”母亲突然转移了兴趣。父亲以为是叫他，猛地张开眼睛，直起身子。“我说让她给我说说你的《天堂散》。”母亲冷冰冰地对父亲说。父亲复躺下去，闭上双眼，手指敲打着藤条。

唐姓女人显得很难为情，偷偷地瞧了一眼父亲。父亲面无表情，天花板雪亮。

“你不用管他，就说说你听到的《天堂散》。”母亲说。

唐姓女人措手不及，摇摇头，我记不清了……我说不好，还是请郭老师跟你说吧。

母亲断然拒绝了唐姓女人的建议，并以此结束了这次聊天，忙她的家务去了。这一次，唐姓女人没有在母亲一旁帮忙。她待在窗户边，似乎是遥望她的家乡，又似乎是在努力回想《天堂散》里的细节。

大约两天后，也就是唐姓女人来到我家的第七天，母亲刚回到家门口，正好和唐姓女人撞了个满怀。

“大姐，回来了？”唐姓女人谦恭地说。

“回来了。你要走了？”母亲看到了女人手里提着来时的背包，估计她是要离开了，样子还有些匆忙。

“是要走了。郭老师的故事讲完了，我也明白了。”唐姓女人说，“这几天白吃白住的，给你们添麻烦了。”

“不麻烦……多待几天吧，你还没到城里去逛呢，不等于白来了吗？”母亲是真想挽留唐姓女人。到了此刻，母亲完全信任了唐姓女人，甚至觉得前几天对她的怀疑和提防过于敏感了。母亲的脸上除了真诚，还有愧色。

“不算白来，我本来就是来听故事的，没有其他目的，故事结束了，我也该回去了。”女人的表情似乎放松了许多，“我家里有丈夫、三个孩子和一地黄瓜。”

父亲依然躺在躺椅上，闭着双眼，似乎是，终于完成了一个艰苦的任务，累了，困了，轻松了，睡着了。

母亲想着要补偿什么，情急中找不到能送的东西，便匆忙从兜里掏出一把面额不等的钞票，塞给唐姓女人作为路费，但说什么唐姓女人也不愿意收下。母亲很无奈，转而吼了一声父亲：“你应该去送送她！”唐姓女人慌忙说不用，真的不用，我认得路，我会乘坐 205 路公交车到火车站，我认得开往壶城的火车……

父亲一动不动，仿佛没有听到母亲的吼声，也许真没听到。

唐姓女人的离去，使母亲如释重负，却又好像多了一份冷清。这份冷清是突然增加的。

“如果她不走，倒可以陪我聊聊天，还可以帮我做一些家务，我也可以不天天早退回来伺候你老人家。”母亲对父亲表达了挽留女人之意。

父亲没有吭声。像一个曾蒙受怀疑和冤屈的人用沉默做出了回应，实际上是一种反击。母亲感觉到了来自父亲的不满情绪，她素来反感父亲这种文人习气，只是这一次不跟他较真而已。

母亲发现唐姓女人住过的房间被打理得井井有条，被褥折叠得像兵营的“豆腐块”；地板纤尘不染，连头发也没发现一根；马桶被洗得洁白如新。客厅除了更加干净，一切如初，找不到唐姓女人来过的蛛丝马迹。要说能令人想起唐姓女人的只有打开冰箱时扑面而来的黄瓜味，淡淡的，像一丝清风。

“你为什么不练书法了？我很久没闻到墨水的臭味了。”母亲突然发现了什么新鲜事似的。

“不练了。”洁净的宣纸被当垃圾扔掉了，父亲躺在躺椅上，以低沉而认真的语调回答母亲，“从明天起，我要继续写《天堂散》。”

母亲愣了愣，然后很不屑地摔了一样什么东西：“狗屁！”

父亲似乎被震了一下，身子刹那间一阵颤抖。窗外的阳光明媚地照进来，到了屋子却显得清冷、胆怯和寂寥。

母亲断然想不到这是她见到父亲的最后形象。第二天中午，她回到家里发现屋子里更加孤寂和僻静，觉得应该少了些什么，仔细一看，原来是父亲不见了。书房里没人，躺椅是空的。平日里，这个时间段父亲总是待在家里的，写作或练习书法，或翻阅那些他觉得永远也无法企及的经典。他几乎从不看电视，母亲喜好的那些电视剧总是和他有不共戴天之仇。他一辈子都属于书房。离开了书房，他到哪里都活不长。可是他跑到哪里了呢？怎么会不留下任何字条之类的东西？母亲做好了饭，仍不见父亲回来，她四下打电话打听，一直到晚上也不见父亲的音讯。母亲还亲自去了一趟政府大院夕阳红剧社，那边的人说，你说的那个五音不全的郭老头啊，不在，我们早就劝他不要来了，一个木瓜子头脑，他唱不了戏，你以为唱戏有那么容易，等到老了人人都能唱？其实父亲还没有老，至少比那些老头老太年轻得多，如果说他还没够资格进入人满为患的剧社，不是因为他天分不成而是年龄未到。

此后的两三天，母亲寻找了每一个父亲可能去的地方，还是不见他的身影。母亲已经隐约意识到事态的严重，只好给我打电话，让我提前结束出差，回来寻找父亲。那时候我正跟随一名导演在山西取景，正热烈地喜欢上导演这个行当。我只好连夜赶回来，并很快弄清楚了父亲的去向。

父亲跟随唐姓女人去了杭州!

离开我家后，唐姓女人并没有返回壶城，而是径直踏上了开往杭州的火车。她在杭州等父亲。第二天，父亲先是乘火车到了苏州，再转赴上海，然后才潜入杭州城。父亲自认为自己是一只老谋深算的狡兔，多转几个站点便能逃过我们的眼睛。多么愚蠢可笑的把戏，像他的小说那样。但可以看出，这次不可思议的私奔应该是蓄谋已久和精心策划的，只是连多疑和细心的母亲也没有察觉。也许，母亲早已经失去对某些事物的敏感和直觉。但是，父亲的举动也让我颇为吃惊。

母亲获知父亲的去向，先是暴跳如雷、懊悔不迭，不断责怪自己。

“我为什么就没有发现这对狗男女的阴谋诡计？”

“我早知道那狐狸精不是什么好东西，我竟然放狼入室！幸好，她没有往我的碗里下药毒死我！”

“我就想看看这对老狗在外头能待多久！”

很快，母亲发现怨恨和后悔都于事无补，慢慢变得心平气和，不再谩骂父亲和唐姓女人，相反，她愿意原谅父亲和唐姓女人。有一天她看到晚报的角落里又发表了父亲的一幅书法，她让我把这个喜讯告诉父亲。这肯定是父亲出走以前投的稿，他的编辑朋友帮他发出来了，以资鼓励。可是我怎么才能告知父亲呢？我确实不知道他的任何联系方式，他们与世隔绝了，任何人也找不到他们。母亲无奈地叹息一声，算了吧。但母亲不是那种说算了就算了的人。此后的两个月，在母亲的反复要求下，我去了一趟杭州，从中心到郊区里里外外找遍了，但一无所获。偌大的杭州城，人头攒动，车水马龙，熙熙攘攘，天上地下都是房子，即使藏着一头大象我也无法找出来。母亲开始焦虑不堪，整天神不守舍，像丢了魂似的，连班也不上了，甚至连饭也忘记做了。母亲一夜之间衰老下去，像一树枯枝败叶。

我去了一趟壶城的石榴村。那里偏僻得几乎只能看得见太阳和月亮，但山清水秀，树木茂密，鸡鸭众多，村民纯朴闲逸。我对村民自我介绍说，我是郭宏海的儿子。他们对我客气而暧昧地微笑，递给我一杯山泉水和水烟筒，并不多说话，他们只是向我炫耀生活的满足，而不愿意提及我父亲的一切。最后他们引我到唐姓女人家。我见到了唐姓女人的三个孩子，其中一个只有三岁。他们竟不怯生，告诉我，他们的父亲在黄瓜地里，到了晚上才回来。

“妈妈去了城里，跟了郭宏海，不会再回来了。”他们像村民一样微笑着，若无其事还争先恐后地说着自己的母亲，“妈妈喜欢听故事，她喜欢听郭宏海讲故事，还喜欢哭，哭起来像笑……”

我坐到了父亲当初坐过的石凳上。石凳有点冰凉。石榴树已经开过了花，有些花离开了枝头，那些没有离开的花都结成了果实。几个村民远远地蹲着，不知道低声地说着什么。唐姓女人的一个孩子走到我的身边，天真无邪地吃着我送给他的蛋黄派，好奇地问我：

“你听过郭宏海讲《天堂散》吗？”

我很惊讶：“你也知道《天堂散》？”

“怎么不知道？我妈妈讲过给我们听。我爸爸也在一旁听。我妈妈给村里所有的人都讲过《天堂散》，学校里的老师也给我们讲过《天堂散》……现在，我爸爸一听到别人说《天堂散》就哭，以前他总是笑的。”

从石榴村回来的路上我突然明白了。父亲真的是去写他的《天堂散》去了。他知道这部小说是为她而写，他终于找到了写这部书的理由，就是为她而写。我相信，父亲现在过得很惬意，写得也很惬意。他躲在最隐蔽的角落里，却拥有了整个世界。

但此后的三年，尽管我就在杭州工作生活，却没有父亲的任何消息。我知道他肯定仍然在杭州，我能感觉得到他们的存在，他们就躲在我的身边。我曾无数次期待能在杭州的街头与父亲邂逅，他与唐姓女人手挽手，抬头突然看到了我，尴尬之间我们相视一笑，然后装作若无其事再各自离去。然而，他们好像预知我将在哪里出现一样，成功地避免了与我相遇。父亲似乎打算不让我知道他的任何情况，包括生死。直到第四年春天。有一天，我在杭州书城的新书推介的显眼位置看到了一本抢眼新书:《天堂散》。作者:郭宏海、唐洁美。

这部二十三万字的小说，按作者自序所说，创作的过程中，前后中断三次，删改七次，曾多次想把书稿焚毁……小说的末尾写着:X年Y月构思于壶城石榴村，T年R月一稿……F年M月七稿，K年L月定稿于杭州。第五稿之前，是一个人撰写，从第六稿以后，是两个人共同完成。没有作者介绍。

我买了一本，连夜读完。在此之前，我从没有为小说或电影而感动得落泪，这一次，我被父亲的小说感动得一塌糊涂，到最后竟掩卷而泣。那时候，我已经走在了导演的路上，但没有取得成功，导演过的三部电影都反响平平，票房惨淡，我所在的公司对我失去了信任并准备和我解约，我正处在迷茫、失落和焦虑中。读完父亲的小说，直觉告诉我，我的机会来了。第二天一早，我带着父亲的《天堂散》直奔影视公司……

两年之后，根据父亲的小说改编的，由我编剧、导演的电影《天堂散》在杭州举行盛大的首映式。我通过出版社多次联系父亲，邀请他出席，但被他拒绝了。父亲一直拒绝与我见面，也不和我通话。他逃避着我和母亲。他只是通过出版社给我捎话说，他过得很好，不用担心，《天堂散》的电视剧他将亲自操刀编剧。父亲终于和不共戴天的电视剧达成了和解，而且，对我编剧的电影并不是很满意。但它成就了我。一年之内，电影风靡一时，获奖无数，成了我的成名作和奠基作，我由此跻身于国内著名一线导演行列，成为最具潜力的年轻导演。而小说《天堂散》也因此占据了年度畅销书排行榜的靠前位置，媒体不断挖掘小说背后的故事，但没能采访到深藏不露的作者，令诸多记者和读者无比遗憾，尤其是，唐洁美对于文坛来说是一个完全陌生的名字，他们对她充满了猜想。我对她也充满了好奇：她会想念乡下的孩子吗？她会惦记那块宽阔的黄瓜地吗？甚至，她还在不在杭州？我的下一个愿望是，筹资为壶城石榴村开通闭路电视，让他们都能看到电视剧。

对父亲现状一无所知的母亲早已经从懊悔、悲愤和孤独里走出来，在我家的阳台上种满了各式各样的花草，其中有一棵树长得异常茂盛，也特别显眼，从楼下远远便能看到。它，当然是一棵石榴树。母亲每天给它浇水的时候，邻居从楼下经过，她总要唤醒人家抬眼看看她的杰作，如果得不到称赞，她的脸上会闪过一些失望和不快。

2010年7月12日

回头客

我家门口的湖也叫雁湖，清澈透明，细波轻漾，像一座浩瀚的瑶池。我们的村庄叫浦庄，还属于穷乡僻壤，藏匿于山林和雾气之中，几乎与世隔绝，外面的世界显得非常遥远和陌生。但近来竟然时有素不相识的外地人出没。他们或三五成群，或母女结伴，或孤身一人，搭乘我父亲的木头船从烟雾弥漫的湖面上来，临近村子的时候总会惊起一阵狗吠。人们往湖方向抬起头，无奈地说，讨饭的又来了。

有时候一天会来四五批。开始，他们说是震区来的，衣衫褴褛，拖儿带女，惊魂甫定，还有当地官方的证明，姑且算是吧；后来说的地方五花八门，河北、安徽、河南、山东、贵州乃至东北等等，南腔北调，谈笑风生，脸上看不到流离失所的乡愁和感伤。看着他们穿梭往返，络绎不绝，我们有理由相信，浦庄已经名声在外，全世界的乞丐都以为我们这里仓廪充实，热情好客，慷慨大方，来这里能讨个盘盈钵满，远胜于行走数十个村庄。事实上，他们每到这里，确实也收获颇丰，每次都能把空袋子变得沉甸甸的，带着窃喜气喘吁吁地乘船离去。然而，他们并不知道我们的收成也不好，没过过宽裕的日子，那些米呀、面呀、杂粮呀，都省着吃，连孩子都经常吃不饱米饭，别说吃肉了。男人们放米下锅的手重了一点，多放了些米，会被女人破口大骂，她们还把倒在锅里泡了水的米抢夺出半把来，晒干，留到下一顿。但对讨吃的从不吝惜。“他们千辛万苦来到我们浦庄，总不能给得太少，否则他们会在外头败坏浦庄的声誉。”仿佛乡亲们都把虚无缥缈的声誉系于行乞者的背囊，而且十分看重。而每一批行乞的走后，村里的人经常要盘点一下，总会有人惊呼，转而谩骂那些穷乞丐顺手牵羊拿走了他们家的一条腌鱼、两块腊肉、三个鸡蛋、一把蒜头或辣椒、经久不用了的发夹、灶台上的半盒火柴……这些损失算不上什么，拿就拿了，并不影响下一批乞讨者的收益。但有一天，村上有人发现他们在湖对岸的草木丛中架灶炊饭，喝酒，吃肉，场面宏大。“他们吃得比我们还好！”男人们横七竖八地醉倒在地上鼾声如雷，涂满油光的脸像镜子一样能映出天上的云朵；女人们脱掉破烂的外套，穿着整洁的衣裳围起圈子打牌赌钱，吆喝声惊散了湖面上的水鸟；孩子们四处嬉闹，像肆无忌惮的牛犊糟蹋了地里的庄稼……浦庄的人觉得被欺骗被愚弄了，异常生气。

“方滨海，你看你都把什么人送到浦庄来了！你是不是和他们串通一气来骗我们本来就少得可怜的粮食呀？”浦庄里嘴尖的女人用刻薄的语气指责我父亲。

湖很宽阔，父亲的木头船是浦庄到湖对岸唯一的交通工具。平常，乘船的人只需往船头的盘子里扔下一毛或几分钱就可以了。实在没带散钱的，不给也不要紧。反正我父亲不会问，也不觉得亏了什么。父亲是世界上最朴实最单纯的人，因此，这样的指责对他来说是多么严重的诬蔑，很让他无地自容。那天，父亲回到家里，呆坐在堂屋的木门槛上，不吃不喝，一言不发，直至深夜也不愿意回到房间里睡觉。母亲催了他几次，他无动于衷。我去拉他。他岿然不动，仿佛入定了。

也许是在湖面上劳碌得太久，与母亲相比，父亲显得过于衰老了。

“爸，诬蔑人的舌头会烂掉的，你不要为她们烂掉的舌头难过。”我说。

父亲好一会儿才回答我：“你知道吗？我撑了一辈子的船，相当于做了一辈子的桥和路，那是数不尽的功德啊，但声誉比这些重要得多，她们诋毁我的声誉，就是要把自己的桥和路都拆了。”

我听不明白父亲的话，直到第二天我才恍然大悟。

第二天，我和母亲起床后发现父亲不见了。有人惊慌失措地跑来告诉我们，我父亲在湖中央。我们赶到岸上，果然远远看见父亲坐在船里，正在凿他的船，铁锤敲击凿子的声音比啄木鸟强很多，令人揪心得多。能看到灌进船里的水了，越来越多的水，露出水面的船体越来越少。

母亲惊叫起来：他要沉船了！

岸边的人跟着我们尖叫，劝父亲别做傻事，那些不慎中伤了父亲的女人一会儿向父亲一会儿向母亲道歉，她们的男人甚至还当众修理了她们的嘴巴，可是船还是沉下去了，父亲也一同沉到了湖底。宽阔的湖面除了水再也看不到多余的东西，连水泡也没有。我的父亲再也不回来了，有人去沉船的地方打捞过，却发现什么也没有。父亲肯定是沉到湖底深处，或者从地下暗河潜到更遥远的地方去了——听说湖的中央正是地下暗河的出口，人们很快淡忘，过了一段时间，连谈论他功德的人都越来越少，他们似乎忘记我父亲曾经是他们的桥和路。

“可是，他也曾经是那些讨饭的人的桥和路。”背地里还有人不怀好意地说我父亲。好像是说，如果没有我父亲，浦庄就不会被愚弄和欺骗。

现在好了，没有了船，要到外面看看的桥和路都没有了，自绝于世界。真是活该。

果然，好长一段时间再没有外地人渡过湖面来到浦庄，村子确实清静和安全了很多。

直到第二年开春，突然有人看见湖面上出现了一叶扁舟，往浦庄这边缓缓而来。近岸边的时候人们才看清，这只是一叶竹排，上面站着一个人。

一个陌生的男人，身材高瘦，衣衫破旧，胡子拉碴，满脸谦卑，撑竿的动作十分生硬，看上去异常费劲。竹排的前头放着一只空袋子。

“又是个讨饭的。”有人悄悄地说。大伙一致附和这种判断。

“这里便是浦庄了。应该是吧？”男人哈着腰对岸上的人说。北方口音，肚皮饿得瘪得像另一只空袋子。

“是浦庄。”迟缓了好一会儿，才有人回答。

“是浦庄就对了。我正是要来这里。”男人欣喜地说。

“有事吗？找人？”有人问。

“讨口饭吃。”男人回答。

有人露出了鄙夷的神色：“千条村万条村都可以去，你偏偏要费那么大的劲儿到浦庄来，是不是有人在外头做了广告呀？”

男人的脸突然变出尴尬和羞怯来，一时不知道如何回答，在异样的目光注视中缓缓爬上岸来。

“我们北方人不太会划船，我差点翻在湖里了。”男人憨厚地笑了笑。他的布鞋和裤脚都湿透了，双腿有点颤抖。虽然已经是春天，但天气还是很冷，湖面上还有一层碎玻璃似的薄冰。

并没有谁觉得他为了讨口饭吃应该冒险到浦庄里。

“活该。”有人嘀咕道。很小声，但男人还是听到了，怔了怔，很快便变出笑容来：“幸好没有沉到湖底去。这湖，深得一眼看不到底。”

那竹排没有拴住，它要告别男人和岸了。有人提醒他，你的船逃跑了，你得拉住它，把它拴在石头上，等你的袋子里装满了吃的，你还得靠它离开这里。

“由它去吧。我暂时不需要它了。”男人说，“再说了，它也不是船，像我们北方的一头倔驴，难以驾驭。”

那“倔驴”仿佛听清楚了，果然离岸而去，一会儿漂出很远，再也拉不回来。

“你怎么回去？”有人提醒男人，湖面上再也没有可以横渡的船了。

男人没有回应。似乎是没有听见吧，或许是胸有成竹。

大伙闪开一条道，男人把那只袋子往肩上一搭，迈步往村庄里去。估计是饿了，又或许要烤干他的鞋和裤子，他走得有点急，好像一匹熟知线路的马。

他们发现男人很高，比他们高出一大截，脸膛黑黝黝的，风吹起他的乱发，可以看见他额头右边靠上的位置有一道暗淡的疤痕。可以肯定，那是一道旧时刀伤，像一条蜈蚣潜藏在草丛。但他不是粗野、庸俗那种，举手投足都跟那些常见的乞丐不同，气质很儒雅，说话也不紧不慢的，只是显得疲惫不堪，估计是饿了的缘故。

“对了，他来过浦庄。那时候他带着一个女人。”方德才看着男人的背影，突然想起来，“他，是一个回头客。”

“噢，我也想起来了，跟随他的女人老是咳嗽，我给了她半扎面条，她竟‘啪’地跪在地上给我叩头——不过是两年前的事情了，那时候来讨饭的还没有那么多。”有人说。

“我倒是第一次看到讨饭的回头客——他可违反了行规，哪能在同一个地方乞讨两次的？”方德才仿佛吃了大亏，不满地说。

“没有比讨饭的还恬不知耻。”不知道是谁咕噜了一声。

一群孩子跟在男人的身后。好一阵子没见过讨饭的了，竟然觉得有些新鲜和好奇。

男人没有走进最近的方胜家，而是在方德才家的院子外停下来。方德才家的女人正在晾衣物，看到这个高大的男人愣住了。

“大妹，我是来讨口吃的。”男人谦恭地躬了躬腰。

“我好像见过你了。”方德才家的说，“上次我给了你一盅米、两个鸡蛋。”

“我是来过了……我记得，两年前，来过的。”男人笑得有点尴尬。

“你要是剃了头，倒像化缘的和尚——和尚也是常来的。”方德才家的暗讽道。

“我这次不是白讨的，吃了饭，我会给你干活。”男人赶忙解释说。

“我……我哪有什么活要你干的？你又不是我家男人——我家有男人……”方德才家的突然有些慌乱。男人比病怏怏的方德才好看，且高大强壮得多。

男人朝屋里面瞧了瞧，好像要寻找什么。方德才家的警觉地叫她的儿子，去唤你爸回来……

男人说：“我想给你家做一件家具，最好的家具。”

方德才家没有什么像样的家具，除了两张旧式床和一张书桌，还有零星散落在院子里的简陋的小凳子，多年前结婚时随嫁的杉木衣柜，三年前抵债给方胜了，家里好像一下变得空荡荡的。方德才家的一直想重新拥有一只衣柜，把一家人的衣服都藏在衣柜里，老鼠进不去，灰尘也进不去，还井井有条一目了然。

院子的角落里就有几根好木头——浦庄每家每户都备用着一些木头。她怦然心动。

“我们不需要家具——那些木头,是冬天的柴火。”方德才家的说。

“这些好木头烧掉了可惜。”男人说,“我知道你们附近都没有好的木匠。”

“只要有钱,总能请到好的木匠的。”方德才家的说。

“管饭就成,我不需要你付钱。”男人说,“我免费帮你们做家具——免费给浦庄每户做一件家具。”

方德才家的最后弄明白了,男人这次来浦庄不是讨米要钱的,而是来报答的。男人说,两年前他们夫妇来到浦庄,得到了最好的礼遇,这里的人没有给他们难堪,甚至连脸色也没有给,给了他们好吃的,还施舍了他们好多东西,让他们渡过了难关,滴水之恩涌泉相报……于是,男人就来了。我们原以为他肩头上空瘪瘪的布袋子什么也没有,他却从里面取出锋利的凿子和锃新的刨子……

方德才家是第一个被报答的。

方德才家的开始不相信男人,处处防着他,生怕一不小心便被他偷走她的家底。但她依然像对待那些讨饭的外地人一样,每顿都给他一大碗的饭,晚上让他睡在破落的柴房里。柴房里有一张床,原来是方德才父亲住的,他死后就一直废弃在那里。男人没有做出令人担心的事情,晚上安分地睡觉,鼾声如雷;白天,他很早就起来干活,把院子里的一堆木头变戏法似的弄成了一块块上好的材料。有时候,晚上也点着煤油灯干活,还把声音压得很低。方德才家的夜里起来撒尿的时候偷偷看过男人,可是一直不想跟他说话。一个女人怎么能跟一个陌生的男人说话呢?况且,还是一个讨饭的。白天,村里半信半疑的妇女们也偶尔来看个究竟,看到男人在刨花和木堆中忙碌,心里越来越踏实,但嘴上依然不相信男人。“鬼才知道他是不是真的？”直到半个月后，很多人听到了方德才家的夸张的惊叫才相信也许男人是真的来报答他们曾经的恩赐来了。那天方德才家的一早起来，发现院子里耸立着一具崭新的比她想象中好得多的巨大衣柜，在晨曦中光彩照人，连她家的狗也惊惧地围着这个陌生的庞然大物边转边吠。

“再打磨一下就更好了。”男人看着自己的艺术品得意地说。

一直到中午时分，仍然有很多人风闻而至，手抚着方德才家的衣柜啧啧称赞。

男人的手艺的确无可挑剔，让人心服口服，而且他坚决不收一分银两。

“你们可以根据自家的情况，选做一件最需要的家具。”男人对浦庄的人说。

于是，他们纷纷筹划着，互相攀比，准备做的家具一家比一家复杂、费劲，仿佛做简单了便无端吃了大亏似的，有些女人甚至还争辩着当初谁给男人夫妇的东西更多，以此申明她得到的报答应该比其他人更多。

“每一个家庭的愿望都会实现的。”男人保证说，那憨厚态和语气很让她们放心。

但也有人怀疑男人说话的可靠性。“那么多人到过浦庄讨饭，凭什么只有他一个人知恩图报？还回报那么多？”

她们争着要男人先给自己家做家具，生怕男人半途跑了。

“他又不是谁家的长工，为什么不可以跑？”

方德才家的抢过男人的工具，把腿横跨在院子的门口说：“我要他再给我家做一件家具，再过几年，我家的旺月就要嫁人了，得提前为她做好一对像样的箱子。”

那些女人发出了一阵不满的哄笑。男人说，一视同仁，每家只做一件。方德才家的放下拦在门口上的腿，但还是舍不得还工具给男人。

“你不能贪得无厌……我家也养不起他那么长的时间！”方德才从屋子里出来，对他的女人吼了一声，她才把工具扔到地上，快快地走回屋里去。

“我就是要两件。”方德才家的尖锐的声音从屋里传出来，“早知道这样，我应该让他给我家造一幢房子。”

那些迫不及待的女人开始为男人争得面红耳赤。男人左右为难，最后，她们在男人的公证下，抽签定了先后排序。那排序表就放在男人的布袋里，她们经常要从那布袋中取出排序表，再核准一次，或看看还有谁就到自家了……

“或许还没轮到我家，他就走了。”

在众人的狐疑和焦虑中，男人又给方传统家做了一张新式床，几天后，给方新明家做了一套沙发……得到了实惠的女人总是心满意足，不厌其烦地向别人炫耀家里的新宝贝，你看看，刨得多光滑，像十八岁姑娘的皮肤……不过，他能替我家做两件就好了，一件总是不够的。但没有哪一家能得到两件新家具，因为男人似乎心里知道自己应该在浦庄待多久，他不能破例。

“你什么时候走呀？”总会有人站在男人的旁边跟他唠叨，话中充满了疑虑。

“给浦庄每家都做一件家具就走。”男人一边刨着木头一边回答。谁问答案都是一样。

“如果要十年才做得完呢？”方德才家的心直口快，喜欢刨根问底。她经常走家串户，倚着门墙，嘴里嗑着瓜子，睨着眼睛看男人做家具。

“那十年后走。”男人并不抬头看她。

“你家里还有人吗？”瓜子壳有时候像蛾子一样飞到男人的刨子上，男人停一下，弹掉瓜子壳继续推刨。刨花飞起来像棉花朵。

“没有了。”男人平静地回答。很简洁，似乎不愿意多说话。尽管天气还很冷，但男人穿的衣服很少，露出结实的身板。

“你的女人呢？两年前跟你一起来浦庄的那个。”方德才家的记得那个女人，素雅，大气，轮廓分明，眼睛明亮，皮肤白嫩得像男人刨过的木头，是典型的北方女人。

“死了。”男人轻描淡写地说。

“……怎、怎么会死？”方德才家的突然站直腰，脸上露出罕见的惊愕和哀怜，手里的瓜子纷纷落地。

“病死的。哮喘病。她一死，我就来浦庄了。她临终前留下的遗言，她说，浦庄人对我们那么好，你得回去报答她们。”男人的刨子推得飞快。

“我们对每一个乞讨的都一样——谁没有困难的时候啊？谁想着上门乞讨啊？那不是迫不得已嘛，我们应该将心比心……”方德才家的说，“你的女人长得真好看，女人怎样才能长得那么好看啊——那天我给她的东西比别人多，比别人好，还让她进屋子里坐了一回，暖和暖和，但你站在外面不愿意进屋，你是男人，我知道你害羞。”

“浦庄人给了她尊重，所以她至死都说浦庄好。”男人说，“她记得你的，她对你的印象最好，所以我第一个给你家做了家具。不过，浦庄的人都很好，谁都好。”

“我就不见得浦庄每一个人都好。”方德才家的说，“我送给你女人那件新内衣，是我的嫁妆，从没穿过，我舍不得穿。可是别的人就没有我大方，她们都施舍了什么呀？方胜的老婆什么也没有给，吝啬鬼。”

男人笑了笑，为方胜的老婆辩护：“我记得的，她也给了。”

“没给。这是谁都知道的事情，连她自己也说没有给。”方德才家的较真起来，大声地要和男人争论。可是男人不理她，专心致志地推刨子。又一件家具已经露出雏形。室外的阳光也多了起来，从湖上吹来的风有了一些暖意，还带着柳叶谈谈的清香。

开始有人不满方德才家的到他们家串门。因为她妒忌男人给他们家做的家具比她家的好——其实都差不多，只是各家的木料不一样，看起来就不一样罢了，趁主人不在的时候，她怂恿男人不要给他们做那么好，至少没必要精雕细琢，像对待女人那样小心。

“两年前她们给了你们什么呀，你不值得给她们回报那么多。”

男人说，一视同仁。

方德才家的不高兴，冷嘲热讽的，人家便不欢迎她，不让她靠近男人。

“他又不是你家的男人，凭什么不让我看？”方德才家的受了屈辱似的，忍不住当众发飙。很快，便有人在方德才面前说了些令他生气的话，第二天，方德才家的才不敢出现在男人的面前，但她仍不肯善罢甘休，经常打听男人的情况，无中生有地说，你们知道吗，浦庄有人看上那男人了。她当然是指女人，而且是有夫之妇。

“要不然，她凭什么天天给他好吃的？比她侍候老公还好。”她并没有指名道姓，实际上是不说出名字。

可是即使说出来了，谁又在乎她说的话呢？她不在一旁干扰，男人很快又做好一件家具。

转眼到了夏天。整天埋头做家具的男人在浦庄受到了越来越多的尊重，他也学会了本地方言，人们都几乎把他当成浦庄的人了。而方德才家的妒火像阳光一样炽热，她要去别人家看男人做家具，方德才也没法拦住她。但她坚决不跟男人说话，她只是在外头观察谁家的女人对男人有异样的举动或说了什么令人起疑的话，然后在村里添油加醋地宣扬。大伙对此并不在意，但男人察觉到一些不对，显得有些难堪。他叫了一声方德才家的。方德才家的装出不情愿的样子走到男人的面前。

“我很快要离开浦庄了。”他的意思是说，请她不要乱说话，不要给他和她们增添麻烦。

方德才家的一阵慌乱：“就走了？”

“做完最后一件家具就走。”男人淡淡地说。他正在做方鸿儒家的组合柜，都成模样了，“这是最后一件。”

“可是你没有给方滨海家做家具。照道理，他家也应该做一件的。”方德才家的提醒说。

男人从口袋里拿出那张排序表看了两遍：“没有他家的序号。他没抽号？”

“他死了。”方德才家的说，“她男人生前是摆渡船的，你搭过他的船，你应该给他做件家具。”

男人是第二天傍晚来到我家的。

我母亲正在院子里收豆子，夕阳的余晖照在她年轻端庄的脸上，像湖面上泛着的波光。

男人在院子围墙外谨慎地向我母亲打了一声招呼。母亲抬起头来。她从没去别人家看过男人干活，但她知道这个陌生的男人肯定就是在浦庄待了半年的木匠。

“你家需要做什么家具吗？”男人朝我家的屋子里瞧了瞧。

“我家需要一张书桌。”趁母亲站起来之前，我抢着替她回答了。

我家没有像样的家具，一件也没有，连饭桌都缺了一条腿。我做梦都渴望得到一张书桌，那样我就可以不在饭桌上做作业，我就能写出工整的作业和漂亮的作文。

可是母亲冷冷地回答说，我家不需要什么家具。

男人尴尬地站在那里。我多么希望他能找到合适的语言说服母亲，免费为我家做一张书桌。我家的院子里有一堆木头，堆放在墙角那边，它们日夜呼唤着能工巧匠将它们变废为宝，给它们应有的尊严。

“本来，你应该抽签的。”男人说，“你男人撑船撑得真稳。”

母亲转过脸去掩饰突如其来的哀伤。

“我给孩子做一张书桌。这将是我给浦庄做的最简单的家具了。”男人说，“如果我女人知道我只给你家做一张小书桌，她肯定会生我的气——但如果我连一张小书桌也不给你家做，她会更加生气。”

我用近乎哀求的表情对着母亲。母亲似乎动心了。

“我家不需要回报。”母亲说，“我男人撑了一辈子的船，当了一辈子别人的桥和路，从来没想过要别人回报。”

男人窘态百出，不知道怎样说服母亲。

“况且，两年前我们也没施舍你们像样东西，不值得你报答。”母亲说，“不过，你家的女人很善良，她却对我说了一百个谢谢。”

男人动情地说：“她本来要跟我一起来浦庄的。她说，你们像对待亲戚一样对她，连浦庄的狗也没对她吠过一声……哪怕给你们叩拜一百个响头也是应该的。”

“没有必要。”母亲轻声地说。她把豆子倒进麻袋里。豆子发出沙沙的声响。一只老鼠翻过墙角消失在木头堆里。

“我女人叮嘱过的……”男人说。

“真的不需要。”母亲断然拒绝了。

男人尴尬地走了，第二天傍晚又来到我家：“我不给你家做一件家具，我女人死不瞑目的，她会骂我，下辈子不愿意跟我走了。”

母亲愣了一会儿才动了心：“那你就给我家的孩子做一张书桌吧。”

三天之后，男人拿着工具来到了我家。他把墙脚下那些不规则的木头挑选了几根，然后就扛到屋后的空地上开始量材而锯。我家终于响起了期待已久的斧凿声。我在一旁毛手毛脚地拿这拿那，可是男人觉得我是在添乱。我只好尽量克制自己，让自己安静下来，站立在一旁观看。

男人做事相当认真，一斧一凿都很讲究。他不允许自己浪费主人的材料，也不允许工艺存在瑕疵。

“一张书桌而已，不必费那么大的劲。”母亲很少出现在男人的面前，只是不得不经过那里喂鸡的时候，偶尔对男人说上一两句，脸上没有什么表情。

“不费劲的。书桌是读书人用的，应该做得更好一些。”男人也不抬头，汗流满面。

母亲也不再多说一句话，走了。只有每顿让我把饭送到男人跟前的时候，她才特别交代：“告诉他，如吃不饱，锅里还有。”可是男人每回都说饱了，怕我不信，还拍打着坚实的肚皮发出噗噗的声响，估计远在厨房的母亲也听到了。

我不知道母亲什么时候开始主动和男人说上话的。那天我从学校回来，看到母亲站在一旁看男人干活和说话。

“你女人不像一个乡下人。她随你走了那么多的地方，皮肤还像水一般光滑。”母亲说。

“她是上海人，出身名门，她的曾祖父曾经跟随左宗棠远征甘肃且立有战功，官至四品。她的祖父是上海一个大药材商，她父亲却是一个浪荡仔，她的胆子比我大，心地也比我好……”男人说。说到自己的女人时他总是满脸自豪。

“你也不像一个木匠。”母亲说，“尽管你的手艺很不错。”

男人抬头惊讶地看了母亲一眼。

“你原来不是干这一行的。”母亲肯定了自己的判断，为此显得有点得意。

“是的，是跟一个木匠学的。”男人说，“在甘肃夹边沟——你知道夹边沟吗？”

母亲迷惘地摇摇头。

“一个……农场。”

母亲还是迷惘地摇头。直射的阳光将男人照得透明，他的乱发已经理过，脸是一张俊逸的脸。估计是要给男人遮挡阳光吧，母亲从墙头上取过一顶草帽，要戴到男人的头上。男人突然粗鲁地打掉母亲的手。

“别给我戴帽子！”

母亲错愕和委屈的表情让我终生难忘。她转身离开，与我撞了个满怀。她的眼里饱含泪水，莽撞地从我身边拂袖而去。

母亲从没受过委屈——她善良而本分，从不贪小便宜，也从不跟别人争论长短。可是，父亲不在了，连这个即将离开浦庄的外来男人也如此粗野地对待母亲，我气愤难当，抄起一把铲子，向已经快做好了的书桌猛砸下去，书桌顿时散了架。男人没有制止我，像一个陶匠看到自己毕生努力的杰作瞬间毁灭一样满脸绝望。母亲惊异地站在院子里，侧目而视。

我很快便后悔砸烂属于自己的新书桌。

“讨饭的，你重新给我做一张书桌！”我大声命令男人。母亲远远地斥责我，我扔掉铲子，气呼呼地跑开。

男人也没有好脾气，看上去恼羞成怒了，一把扔掉凿子，回到他的柴房里，关上柴门，整个下午都没有出来。中午他没有吃饭，晚上母亲让我端饭给他，他说不饿。我把饭碗放在柴房的凳子上，半夜里我偷偷地看他，他依然鼾声如雷，几只老鼠正在繁忙地瓜分那碗米饭。我要进去驱逐那些掠食者，却被早在另一侧墙角窥视的母亲轻声阻止。

我以为男人会违背承诺，收拾东西离开浦庄。但第二天，他起得更早，重新给我做书桌。看上去没有什么不妥。我们都打了招呼。母亲也当什么也没发生过，依然保持着节制的热情。但是，这天晚上，母亲悄悄地替男人洗了衣服，并晾在不显眼的旁屋的屋檐下。之后的几天，母亲让我邀请男人一起吃饭，男人也不推辞，和我们坐到了一张饭桌前，还穿着我父亲的衬衫。

我家在西北角的湖边，祖辈都离群索居，又因为父亲和母亲都不喜欢跟别人说话，到我家串门的并不多，只有方德才家的偶尔会到我家东张西望，装作看看我家院子里的蒜头或莴笋，“顺便”要和男人说说话。但男人对她依然不冷不热，甚至连头也不抬，不看她一眼。

“一张书桌做了那么久！”方德才家的好像对谁不满似的，“这九天时间都可以造一张双人床了。”

方德才家的掐指算过并提醒我们，男人到我家已经九天了。

我也突然觉得,这一次,男人是有点拖沓了。是不是故意蹭饭啊?

母亲告诉方德才家的，书桌本已经做好了的，因为款式和尺寸都不满意，只好重新做一张。

“那不相当于做两件家具了吗? 要是给我家做的衣柜,我现在不满意了呢，能给我重做一个吗?”方德才家的说得有点尖刻了，“何况，讨饭的也有回头客，就不能回头给我家多做一件吗?”

母亲说，那得问他。

方德才家的真的去质问男人。男人回答说，好吧，我给浦庄每户都做两件家具。

这个消息飞快地传遍了浦庄。对于第二件家具，她们早已经胸有成竹。因此，她们纷纷催促自家的男人筹备木料，迎接男人再次来到他们家。

他们首先拥到了我家。我家的书桌已经做好了。他们抚摸着我的新书桌，依然对男人的手艺赞叹一番。他们正期待着第二轮抽签排号，希望能抽到靠前的序号。

“或者根据第一次抽签的序号，倒排过来……”这个提议得到了第一次抽签序号靠后的人支持，却遭到了另一批人的反对。她们瞬时争得不可开交。

“犯不着抽签了。”男人说。

她们肃静下来，没有弄懂男人的意思。

“我决定给浦庄造一件人人有份的家具——船。”男人说，“没有渡船，你们看不到湖对岸的世界。”

众妇“啧”叫了一声。听不出是支持还是反对。

“这是我送给你们的第二件共有的家具。就在这里做，做好了我就走——我待得够长了。”男人说。

船是船，船不是家具。她们终于掩饰不住失望的神情，嘀咕着散去。

方德才家的甚至有点生气，走出很远了还悻悻地说：“我犯不着去外头讨饭，我根本不需要船。”

往后的好几天，男人都到后山里去砍树，那些适合造船的木头被源源不断搬到我家左边的空地上，荡漾而饱满的湖水爬到木头下面，热烈地渴望着盛载一艘船。遮掩在茂盛的柳树中的男人隐约可见，母亲有时候也隐现其中，看上去是两个人在合谋做一件意义非凡的事情。

谣言首先传到我的耳朵里。是关于母亲和男人的谣言。谣言的源头明显就在方德才家的那里。因为每天都有新细节被她披露和传播。

有一次，方德才家的当众拦住我："将来你是允许男人留在你家里，还是跟随他到外面乞讨？"

我都不愿意。我更在乎我家的声誉。父亲在世的时候，我家拥有极好的声誉。

我当着母亲的面对男人说，浦庄不需要船，即使有了船，也没有人愿意撑船。没有人愿意在湖面上长年累月地经受风吹雨打和受人使唤。

男人听不出什么不对，爽快地说，我愿意撑船，虽然我从没撑过船。

我对母亲说，妈，污臭的湖水快把我家淹没了。

母亲大概听出了我的激愤和言下之意，沉吟了一下说，我知道了，船也快造好了。

船的龙骨横卧在湖边，已经有了一个清晰的雏形。

"这船，跟你父亲撑的那只一模一样，我就是仿照那只船做的。"男人说。我也看出来了，它让我再次想起父亲在湖心沉下去的情形。

"妈，船还是不要造了吧。让他离开浦庄吧。"我恳求母亲。

男人意识到有什么不对头，停下手中的活，等待我告诉他更具体的理由。

"浦庄有人说，他可能是逃犯。"我不敢正视男人，尽管我说的是真话。她们暗地里说的，"他哪里像木匠？哪有木匠干活不收钱的？什么报答，估计是走投无路了，在浦庄躲藏……"方德才家的说得最凶最刻薄，说男人也许在外头犯了命案，和那女人是一对亡命鸳鸯。

母亲对我说的话大为不满，忙着向他解释，实际上是道歉。

男人脸上有惊慌，转头看浩渺的湖面。夏天的湖面比他来的时候要宽阔一些，一眼望不见尽头。

我越来越相信，他既不是木匠，也不像讨饭的乞丐。我偷看过他藏在床头的一本书，是一本全是外国文字的书，厚厚的，破破烂烂，书页边上还有钢笔写的密密麻麻的批注，那字写得比我学校哪一个老师写的都漂亮。

“她们终于看出来了，我真的是一个逃犯。”男人对母亲说，“我跟你说过的，夹边沟农场，是一个劳改农场。我是一个劳改犯。”

母亲惊愕地搂住我的肩膀，风把她飘逸的长发吹乱了，像柳条那样乱。

“我女人从上海跑到甘肃看我，我们就一起连夜逃跑了。如丧家之犬，逃窜三年多了，好几次差点死在路上……我女人跟我吃了那么多的苦，病死前她跟我说，你不要四处逃窜了，浦庄是一个理想的藏身之地，那里的人那么好，你就当报答她们，只要能吃上饭，活下来，你就一辈子给他们做牛做马。”男人说到自己的女人时总是饱含深情，仿佛她就站在他的面前。

母亲茫然不知所措，看了看那只还没有做好的船：“你打算怎么办？”

男人说，把船造好了我就走，其实浦庄是需要一只船的。

浦庄也可以没有船。自从父亲把船沉了以后，浦庄不也不一样过？没有了船，断了他们到对岸闲荡的念头，如果他们真要到湖对岸去，可以沿着一条栈道走到湖尾去，绕道而行，多走十几里，一样可以到达对岸。

我和母亲没有再说话，忐忑不安地回到院子里。晚饭的时候，母亲对男人说，也许她们不会告密，你在为她们做好事啊。

男人说，把船造好后我就走，我抓紧一点——这是我第一次造船，现在我才知道，船不是家具，比家具复杂太多——不过，很快就好了，我能做好的。

你不必太惊慌，浦庄的人并没有那么坏。母亲说。如果你给她们做更多的家具，你愿意待多长就多长。

男人又在浦庄多待了三天。看得出来，他做事没有原来那么一丝不苟，粗糙的船板被过早地装到了船体上，甚至撑橹也没有来得及再次打磨，远处看去，一只崭新的船基本造成了，但走到船体上细看，却连船板间的缝隙还清晰可见。

“那些缝隙需要弥补、打牢，整只船还得涂上桐油。”男人说，“估计还得三四天工夫。”

母亲似乎也为船焦急，整天围着船忙碌，帮男人拿这递那，脸上充满了成就感和满足的惬意。而关于她的谣言已经在学校疯传，连校长也问我，你是不是有了新父亲？我断然否认，尽管整个学校只有几十个师生，但我觉得他们代表了全世界。

那天我从学校疯跑回家，因为我无意中听到了可怕的消息，我得告诉母亲。

母亲正在湖边烧桐油，浓烈的气味呛得她直咳嗽。

“公安要抓他了，他们正绕过湖尾，有人听到警笛，很快就要到了！”我急促地说。我从没那么慌张过。

男人和母亲都大惊失色。

“那么快？”男人说。

“她们果然告密了。”母亲狠狠地扔掉手中的柴火。

“本来我改变了主意，给她们做更多的家具……船，来不及了。”男人丢下工具，往我家院子里跑，很快听到了猛烈撞击柴门的声音。一会儿，他手里拿着那本书跑回来——只拿了一本书，把书往船上一扔，然后在船屁股后面，用尽气力把船往湖里推。

“你们来帮帮忙。”男人用近乎哀求的语气说。船太沉重了，在地上它只是一堆木头，只有到了水里才变成船。

“你想干什么？”母亲迟疑不决。

“我得继续逃跑。一被他们抓住，我这一辈子彻底完了。我会死在黑暗的监狱里，我女人带着我死在逃亡的路上，我不能让她白白地死……这次她睡沉了，竟然忘记给我通风报信了……”男人绝望地喊叫。

母亲跑到男人的旁边，手忙脚乱地帮他推船。我也加入了。船顺着水草滑到了湖里。

男人迅速跳上船，抓起撑橹就划。船离开了岸边，离开了我们。

母亲担忧地问船上的男人：“船还好吧？”

男人大声回答，还好。但他很快便弯下腰去，伸直身子时手里抓着那本书。书已经湿成软绵绵一团。

母亲惊慌失措，对着男人猛喊：“马自珍，船不成了，你快回头！”

母亲的喊叫惊乱了一群水鸟。男人没有听母亲的，船划得更快了，摇摇晃晃得令人揪心。但我记住了男人的名字：马自珍。

母亲急得要哭起来，要不是我拼命拉住，她甚至要往湖里跑，追上船去。

“我还会回来的。”这是男人最后对我们说的一句话。是用我们的方言说的。他能说我们的方言了。

当警察出现在我们身后的时候，我们的身后已经站满了人。方德才家的就站在母亲的身旁，样子跟母亲一样焦急，与母亲不同的是，她还失态地跺脚，把一堆无辜的水草跺成了烂泥。此时船已经到了湖中央，就在我父亲沉船的地方，那船也开始往下沉。先是船头往水里下沉，然后是整个船体……母亲终于忍不住失声痛哭。方德才家的受到感染，也号啕大哭，呼天抢地的，仿佛沉掉的是她家里的什么人。

在哭喊声中，船沉得更快，一会儿便消失在湖中央。湖面又恢复了宁静、冷清和孤寂，像一本翻开又合上的书。

事情已经过去许多年。男人给浦庄每家每户做的家具仍然还在用，质量经受住了时间的考验。但那来历不明的男人跟我父亲一样逃不过迅速被遗忘的命运。只有我，风和日丽的时候，一个人站在湖边，在浓密的柳叶下，双脚浸润着湖水，抬头往湖心放眼望去，经常能看到两只熟悉的一模一样的船并行漂荡在湖面上，好像要往我家这边漂来，但永远都离我家那么远。又有一次，我在西湖雷峰塔前小憩，偶然看到两只像父亲撑过的船，在烟雾弥漫的湖面上若隐若现。我惊喜交集，对着它们猛喊，它们仿佛受了惊吓，转眼便消失了。我忽然想到的是，听说雁湖和西湖是相通的，连接它们的是一条地下暗河，在雁湖经常能捕获到西湖才有的鱼。这种事情，你可以当成一个传说。因为我从来没看见过地下暗河，而且，我家离西湖至少有五百公里。

2010 年 6 月 6 日

响水底

响水底只是一条村子。水从看不到尽头的茶山上跑下来，到了这里便猛摔一个跟头，从高高的悬崖上掉到黑水潭里，像汽车追尾一样，啪啪地撞在一起，哗啦啦的，昼夜都是一种声音。这种声音呀，不知道延续了多久，反正村子里的人从出生到老死听到的都是这种声音，枯水期也震耳欲聋，遇到山洪暴发，声音更大得让人惊惧。这响声，像牛屁一样沉闷，又像轰炸机老缠在头顶上不放炮弹，外面的人来到村子，根本睡不着觉，老像耳朵里边打雷，这雷声呀，经久不息，一直烦到骨子里去，特别难受的是说话，两人面对面嗓子喊破了也听不清对方说了什么，都要变成聋子和哑巴，焦急得到处找一个安静的地方说话。但声音这东西像一群饿鸡，你走到哪它跟到哪，怎么也甩不掉。因此，村子来的客人很少，来了也留不住，见一面便要走，有时连饭也不吃，吃饭不是吃饭，吞下去的还是那水声，那饭粒要在肚子里爆炸咧，把你的五脏六腑都炸乱。客人在外面说，响水底的母鸡下不了蛋，女人做不了种，那地方穷不死，也得烦死。说坏话的人多了，村子的名声肯定不怎么好，来的人便少。来的人少了，村子便显得有些孤单，再加上那响彻群山不知道要传多远的水声，就更觉得孤单了。孤单便孤单呗，水还不一样流，日子还不一样过！

但外面的女人来得少了，村子里的男人便成了问题，近亲结婚的多了，傻子和奇形怪状的人也跟着多。村子里的人也并非没想过办法，但办法不多，多赚点钱，钱多了女人听到水声也不觉得烦忧了，钱赚不多，便找耳聋的女人做老婆呗。镇政府来村子里搞扶贫的干部说，你们怎么偏偏要围着这瀑布居住？你们搬到山底下去不就解决问题了吗？问题能这样解决就好了。外面的人害怕水的声音，但对村子里的来说，没这种声音不行。这种声音呀，在娘胎里便缠上你了，都钻到你的血液里了，它像你的娘天天叫着你，要不，像你的孩子哇哇地哭，无论你多烦也得抱抱它。这声音呀，还真像贫穷一样，村子的人都习惯了，到了外面听不到还不适应呢。一听不到那声音，心里就慌里慌张的，总担心发生什么大事。反正受不了静。外面的人也替他们担心，担心什么呢？担心村子里的人怎么说话呀，那水声都塞满耳朵了，夫妻间要说点悄悄话怎么办呀？但他们的嘴巴除了吃饭，还不一样说话，跟外面的人说话也没有什么不同。不同的是，他们的耳朵特别灵敏，能随时随地听得到铁针掉地的响声，能听清楚天上飞过的鸟唱什么歌。秀雅刚嫁进来的时候，挺惊讶于他们从哪来那么灵敏的耳朵，继而羡慕，恨不得要跟他们换一双耳朵。但过了不久，她自己也有了一双灵敏的耳朵，八哥远远地说话她也能听到。八哥是一只鸟，听到八哥说话便知道八哥沿着高高的山路从茶场上下来了。

也就是说，重庆转眼也快到了。

秀雅是戴着棉塞嫁进村子来的。那天唢呐声几乎压住了水声，嘹亮而优美，但秀雅听不到。结实的棉塞拒绝了一切声音。过了一座树木茂盛的山，又过了一座树木茂盛的山，转过一道山梁，终于看到了一帘巨大的瀑布闪亮在云蒸雾罩中。她惊叫了一声“大瀑布”，但连她自己也听不到自己的声音。一个调皮的小男人突然扯掉了她的棉塞，凑近她的耳朵说，我们不把瀑布称作瀑布，而只叫水。那就叫天水呗。天水望不见尽头，高高地挂在悬崖上，重重地摔下来，然后爬起来往河里走，往山外流。山里头究竟有多少水，总也流不完。秀雅想，山上面的山是不是藏着一个汪洋大海？水声撕裂了耳朵，秀雅赶紧从小男人手里抢回来棉塞，把耳朵堵得更死了，村子里围观的人笑得前俯后仰。秀雅是十年来嫁进村子来的第一个女人，新鲜，奇怪，可疑。秀雅生得圆润、秀气，胸脯挺直直的，很好看。她嫁给了瀑布这边山坡上的重庆，一个跟小男人差不多的男人。棉塞就是他想出来的，多聪明多体贴的男人。秀雅想，其实村子里的男人都不笨，就是名字怪一点，都像重庆一样怪，都是城市的名字，什么杭州呀、桂林呀、广州呀，连北京也有人敢叫。重庆姓张，那就是张重庆。他爸张九江常年在山下面的河道上造纸，平时都不回来，如果有好吃的要送给他，距离也不是很远，但就要跑很长的路，听到造纸作坊里“噗、噗、噗”的响声，看到一个高高的像时钟一样永远转动着的水车，就快了。重庆结婚就是他父亲攒的钱。他爸呀，为了重庆，也舍不得给自己重新找一个女人。重庆人生得不赖，虽然矮小一点，但白净，勤恳，憨态十足，结婚那天，村子里的人都笑了，他却没有笑。秀雅不明白他为什么不笑，直到晚上才知道，重庆要在夜里笑。当天半夜里，他竟坐在床边上嘿嘿地一直笑个不停。秀雅说你笑什么呀。重庆说，我找到了一个漂亮老婆啦。秀雅听不清楚，摘掉棉塞，哗啦啦的水声灌进她的耳朵，她禁不住惊叫起来。这一惊叫呀，把村子所有的人都逗笑了，他们都笑：重庆要跟新娘亲热啦。重庆一把将秀雅捂进被窝里，秀雅害羞地推他。重庆对着她的耳朵说，你是响水底村最漂亮的女人，我想天天把你捆在马背上。秀雅终于听明白了，原来在村子里男女之间是这样说悄悄话的。只有和自己的男人缠在被窝里，那水声才显得不那么烦人，才显得与自己无关——原来水声也是宁静的。

重庆又要上山了。秀雅比他起得早，到地里摘菜，蹲在河边洗。其他女人比她还早，人家菜都洗一半了。秀雅在她们的下游洗。女人叽叽喳喳，秀雅知道她们在议论她，但她听不闻。她们说，秀雅，你的耳朵都流汗了，快把棉塞摘掉吧。秀雅对她们笑笑。重庆在河对面的山坡上喊，他要到茶场去了，晚上不回来。秀雅知道重庆是在跟她说话，赶紧摘掉一只棉塞，水声一下冲击过来，耳朵被撕裂般痛。秀雅听不清楚，对重庆喊，你重复说一遍。重庆重复了一遍，秀雅还是听不清楚，又摘掉了另一个棉塞，重庆又重复了一遍，秀雅还是糊涂。女人们笑得直了腰，对重庆喊，秀雅知道了。重庆以为秀雅真听明白了，便拉着两匹马往瀑布右侧的小道上爬，越爬越高，一会儿便只看得见马屁股而看不见重庆，很快连马屁股也消失在雾气中。一个胖女人告诉秀雅，你男人说啦，今晚回来，你得好好准备。女人们哈哈大笑，秀雅的脸红扑扑的，害羞得要紧，收拾还没洗完的菜便走。

重庆是茶场的驮茶工人，隔两三天便要从茶场驮茶到镇上。茶场是镇供销社的，他也是供销社的人，场长说了，重庆工作不错，用不了三五年就有条件转正式工了。茶场离村子不知道有多远，听说在天水的源头，水源有多远茶场便有多远，要翻几座山，要过几条河，茶场在一座山的顶上，不通车，只能走马。马也难走，路坎坎坷坷的，绵延直上，像一条天路。秀雅暗自责怪那些人，为什么要把茶场建在高山密林里呢？重庆说，因为那儿土壤好，水质好，一年到头都有雾气，茶叶长得鲜嫩，在树上就香，你闻，我全身都是茶香。秀雅一闻，果然连他的牙齿都是香气，鼻子喷出来的气也是香的，他整个人就像城市里女人的香袋，一个大男人的要那么香干什么？但秀雅就喜欢他身上那股茶香，那是其他男人所没有的。秀雅要搂抱着重庆不让他走。可是重庆结婚后第三天就走了，秀雅简直要生他的气。还好，重庆今晚回来。他应该天天回来。

秀雅提着菜回来，那些鸡呀一下子围过来，要啄篮子里的菜。秀雅举起菜篮子，那些鸡也高高跃起，把菜啄着了。连鸡都欺生。秀雅想骂，但骂不出口，在娘家她敢骂，但刚嫁过来什么话都不敢随便说，好像到处都是耳朵。秀雅把菜篮子挂在高高的墙壁上，那些鸡比赛着谁蹦得更高，但都够不着菜篮子，秀雅幸灾乐祸地笑了。然后做什么呢？这里不是娘家，在娘家，这时候应该是挑水，但这里水多得满地都是，水声都能把人喂饱，水龙头都伸到了水缸里，一打开，水哗啦啦地跟着水管来了，又是那烦人的水声。重庆和他爸都很少在家，家里除了几只鸡什么也没有，鸡是不用管的，到处都能找到吃的东西，但晚上要防黄鼠狼，过去是邻居过来帮他拴上鸡棚子的铁门，早上又帮他打开。秀雅想，一个家呀，单单靠养几只鸡远远不够。她决定用一整天的时间谋划这个家，晚上重庆回来就让他点点头。其实，持家是女人的事情，不需要男人来管，男人懂什么呀，征求重庆的意见也只是形式，哪由得他同意不同意？秀雅虽然塞着耳朵，但仍然能听到自己心里的声音。她想呀，首先要养上三头猪，牛也得养一头，转租出去的三亩地过了年要回来自己种；猪圈要重新维修，菜地要拓宽一半，那些鸡的性别要调整结构，母鸡要比公鸡多……秀雅琢磨着要种几畦柑橘，她喜欢吃，但很快被她否决了，村子里常年都是雾气，阳光少，果子不甜。秀雅把计划都记在了一张包糖果的纸上，预算也打好了，重庆没有多少钱，得向他爸要。他爸会同意吗？秀雅想，如果他爸不同意，就回娘家借，把重庆给她娘的嫁妆钱先要回来再说。秀雅筹划事情的时候，那些鸡缠在她身边，轻轻啄她的脚指头，像生养有许多孩子的女人被孩子们绊住了腿。有了女主人，它们都变懒惰了，不去外边找食了，要养尊处优等着女主人喂。秀雅实在忍不住，瞧瞧四下没人，低声地骂了一声“发瘟”。但远大理想也得从喂鸡开始。于是喂鸡。秀雅拌了一些剩饭，倒在鸡槽里。喂鸡如喂奶，哪一只也不能怠慢，怠慢了它，它追着你的手要啄你。秀雅觉得这些鸡也挺欺负人的，挑剔，霸道，要给女主人下马威。秀雅想，你们凶就凶一点，等到我坐月子了，就让你们下锅。然后，打扫卫生，把爆竹的残花败柳打扫干净，在打扫鸡棚子的时候，秀雅发现了一只余温尚存的鸡蛋，虽然与外面的鸡蛋相比显得娇小玲珑一些，但这里的鸡蛋也是圆的，光滑得能照出人影来。几间房子是重新修缮一新的，屋顶上的瓦片新旧相间，窗棂也是，连筷子也是，看来重庆为结婚好好准备了一番。院子的围墙破损了一些，有断垣残壁的味道，补砌的新墙泥巴还未干，遮雨的水泥板断裂了不少。围墙是一个院子的脸面，可得讲究，重庆没有空，他爸也忙，过些时候让娘家的人过来，一定把围墙重新修葺一番。天水的水粒落在上面，屋顶是湿漉漉的，屋外的树叶也滴着水珠，秀雅用手摸一把脸，脸也是湿漉漉的像涂抹了保湿油，但眉毛尖上也是水，像刚刚哭过。秀雅想，这里真能保养人。然后做饭，一个人吃饭。吃完饭，本想要到邻居家走走，一个刚刚嫁进村子的女人，总得主动串串门，以免人家说你傲慢。但秀雅还是把这个事情往后推推。她害羞。村子上的人家都是散散疏疏的，她家离左邻右舍都有一段距离。也好，不用抬头便见到人。秀雅觉得她家比谁都占了便宜，因为离天水最近，天水仿佛就在她的头顶上。它才是她最亲密的邻居。因此，必须和它打好交道。秀雅走到天水的旁边，坐在一张小板凳上，静静地看天水。她的样子很优雅，像坐着给人摄像的模特，但她觉得自己更像一个画家，水汽把她的衣服打湿了，水声把她头发上的水珠震落下来。高大的层层叠叠的瀑布，像一幕窗帘，又像一面镜子。那条逆水而上通往茶场的小道消失在淡淡的雾气中。山坳、山坡上的花呀、草呀，嫩嫩的，蓝蓝的，绿绿的，色彩分明，颜色是春天的，气味也是春天的，哗啦啦的水声也是春天的。只是这漫长的等待呀，像冬天一样难熬。秀雅并不能像画家那样气定神闲，很快便坐卧不安。早早便做好了饭，捂在锅里热着，等重庆回来便可以吃了。一定得等到他回来。秀雅守在瀑布旁边的路口，一直守到黄昏，夜色和雾气融为一体，狗吠和婴啼交相喧嚷，仰面看瀑布旁边的小路，没有行人，没有马匹。秀雅慢慢扯掉棉塞，水声顿时如洪钟灌耳，把头都震痛了。但秀雅顾不上怕，只怕听不见八哥说话的声音。

重庆说，你听到八哥说“重庆回来啦”，我就回到了。

秀雅想，很快就会听到八哥说话。她想闻重庆身上的茶香了。重庆担心秀雅习惯不了水声，为她准备了好多棉塞，又怕她后悔，说好了经常回来陪她让她闻他身上的茶香。其实，秀雅不后悔嫁到响水底来。重庆不知道，响水底对秀雅来说有多好。秀雅娘家在另外一个镇，另外一座山，那边干旱得要紧，庄稼经常活不到收获季节便枯死在半路上，连喝水都跑好几里路，去迟了还轮不到你，你得在那里等，一直等到水从泥土里慢慢腾腾地一点一点地渗出来，有时候像便秘一样好半天也憋不出一丁子儿，世界上最有耐心的人也会被漫长的等待逼哭。为了水，秀雅没少哭，有时哭掉的泪水也比水多。没水怎么能养人啊！秀雅这一辈子最大的愿望，就是要嫁到水源充足的地方去。嫁到村子之前，秀雅没到过响水底，听媒人说村子里有很多水，那男人家离水最近，水就从他的屋后落下从他的门口流过，张开嘴巴就能喝到水。秀雅想，有了水，我可以做一切事情。秀雅便嫁过来。结婚那天，一下子看到那么多的水，都把她惊呆了，原来世界上的水都藏在这里，觉得自己突然拥有了许多财富，怎么花也花不完。村里的女人不明白她为什么要选择嫁到穷山恶水，秀雅只是笑笑，心想，响水底的女人身在福中不知福，有了水，还求什么！但娘家也有比这好的，那边可静了，静得能听到自己心里想什么。这里太吵，吵得连自己说话也听不见。有什么办法呢？把水声当成音乐吧，秀雅想。这一想呀，水声真的就变成了音乐，都像八哥唱歌一样叫人揪心了。这一想呀，秀雅突然听到了叫声。早上洗菜见到的邻居张二婶乐呵呵地叫她。

秀雅来不及掩饰，内心的秘密已经被张二婶发觉。

“今早她们骗你的，你家重庆说茶场工作忙，他今天不回来。”张二婶说，“不要紧，刚嫁过来的时候，我也经常被别人捉弄。”

秀雅尴尬地笑笑，其实我也不是等重庆，我只想听听这水声。

张二婶说，这水声呀，能把孕妇的胎儿都震下来——你得吃惯这苦头。

秀雅又笑笑，起身回家。张二婶跟着她，帮她拍掉屁股上的泥土，在这里，别人欺负不了你的眼睛，就欺负你的耳朵。

秀雅暗下决心，从明天起，不戴棉塞了，耳朵是自己的，一定要把它找回来，再也不让别人捉弄。

当晚，秀雅便扔掉棉塞，但睡不着呀，那水声不像雷声，它能不间断地骚扰你一整晚，让你连一个简单的梦也做不成，把头捂在被子里也不成，没有男人的被窝是空的，水声会乘虚而入。秀雅几次三番要重新戴上棉塞，但一想到今早被那些女人捉弄，一想到连重庆的话也听不清楚，她又把棉塞扔掉。睡不着就睡不着呗，睡不着便想重庆的好呗。重庆有多好？重庆憨厚，满身茶香，香到骨子里去了，连牙齿也像茶花一样香，世界上的臭男人到处都是，但到哪里找一个全身香喷喷的男人啊？而且快了，他就快成为正式工人了，一转成正式工人，按照习惯，就可以安排家属到茶场摘茶叶，也是一个工人，也落得满身香味，回到娘家把那些姐妹羡慕得要死……反复地想，水声便似乎静了，进不了你的脑袋，梦也支离破碎地能做上一点，到了天亮终于可以拼凑成一个完整的梦，那就是重庆从瀑布旁边的山路上回来了。

终究是梦。梦一醒，新的一天，便在一成不变的水声中开始了。

秀雅发现自己的耳朵痛得像被割掉，耳朵一痛，头也跟着痛。水声都搬到她的脑子里去住了。她去找张二婶。张二婶告诉她，像女人第一次生小孩一样，嫁到这里的女人总得经历耳朵痛，如果你怕痛，就一辈子戴着棉塞，也可以像张上海的女人，当年嫁到这里第二天便要逃跑，连嫁妆也不要，脸皮也不要，要一走了之，水声，连水声都忍受不了还做什么女人！

秀雅不认识张上海。但知道他的女人叫桂娟。

我才不学她，到哪里找一个那么多水的地方啊？秀雅说。秀雅觉得她不会像桂娟，连水声都能把她吓跑。

张二婶说，她跑不了，她还在响水底——水声把她逼疯了。

秀雅想，水声怎能把一个人逼疯呢？秀雅知道村子里的女人都以为她受不了水声，会哭，会骂，会闹着搬到外面去，甚至像桂娟一样要逃跑。但秀雅偏不。她不相信找不回自己的耳朵，她扔掉了重庆送给她的所有棉塞，用赤裸裸的耳朵迎接水声。终于有一天，她的耳朵不痛了，还听到了八哥说话的声音：

“重庆回来啦！”

开始以为是幻觉，以为是想多了，以为是水声在捉弄她，秀雅竖起耳朵，紧张得把呼吸也停止了。在巨大的水声中她再次听到了八哥说话。穿过雾气，她看到了黑羽毛红嘴巴的八哥骄傲地低翔。

一会儿，重庆果然出现在小路的上头，像从天上回来。

一个人，两匹马。

秀雅几乎要哭啦。她强忍泪水，帮重庆牵马。每匹马驮着两大筐茶叶，茶叶包裹得严严实实的，连气味也不露出来。茶香是从重庆身上发出的。八哥盘旋在秀雅的头上不肯停下来。重庆笑呵呵地说，你要赏它。秀雅来不及闻一闻重庆牙齿里的香气，便先给八哥一把米饭，八哥这才停在围墙上，独自啄食。

重庆惊讶于秀雅的耳朵，与结婚那天不一样了。

“你不戴棉塞了？”

秀雅自豪地说，不戴了，都扔掉了，我也像她们一样，有了一双灵敏的耳朵。

重庆很满意。重庆的裤子湿透了，秀雅拉他进房间要帮他脱了。重庆害羞得抓住腰带。秀雅一把将他的手打掉，把他的腰带解了。重庆背对着秀雅换裤。秀雅暗暗发笑。重庆说，肚子饿了。秀雅说，太阳还未出来呢，哪家那么早做饭？但还是赶紧做饭。一边做饭一边问，累吧？重庆说不累，还不能累，到镇上还有很长的路要走呢。秀雅说，休息一会儿吧，让马也休息一会儿。重庆说，马累了，五更便从茶场起程，走了好几小时的路。秀雅“呀”地惊叫一声，多远的路啊！重庆扬了扬手中的手电筒，然后插进腰包，腰包里还装着一只军用水壶，水壶边上沾有泥土和草屑。路上的野草长得贼快，又滑又缠，摔了几次跟头呢，幸好马走得稳，没摔跤。重庆轻描淡写地说。秀雅心疼重庆，做饭的动作更利索了。

饭做好，重庆却在床上睡着了。秀雅舍不得叫醒他，倒是马叫了一声，重庆骨碌地跳起来，风卷残云地吃了两碗饭，站起来便要走。

“这茶叶等不得，晌午前要驮到镇收购站。”重庆说。

秀雅把水壶装上新鲜的开水，重庆便牵马出发了。八哥跳到马背上，也跟着出发。八哥是重庆的伙伴，漫长而孤寂的山路，他就跟八哥说话。秀雅还没嫁过来之前，八哥就是他最好的朋友了，秀雅摸了一把八哥，你得帮我看着重庆，别让他走神了，得好好赶路。重庆笑了笑，扬了扬鞭，马加快了速度，一会儿便出了村口，很快转了个弯，不见了。

重庆晚上很晚才回到村里。回到家的时候他已经很累了，倒床便睡。他给秀雅买了好些东西，都是秀雅喜欢的，穿的如格子花布，吃的如新疆葡萄干、重庆瓜子，看的也有，一束雍容华贵的牡丹，当然是塑料的。秀雅暗地责怪他，山里到处都是花，还买花干什么！重庆的腰包里还有别的，重庆嗡嗡地说，是茶场的同事托他买的，但杂七杂八的却都是女人用的东西，秀雅掏了半天也掏不完，越掏越生气，把东西摔得满床都是：你怎么给那些摘茶的婆娘买卫生巾？重庆没作声。秀雅扯他的耳朵，你的耳朵聋了？重庆一翻身却把腰包压住了，打起了呼噜。秀雅嗔骂道：这种错误不准犯第二次！重庆似乎“嗯”了一声，秀雅便暂且原谅了他，把那些东西重新装回腰包去，张罗着用热毛巾小心地帮他擦拭身子，擦拭得很重，用热水给他洗脚，水烫得重庆嗷嗷地缩回脚。秀雅警告说，如果下次再犯同样的错误，我用滚开水给你洗脚，杀猪！重庆嘿嘿地笑了笑，然后把呼噜打得更响，差不多有水声那么响。但他跟别人男人不同，他的呼噜也散发着淡淡的茶香，秀雅听得心里踏实、畅快。她一直想把她的计划告诉重庆，但没有机会呀，那就不说呗，女人的事情跟男人说什么！

第二天一早，重庆又赶马上山去。秀雅有点不高兴，你就不能在家多待一会儿？

重庆说不能，茶场里的工人一个月还回不了一次家，茶叶多得摘不完，白天摘茶，晚上炒茶，过会儿又要开辟新茶园，这次种的是新品种，将来的茶叶更香，连钓鱼台国宾馆、人民大会堂都要饮我们的茶。秀雅说，那好呗，你们的茶叶都快成贡品了。重庆听不出秀雅话里有刺，憨笑几声，扬鞭，马便动起来，八哥飞到了前面，咕咕哝哝的不知道说些什么。

重庆不是天天回来，但秀雅不知道重庆哪一天突然经过家门口，因此她得天天准备好吃的饭菜、喝的开水。重庆从茶场上下来，肚子饿了，便能吃上她做的饭，水壶干了，便能装上她煮沸的水，然后继续赶路，把茶叶送到镇上去。看到自己的男人吃饱喝足了，秀雅的心呀，也就足了。有时候，秀雅早上做好的饭一直等到黄昏也不见重庆回来，秀雅便很失落，怏怏不乐，好像是重庆嫌她做的饭不好。她也舍不得把那么好的饭倒给鸡吃，结果第二天饭也馊了。大多时候，是秀雅坐在瀑布旁边等。等待的时候，秀雅的日子显得比水声还要漫长。

村里各家各户都有院子，散落在山坡或平地上，房子虽然大多破破烂烂，但竹林茂盛，阡陌交通，溪水横流，给人清洁和宁静的感觉。这巨大的水声呀，把整个村子都袒护住了，外面什么样的声音都传不进来，都侵扰不了她们，改变不了她们，你看她们每个人都悠然自得，慵懒闲散、无欲无求的样子，走路、干活不愠不火，个个都像怀胎了似的，连走过自己院子的地坪也要很长的时间，吃一顿饭的工夫在秀雅娘家能赶好几里路了。原来呀，她们的脚步跟时间不是同一个拍子的，她们像田园里生长着的瓜果，都有自己的节奏。她们确实不需要太多的忙碌，水送到了她们的身边，有了水，她们还愁什么？秀雅刚开始的踌躇满志，才几天便被他们的悠闲和从容同化了，周详的计划和远大理想都暂且放下，像她们一样，凡事都变得不紧不慢，急什么呀，时间多着呢，外面的一天到了这里便变成了两天、三天。那水流着便流着，反正流动的是水又不是时间，反正日子长着，比水声还要长。只是耳朵灵敏了，村子也突然变得鲜活而多彩。杂七杂八的声音，鸡零狗碎的话语都传到了秀雅的耳朵里，让你觉得那声音送给你的，是给你的耳朵做伴的。不知道从什么时候开始，秀雅喜欢串门和村子里的人来来往往，说说笑笑。在她们面前，秀雅的耳朵变得像眼睛一样自信，谁说她的坏话和好话她都能听得见。下屋喜凤的孩子睡醒了，东屋的李老太叫孙子端尿盆子了，西屋的张昆明痔疮发作嚷痛了……你想知道的，不想知道的，耳朵都全告诉你。原来这里跟外面也没有多大区别，女人也是啰里啰唆的，也有飞长流短，如谁跟谁关系暧昧，谁刚生下一个有三只耳朵的婴儿，谁家和谁家换亲的谈判又谈崩了。秀雅不想让她们说她的坏话，我秀雅从外面清清白白嫁进来，有什么坏话可说的？她们不外乎是说她“黏男人”，一天不见重庆便魂不守舍。秀雅嘴巴上绝对不承认自己黏男人，为了证明自己，她必须经常周旋在她们中间，甚至拉得下面子和她们翻脸。有一天，秀雅撞上了桂娟，竟然误了大事。

原来桂娟果然是疯了。她的双手被铁链拴在她家门口的旧石磨上。铁链很短，石磨很重，桂娟习惯性地挣扎，似乎马上便能挣脱了，但每一次都功败垂成。秀雅远远在看着她，有些害怕。

“听说，你就是重庆的女人。”桂娟笑眯眯地说。

秀雅点点头，要躲开。她是要去李大梅家的。

桂娟叫住了她，骄傲地告诉她：“我从新华镇嫁过来的时候，比你漂亮多了。”

秀雅又点点头。她听说过。

“我不怕水声，我哪里怕水声了？”桂娟的声音有些沙哑，“那些婆娘妒忌我，看不惯从外面嫁进来的女人，专门说我的坏话，你也要小心她们的舌头。”

如果不是蓬头垢面，看不出桂娟是一个疯子。因为她说起村子的事情思维清晰，滔滔不绝。令秀雅惊讶的是，桂娟整天被拴在这里，竟然对村子里鸡毛蒜皮的事情也了如指掌。“我的耳朵比谁的都灵敏，张上海从茶场驮茶回来，还没到瀑布口，我就能听到八哥说话了。八哥说‘上海回来啦’，我就知道张上海回来了。”秀雅知道张上海原来也是驮茶的，赶的马就是重庆现在的马，那八哥原来也是张上海的。不知是出于好奇，还是出于同情，秀雅突然决定听桂娟说张上海的往事。张上海是桂娟的男人，听她说她的男人干什么！秀雅想，但她还是饶有兴趣地听桂娟说了大半天，竟忘记自己此行的目的是跟李大梅借熨斗。说了大半天，桂娟突然向秀雅提出了请求，你帮我找把锯来，不要让别人看见。秀雅说要锯干什么，桂娟说，锯断铁链，我要自由。秀雅说，我不能给你锯，你自由了会打人的。桂娟说，那你把你脚底下的那块石头踢过来也成。秀雅说，石头也不能给你。桂娟突然哭了，我都被铁链拴了六年了，如果张上海不死，我都能给他生六个孩子了——你看看，他们都把我当狗了，叫我守门，响水底哪里有贼？秀雅心里发毛，禁不住后退几步。桂娟猛地咬一口铁链，嘴唇出血了。秀雅惊惧，担心桂娟的牙齿。桂娟知道秀雅担心什么，张开嘴，原来牙齿早已经脱光了。秀雅心里想，真是疯了。桂娟小声地哀求说，那你给我一把刀，我要刀！秀雅说，什么东西我都不会给你。桂娟绝望了，突然大喊一声：张上海！这声音真大，大得穿破了水声，比水声传得更远。秀雅被桂娟的喊声吓了一跳，原来村子里有人说话的声音比水声更响。秀雅猛然醒悟，该是做饭的时候了。匆忙跑回到家里，看到院子墙角里有一堆还散发着热气的新鲜马屎，不禁捶胸顿足，号啕大哭，发疯似的往村子外追赶。村子里的人奇怪，秀雅哭什么呀？伤心得像一个小孩！

大伙不知道，偏偏在秀雅忘记做饭的这天，重庆回来了。他吃光了昨晚的半碗剩饭和一碗粥，都有馊味啦，他还吃！秀雅说，重庆走了那么长的山路，都像一只饿狼了，还要走很长的路才到镇上，到了镇上，他肯定舍不得买东西吃——我就怎么忘记了做饭呢？秀雅从没有这样懊悔过，觉得对不起重庆了。那八哥怎么不说话啦，不提醒她啦？难道它哑了吗？它为什么不飞到桂娟家门口？秀雅错怪了八哥，张二婶告诉她，八哥已经说了好几遍“重庆回来啦”，她都听见了，只是秀雅听不到。秀雅怀疑自己的耳朵，是不是自己的耳朵欺骗了她？这个女人呀，追不上重庆，竟一屁股坐在路边，跟自己的耳朵过不去，不断地拧耳朵，狠狠地扯它、扭它、撕它，好像不要它做自己的耳朵了。拧得太重了，耳朵肿成厚厚的通红一块，秀雅这才原谅了自己的耳朵。但她不能原谅桂娟，她决定再也不去她那里去了，找李大梅，宁愿绕过张西安的大宅院和张成都的蘑菇棚。

夏天，一场接一场的山雨，水声果然更响了。令秀雅扫兴的是，辛辛苦苦经营的菜地被早晨的一场山雨冲垮了。菜地里种上了重庆从镇供销社买回来的巴西卷心菜种，秀雅是响水底第一个种上这种好看又好吃的蔬菜的人，眼看长出地面了。这一场山雨呀！秀雅沮丧地坐在院子前，等重庆回来向他诉苦，告诉他，那么大的一块菜地，那么好的一地蔬菜，再过两个月，就可以摘了，就可以让你带给茶场的工人吃了，吃上你媳妇种的菜，你脸上也有光彩。但现在，你看看这菜地，像野猪拱过一样，难看死了。这菜，重庆说了，是茶场委托秀雅种的，山上野猪多，种不了蔬菜，就让秀雅种。也不是白种，算钱。反正嘛，也是为茶场做贡献。现在菜地给毁了——村子里几乎所有的菜地都被毁了，秀雅怕重庆责怪，她想好了怎样解释，怎么补救。她盘算好了，明天再造一个菜地，重新种上蔬菜，多浇点肥，让菜长得快一些，也耽误不了多少；此外，棚里的十二只鸡、栏里的三头肉猪也是给茶场养的，年底便可以端上桌面了，到时候，都让重庆驮到茶场去。到时候，她也要跟着去一趟茶场，看看到底有多远，路有多难走，茶场有多大，茶有多香。饭做好了，重庆也该回一趟了。秀雅扳手指头算了算，重庆五天没回来了。也就是说，有五天的茶叶要送到镇上了。两匹马能不能一下子驮得了那么多的茶叶？幸好雨停了。如果雨不停，她宁愿重庆今天不回来，明天，后天回来也成，反正日子长着呢。

重庆到底还是从茶场上回了。什么都可以等，但那茶叶呀，等不得。

然而，秀雅想不到的是，重庆在离响水底还有一半路程的途中，被突如其来的山洪冲下了山谷，再也回不来了。重庆曾经遇到过好多次山洪暴发，都能有惊无险地安全通过。可这一次的山洪呀，太猛烈了，从山上像石头一样滚下来，连树都冲垮。重庆猛踢马的屁股，马咬咬牙冲过去了，只是他脚底一滑，摔倒在地上，他抓住了一把枯藤，但枯藤断了，一股山洪将枯藤和他席卷而去，山谷里全是山洪轰鸣的声音……山洪，秀雅懂吗？她没见过山洪，也没见过雪崩，不知道什么叫排山倒海、摧枯拉朽，那声音，比瀑布不知要响亮多少倍，那才是真正的天水。她能听到吗？村子里的人说，每年夏天总要经历几次山洪暴发，道路总要被冲断几次，六年前，茶场的驮茶工人张上海被山洪冲走，你猜，冲出了多远？

秀雅说，猜不出来。

那人指指秀雅身后的瀑布："就从那儿掉下来，村子里的人还以为是一条鱼，哪里来那么大的鱼啊……后来，你家重庆就成了他的接班人。"

秀雅耳朵猛然一阵紧缩，好像听到了大山深处的山洪暴发，那声音，那气势，像汪洋大海上的海啸，可怕极了。她的心突然格外沉重，刚才想好的与菜地有关的解释、计划一下子全乱成一团麻。她仰视着瀑布旁边那条小路，一阵又一阵的雾气沿着路倾泻下来，把她的眼睛蒙住，把村子笼罩，那些东西欺骗不了她的耳朵，要欺骗她的眼睛了。秀雅的心越发焦虑，甚至要哭了。但不能哭，一哭，耳朵就不灵敏了，就只能听到自己哭的声音。

“重庆回来啦！”

快到日午的时候，秀雅终于听到了八哥报讯的声音，一会儿便看到八哥低翔的身影，还看到两匹马出现在山路的上头。能看到后面那匹马的马首了，藏在马屁股后面的，应该便是重庆。秀雅如释重负，长长地舒了一口气，泪水汹涌而出像瀑布一样挂在脸上。但她没有迎上去，未等看到马的屁股，便跑回屋里，手忙脚乱地要把饭菜重新烧热。不娇的媳妇不美，不热的饭菜不香。秀雅用颤抖的手生了火，火焰跳起来了，红扑扑的，鲜活、温暖而安全，尚有余温的饭菜依然香喷喷的，跟刚刚做好的一样。只是，那水声，越来越响了，那瀑布仿佛就挂在耳朵里，挂在厨具上，挂在炒菜的铲子上，把灶台的碗震得阵阵颤动。八哥飞到秀雅面前，使劲地说：“重庆回来啦。”秀雅有些害羞地说，知道啦，你能不能说点别的？但八哥真的说不了别的，它就只会说一句话。它怕秀雅听不懂，不断地反复说“重庆回来啦”，一次比一次急促，一次比一次清晰。秀雅不耐烦了，我都说知道啦。赏八哥一把米饭，八哥不吃，还在一个劲地提醒她：“重庆回来啦。”秀雅索性不理它，专心致志做饭。

秀雅系着围裙，卷起衣袖，像一个面对一群饿汉的厨师，手脚异常熟练、麻利，你看她有板有眼的动作和焦灼的表情，就知道她还在想着上次忘记给重庆做饭的事。秀雅早就向自己保证过，那样的错误绝不准犯第二次了。

2007 年 1 月

我在南京没有朋友

如果硬要我从越来越少的朋友之中再剔除一个，我宁愿选择赵球。

成为朋友的伊始，赵球并没有那么坏，甚至还挺仗义的，仗义到令我自惭形秽。举个例子吧，有一次，赵球带他新结识的女朋友来赴宴。她长得很白，高大，丰满，略胖，短发，大耳环，气质颇佳。酒足饭饱后我由衷地赞叹了一句，赵球，你真他妈的会找女朋友，她是个好女人，将来会是个贤妻良母，即使你一事无成，窝囊得像个屌，你也会因为娶了她而幸福一辈子。是吗？真的吗？赵球若有所思地说，如果真有那么好，我只好把她让给你。看他那神态，不像是做作，也不像是意气用事，而是不舍得，很矛盾，甚至很痛苦。无论我怎么推辞也无济于事，他真的把他的女朋友送到了我的怀抱。我半推半就，笑纳了。那过程不便细说，虽然有点曲折、荒唐，但她后来竟真的成了我的妻子。自从她成了我的妻子，我原本杂乱无章、碌碌无为的生活变得秩序井然，目标明确，风生水起，半年后我考取了公务员，进了政府机关上班，一切都蒸蒸日上。而赵球，像一堆被乱风吹散的鸭毛，东奔西走，居无定所，依然在生活的泥潭中不能自拔，行走在主流之外，一直没有结婚，而且越来越声名狼藉，只剩下我一个朋友。如果我把他剔除出去，在这个世界上他便是一叶孤舟，总有一天会沉没于汪洋大海。然而，他依然不依不饶地找到我的朋友，试图从他们那里得到好处，以解决他真假难辨的燃眉之急，却把我推向了风口浪尖。

赵球千方百计找到我的朋友的时候，首先自我介绍说："我是洪刚的朋友赵球……"

因此，"洪刚的朋友赵球"成了赵球的名片和往来于我的朋友中间的出入证，也成了我的朋友们中间口耳相传的警语，防火防盗防赵球。

"你知道吗？我把世界上最好的那匹母马送给了洪刚。"赵球让我的朋友知道他的身份后总是从我的妻子说起，以此表明他跟我的友谊多么肝胆相照、价值连城。

世界上最好的那匹母马当然是指他的前女友，也就是我的妻子。她在赵球的眼里怎么变成一匹母马了呢？我百思不得其解，妻子对此更是气恼交加。

"你不欠他什么！你不必对他那么仁慈！"妻子三番五次地对我说，"像他那种浪荡子，都成为城市垃圾了，你为什么还对他心怀悯惜？"

我的仁慈在我的朋友们中间是出了名的，但因为对赵球的过于仁慈，使我的朋友不断流失，因为被他们形容为瘟神的赵球确实影响了我在朋友们中的威信和形象。但即使我仁至义尽，也难以做到大义灭亲，与他一刀两断形同陌路。因为我确实感到我欠他的，他把自己的女朋友送到我的怀抱，相当于把一笔巨款存到我的银行里，他有权随时来领取，即使早已经透支，但我仍然是他的银行。这让我的妻子感到厌烦，如果继续这样没完没了，她会离我而去。因此，事态相当严重，是该当机立断的时候了。

简单地说，赵球是这样的一个人。我们都来自农村，都家庭贫困，都成绩优良，都上了大学，毕业都回到了县城，我在一家国企当秘书，他在运输公司当出纳。我们吃住在一起，超越了一般关系成了好朋友，都不满足于现状，三年后我们一起辞职，到了K城一起贩卖过简易验钞机、劣质棉被、假洗发水，一起蹲过看守所，在与南门地痞的斗殴中并肩作战身上都满是刀伤……只是，日子都没往好的方向过，我们过得捉襟见肘，焦头烂额，眼看在K城待不下去了。后来，他把“世界上最好的那匹母马”送给了我，作为附加条件，也是密约，我们在K城欠下的一屁股共同债务由我一力承担，他自己去了深圳。又是三年后，他回来了，以一贯的诚实滴水不漏地向我描述了他在深圳经营的照相馆如何红火，天南地北、五湖四海的人都光顾，个人写真照、婚纱照、艺术照，纷至沓来，应接不暇，单单收款台也得雇请了三个手脚麻利的姑娘。

“我的事业开始起飞了，像一匹马奔跑在非洲的大草原上，纵横驰骋，没有谁可以阻挡我。”赵球雄心勃勃，一点也看不出有什么不妥，“只是我还得扩大业务，资金周转有点困难……”

我再次保证，三年前的赵球是一个诚实的人，工作勤恳，愤世嫉俗，见义勇为，积极进取且富有理想，还有一副壮实俊秀的外表，那是为什么我的妻子曾经对他一见钟情至今仍念念不忘的原因。他口若悬河的时候，自始至终没看我妻子一眼，这使我很放心。而我的妻子在一旁听得入迷，一向不轻易相信别人的她也被赵球的见识和成就迷惑了。第二天，刚刚还清旧债的我，和妻子一起向亲朋好友借了一笔钱交到赵球的手上。偌大的一笔钱。他带着我的钱消失了。三天后我才知道，那天坐在我面前的赵球其实是一个骗子。他在深圳根本就没有照相馆，什么也没有。三年来，他就是一个游手好闲、夸夸其谈的浪荡子，好吃懒做，放浪形骸，风流快活，借遍了所有他认识的人。兄弟呀，江湖救急，不能见死不救，借五千不成，五百总成吧？要不，一百，两百，哪怕五十也成，身上没带钱？那你的钱包我瞧瞧，真没有，那你的同事、邻居那里有……钱到手，立马花了，花了再借，从不打算偿还。这样的人我听说过，但赵球是这样的人，开始我不相信。后来从朋友们源源不断对我的埋怨声中我知道大事不妙。数月后，我才千辛万苦联系到他，追问借款的事情。

“我的事业开始起飞了，像一匹马奔跑在非洲的大草原上，纵横驰骋，没有谁可以阻挡我。”赵球在电话的一头雄心勃勃地说，“你的钱帮了我的大忙，但现在我的资金周转出现了一点困难……”

我向他讨钱：“兄弟，我的钱是借来的，你得还给我……”

“我会还的，很快……”电话里传来赵球拍打自己胸脯的钝响，然后是挂电话的声音，然后再也打不通他的电话。妻子对他的卑鄙行径怒骂不止，想不到他会变成那样令人作呕的人。关于他的消息，永远都是如何骗取同学、朋友、熟人钱财的最新案例，他永远是你办公室或家里的不速之客，嬉皮笑脸，厚颜无耻，死缠烂磨，或声称被车撞了（腿上缠着有血迹的纱布），或说家里死了人（哭丧着脸满面悲伤），或说他唯一的孩子病了（不知道他怀里抱着的是谁家的孩子），借钱的理由五花八门蔚为大观，他们躲避不及的时候只好自认倒霉，随便给他几十块送走他。我想告诉我的朋友，赵球是什么样的人，但一些朋友在接到我的提醒之前已经被赵球“洗劫”，防不胜防。

“他说他是你最好的朋友，他把世界上最好的那匹母马送给了你。”我的朋友捶胸顿足地说，“他刚刚离开，还顺手牵羊拿走了我的半瓶咖啡。”

“……你怎么有这样的一个朋友？”另一个朋友怨声载道，“我们正在家吃饭，他就敲门进来了，也不客气，拿起碗筷就吃，风卷残云。他身上臭气熏天的，三年没洗过澡了吧，他走后，我女儿喷了两瓶清新剂也消除不了他留下的气味——看上去他也不像是个精神病呀？”

“要不是你洪刚的朋友，我怎么会借他五百块钱……”

“我全看在你的面子上，洪刚，况且，你的面子也不止值区区三百块……”

“他是打着你的旗号来的，那八百块钱，你得替他还。”

…………

瞒着妻子，我暗暗地替赵球还过一些债，以此平息朋友们对我的不满。但即使我是真的银行家，也无法填补他留给我的千疮百孔。关键是，我的愚蠢的仁慈被妻子发现了，她痛骂了我一顿。

“你是不是认为如果他娶了我，他就不会变成这样，他就是今天的你，你会成为现在的他？”妻子暴跳如雷。她很少这样，她一直是标准的贤妻良母，把家打理得井井有条，方方面面的关系处理得稳妥和谐，在我的朋友和亲戚中她的口碑很好，威信比我高出许多。最让我满意的是，她很淑女，特能忍，很少冲我发火，但这次她少有地发飙了。

“你是不是觉得你还欠他的？如果那样，你把我还给他算了！我明天就找他去，跟随他骗遍全世界。”显而易见，妻子说的是气话。三年多来，她对赵球的厌恶有多深对我的爱就有多深。但看得出来，妻子是真烦了。说实在的，我也烦了。

我决定放弃赵球，至少让他远离我的朋友，使我的朋友们不再蒙受欺骗和烦扰。我和妻子花费了三个夜晚，搜肠刮肚，把能想到的亲戚、朋友、同学、校友、熟人、邻居、新旧同事等等那些不应该蒙受欺骗的人，把他们的名字一一列出来，然后用信函、短信、电话或口头告知，并让他们转告他们的朋友的朋友、亲戚的亲戚、同学的同学，要提防一个叫赵球的人借钱借物，就差在媒体上公告天下了。要是得知赵球已经出现在哪个城市，我得连夜再三提醒那边的朋友："那个叫赵球的人找上门时，你们不要理会他，如果他说我是洪刚的朋友赵球，你们就说根本不认识洪刚。洪刚是谁呀？我连洪刚都不认识。这样他就会知难而退。"

也许赵球感觉到我的意志，以及看不见的众志成城、严防死守，已经一年多没有跟我联系了，似乎已销声匿迹，我也很少接到过朋友们的投诉电话，但愿他已经洗心革面，知耻后勇，重新成为一个好人。但有一天，他突然打了一个电话给我。

"洪刚，我赵球呀，近来好吗？我现在在南京，明天要谈一笔生意，很大的一笔生意。"赵球兴奋地说，"我的事业开始起飞了，像一匹马奔跑在非洲的大草原上，纵横驰骋，没有谁可以阻挡我。"

赵球的可笑之处在于他口若悬河的时候根本不理会你信不信，像一个早已经被观众看穿了他的伎俩的魔术师依然故作高明地表演，我在电话这边都发出嘘声了，他依然滔滔不绝："从今往后，我就要在南京打天下了。你知道吗？南京是一座有王者风范的城市，数年之后，我就是这里的王者，在通往王者的路上你得鼓励我一把，朱元璋也得靠朋友才能打下江山的……"

"你能省省电话费吗？"我打断他的话，"那些不实际的话就不用说了吧。"

赵球也许听得出我对他的不信任，那头尴尬了一会儿，然后笑呵呵地说："兄弟，你要相信我，我真的走在起飞的跑道上，像一匹马奔跑在非洲的大草原上……"

我说，你知道，我欠了一屁股债，身上连买包红梅烟的钱都没有了……

我目的是不等他开口先堵住。

“我哪能再向你借钱？”赵球诚恳地说，且善解人意，“你嘛，工薪阶层，孩子读书、父母年老体弱，正是用钱的时候，肯定捉襟见肘，等我财务宽松一点，我给你的卡打入十万元，你家也该装修装修，至少把空调装上。”

我说我没空跟你聊了，你天南海北地跑不容易，自己保重吧。我刚要挂电话，他在那边嚷了起来：“你在南京有朋友吗？”

“没有，我在南京没有朋友。”我警惕而斩钉截铁地说。

“你怎么会在南京没有朋友呢？你告诉我他们的联系方式……”

“怎么啦？”我生气地问。

“江湖救急，兄弟。”赵球突然哭出来了，“我身上一分钱也没有了，举目无亲，饿了三天，晚上睡在地铁里。”

“我在南京真的没有朋友。”我说，“我没在南京读过书，经过商，甚至没去过南京。南京在哪里？”

“南京你应该有朋友的。”赵球胸有成竹地说，“是你不愿意告诉我，怕我找他们的麻烦。”

“我发誓，真没有。南京从头到脚都很陌生，哪能有朋友？”我说的是真话。

“我知道一个。”赵球止住了哭，阴险地说，“丁香，你不记得丁香啦？她在南京，我刚刚在《金陵晨报》上读到她的文章了，里面说到了你洪刚，她不在连云港了，已经在南京工作。从文章的内容看，她混得不错，住在中华门附近，家里的阳台上种满了君子兰，每天都要在城墙边上散步，寻找灵感。”

我大惊。我确实不知道丁香已经到南京了。多年前她不是在连云港文化局创作室吗?

“她肯定是你曾经的丁香。”赵球说，“从她的文章中能隐约可见你们当年在敦煌、沙漠时的天真烂漫，两个人一匹马，长河落日，大漠孤烟……”

“你，你不要骚扰她！”我恳求他。丁香是我兰州大学的同学，是我的初恋女友，过去我经常跟赵球提起她，她曾经是我的命。但相隔千里，我们多年没有联系了，一个单纯得不能再单纯的温顺女人，除了戏剧创作，对世事一无所知，对谁都没有防范心理，朋友有难，她会倾其所有去帮忙的，对可能找到她的“洪刚的朋友赵球”，她将更不遗余力倾其所有哪怕倾家荡产。

“我找不到她的具体地址，你能告诉我吗？”赵球真可恶，一点没有变，带着要挟的语气，“你不说也不要紧，找遍中华门的所有小区，挨门逐户地找，总会找到她，但得花费一点时间。”

“你不能找她！”我被他抓住了要害，不得不泄气，“我和她都十年没有联系了。没有她的任何联系方式……她只是我美好的回忆。”

“我只是想见识见识她而已，我……”赵球说。

“她不能受到欺骗……”我说。

“你不是欺骗了她吗？”赵球反唇相讥。

“我……如果你找她，我和你一刀两断，反目成仇，势不两立！”我警告赵球。

“兄弟，你不必要为一个女人跟我断绝关系的。”赵球嬉笑着。

妻子拉扯着我的衣角，我只好提高嗓门厉声地告诉赵球：“从今往后，我们再也不是朋友……”

“我们是不是朋友并不重要，兄弟，现在关键是你能告诉丁香的电话，我在南京都走投无路了，她是我唯一的救星了，你总不能见死不救吧？丁香……”

“我不认识丁香，别跟我提丁香！”我吼叫道，“谁是他妈的丁香！”

“你真不愿意告诉我……既然如此，我只好自己找她了。”赵球啪一声挂了电话。他是在公共电话亭打的，回拨时没人接听了。

我怒不可遏，向妻子保证：“从此以后，如果我再认贼作父，天打雷劈！赵球，一个千刀万剐的驴屎！我恨不得亲手掐死他。”

妻子出奇地平静，一言不发，满脸不屑并夹带冷色。

我为丁香担忧，心急如焚，好像整个世界就要倒塌了。

我手忙脚乱地联系大学同学，一个一个地打电话，让他们告诉我丁香的电话号码。

“十万火急！千钧一发！”我对那些同学说，“我来不及跟你解释了，总之，丁香在危难中……”

可是，折腾了一个晚上，没有一个同学知道怎样马上联系上丁香。丁香好像被我们遗忘被我们抛弃好久了。

“她心里只有你。”一个跟丁香很好的女同学说，“她五年前离了婚到南京去了，谁也没告知，谢绝一切打扰，闭门创作，五年了，我也没跟她联系过，前几天我才知道，北京人艺正在排练她的一个剧本，元旦后要公演了。”

可是，赵球宛如一个杀手，正悄悄地逼近丁香，要在丁香那颗单纯善良的心上重重地剐上一刀了，她会伤痛，会流血，会对美好失去信心……怎么才能告诉丁香防范赵球呢？我快要发疯了，狠狠地把通讯录砸在地上，还用更狠的脚践踏了几下。

妻子的脸色越来越不好看，终于忍不住发作了。

“赵球不就是要向她借几个钱吗？用不着那么紧张吧？”妻子冷嘲热讽，一反常态。

“丁香对朋友从不设防……她心地善良，对人热情洋溢……”我说。

“我就不心地善良……” 妻子反诘道。醋味弥漫。

“赵球谁都可以去骗，就不能骗到丁香的头上。” 我说。

“那你现在就去南京提醒丁香，去呀，为什么不去呀？” 妻子推了我一把。

“你为什么这样？丁香不也是我的朋友吗？” 我说。

“丁香不是你的朋友，她是你的梦，她是你的痛。” 妻子的话直抵人心。

“蛮不讲理……赵球都快骗到她的头上了，你为什么不着急？你到底是站在谁的一边？” 我跺着脚，快要哭出来了。

“现在我站在赵球的一边！” 妻子回吼了一声。

问题骤然变得复杂。

我软了。我说，我宁愿给赵球钱，让他远离南京……

我说过，妻子是贤妻良母，她不会跟我胡搅蛮缠。她稍稍平息了一下自己情绪，轻描淡写地对我说，我在南京有朋友。

妻子早年的一个闺中密友嫁到了江宁。江宁是南京的一个区。

“我可以让她帮你。” 妻子说。

我惊喜交集，紧紧拉住妻子的手。妻子挣脱我，立马找到了她闺友的电话，拨通了，说了一通，那边回话说，南京那么大，中华门那么阔，城墙那么长，赵球又不是刘德华，我怎样才能找到他？

妻子百般奉承，低声下气，反复哀求，那边总算答应她，明早找几个人去中华门试试。

然后是漫长的等待，无尽的煎熬。但在妻子面前，我得装出若无其事的样子。第二天中午，南京那边来电话了，说她们五个人在中华门附近转悠了大半天，一个一个地对照了上千个可疑分子，连乞丐也不放过，可是就没有看到像我们描述中的那个人。

“洪刚的朋友赵球，他会不会乔装打扮啊？” 那边说，“杀手都会这一套。”

“估计不会吧。”妻子说。

“要不要报警啊？”那边问。

“千万不要……”妻子提高了声音说，“他不是危险分子，也没有那么坏，他……”

妻子的声音变得温柔、怜悯，脸上闪过一丝慌乱。看得出来，她心里也很焦急，应该只是焦急而已。

“你究竟是什么意思啊？还要不要找啊？”那边有点烦。

“……要不，你们找找丁香吧？”妻子说，“寻找丁香，或许容易一些……告诉她……”

“丁香是谁呀？谁是丁香呀？”那边说。

妻子犹豫了一下把电话转给我：“你告诉她丁香是谁。”

我的一只手抓着电话，另一只手在空中夸张地比画着，描绘着，把丁香最显著的外貌特征告诉对方。

“一米六二，不胖，圆脸，很嫩白，鼻梁高……”

“眼睛很大，睫毛很长，说话像个孩子，对，清甜，纯真，笑的时候……”

“下巴左边有一颗米黄色的小痣，不过要凑得很近才能看得见，白天像颗小珍珠，晚上像颗小钻石……”

“单纯，善良，不设防，她经不起一丁点欺骗的伤害，她的心像一只透明的玻璃瓶子，轻轻一碰就会破碎，我们不能让她经受破碎……她喜欢穿草莓色的裙子，身上散发着草莓的味道，天然的，不是香水，她身体的气味就是草莓味……对，中华门附近……搞戏剧创作，有天生的艺术家气质，你可以和她聊莎士比亚……与众不同，卓尔不群，她应该是南京城最特别的女人，应该容易认得出来……”

我好不容易才把丁香描述清楚了，那边也答应马上去寻找丁香，告诉她提防“洪刚的朋友赵球”。谢天谢地。我深深地松了一口气，可是回头的时候发现妻子不见了。

屋里屋外找了个遍，不见妻子的踪影。邻居告诉我，妻子气冲冲地往火车站方向去了，像一匹发怒的母马，跑得比火车还快。她吼叫说她要去南京，看看丁香究竟长得怎么样，到底有没有那么好。

丁香是谁呀？邻居追着我问：“丁香不是花？”

我走出很远了，还来不及回答他。

2010年3月26日

一个朋友叫李克

我得癌症的消息只有少数几个人知道。他们都是我的最亲的人，也是最能理解我的人。他们同意把我转移到一个风景秀丽、环境幽静但非常闭塞几乎与世隔绝的山区小医院——实际上是一个医疗条件不太优越的疗养院度过我的余生。因为这里很有名气。名气是通过那些得了绝症的人和他们的家属口耳相传积累起来的。当然，一般的病号不能住进这里。我所说的“一般病号”，是指那些还没有大彻大悟无法坦然面对生死的人，他们是世俗的大多数。春天还没有过我就来到这里了。跟很多的病友一样，发现绝症的时候为时已晚，然后经过了一次又一次化疗的折磨。是痛苦让人放弃，是痛苦让人选择出路。我不想让更多的朋友知道我已经病入膏肓，是因为不想让他们看到生命即将消逝的哀伤和我主动放弃的消极的人生态度，我要走得有尊严。因此，连那些平时跟我最要好的朋友都不知道我为什么突然消失了。但是有一天，一个感情很一般的早年朋友突然出现在我的面前。他不是来治病的，他说是来陪陪我，就当是送我上路吧。

我用了很长的时间才想起这个朋友叫李克。是十多年前在我的同学、画家张草的婚宴上认识的，当时坐在一桌的还有李小白、洪而亮、杨柳岸、尹丽阳等，都是高中同学，就李克是我们都不认识的。他找不到空位置便凑到我们这一桌来了，本来那个位置是留给李小白的女友秦圆的，他们正闹分手，我们想劝和。但她姗姗来迟。李克很健谈很活跃，一坐下便改变我们谈话的方向和内容。他的自信来自他俊逸挺拔的外表，健硕的肌肉，意气风发的神态以及磁性十足的标准的国语。他跟我们聊起足球，聊起刚刚结束的第十二轮中超联赛。他踢的是甲级联赛，已经转过三次会。他踢前卫，是个左撇子。他说圈子里都公认他才华横溢，体能出众，意识一流，江湖上称他“李左脚”，本来能到申花队踢中超，可以进国家队，甚至到曼联踢球的，但他的左脚踝骨折后一直好不彻底，影响了发挥，恢复不到原来的状态，为此他甚至考虑要提前退役了。我们在一声叹息中成了他的朋友。他还兴致勃勃地给我们说起了足球圈里的一些龌龊事，给我们带来了前所未有的见识和乐趣。在一阵笑声中，我们的班花秦圆来了。满满地坐了一桌，没有她的位置，从未受过冷遇的秦圆似乎要生气了。李克微笑着抢先站了起来，让她坐他的位置，然后自己搬来了一张椅子，就坐在秦圆的旁边，而且谈笑得更起劲，如秋风落叶、波涛涤尘，他那天的口才肯定比在赛场上的球技更为出众。这顿饭比预想中更有趣味，笑声不断，其引人注目程度甚至超过了新娘的出场和与新郎的当众激吻。后来的事情，简单地说吧，是这样，李小白没能挽回秦圆的芳心，听说还大度地参加了秦圆和李克在青岛举行的盛大婚宴。再后来，听说李克揣着赌球赢来的大把钞票偕夫人去了英国，说是观摩英超联赛为日后当教练做准备，实际上是做他的国际贸易去了，具体来说是贩鞋，温州货，貌似发了更大的财。两年后他回到了上海，一个人，秦圆跟了一个法国的摇滚歌手去了澳大利亚。“秦圆是个骚货”。这个观点即使放到数年前我也同意。我和李克争相列举了数十个典型事例给予了证明，一举把她办成了铁案。李克和我在外滩的爱尔兰咖啡厅聊了一个下午，他没有跟我说足球和曼联，也没说到他的国际贸易，更没有谈地下赌球的内幕，而是跟我聊起了欧洲抽象派画家和英国乡村音乐，特意让我欣赏他和一个德国哲学家激辩的录音……这种突如其来的变化让我措手不及，因此，整个下午还是他一个人滔滔不绝，我几乎无法插上完整的几句，但我开始对并不好感的英国肃然起敬——仅仅两年，它竟然使一个四肢发达的足球运动员变成了一个闪烁着智慧火花的哲学家。“欧洲根本就没有像样的哲学，所以我回到了中国。”笔挺的西装，飘逸的长发，细长而漆黑的烟斗和天真而深邃的面容让我看到了别样的李克。那时候我刚刚开始我的执导生涯，正在寻找合适的演员，想让他出演电影里的一个角色，一个浪荡诗人。“是男一号吗？”我说不是，是客串。因为一号角色是投资方和制片人说了算。他断然拒绝了：“我热爱电影，但我并不堕落。”他说不是男一号永远不要惊动他。他到崇明岛徐根宝足球学校当了几个月的教练员，其间跟一个开画廊的半老徐娘结婚，但很快便离了婚，之后离开了上海，他说是去北京，实际上是途经北京去了阿富汗坎大哈。一年后的一天他打了一个电话给我说，他正在印度新德里最好的电影院看我的电影。我的电影非常独特，不媚俗，不跟风，不向票房屈服，我追求的是对人类心灵的探索，说到底是对死亡的体验和思考。十三年来，我执导了五部电影，每一部都被称为成功，在各种国际电影节上获得过一些奖。死亡是我电影的永恒主题，老实说，我对死亡思考和挖掘的深度超过了所有中国的导演，在亚洲甚至世界影坛也可以说独树一帜。那些见风使舵的影评家说我是中国的伯格曼，哪一部作品可以媲美《野草莓》，哪一部是向《第七封印》致敬……我断然拒绝这种肤浅的赞誉，因为我不想成为谁，我只想成为我自己，将来我被载入世界电影史是因为我的电影风格独特、思想深刻，而不是因为重复了谁类似谁。而十三年来，李克总是行踪飘忽，在世界的某个角落给我打电话，如科伦坡、悉尼、柏林、东京、拉萨、成都，压着声音悄悄向我报告说："我在电影院里刚刚看完你的电影，总的来说影片拍得不错，对死亡的追问令人深思、给人震撼，让人感到孤独、绝望，只可惜就差那么一点火候，就一点，这一点就像死亡本身，每一次都与它擦肩而过而不是与其合而为一，你就像一个伟大的投手，在比赛的最后时刻，观众对你寄予最后希望的时候，你却没有投中压哨三分从而前功尽弃，因此觉得很遗憾，你要成为大师，你必须把这种遗憾克服掉，拍一部完美无缺无可挑剔的电影，关于死亡的最伟大的杰作。但你现在貌似功成名就，前呼后拥，你沉迷在虚名之中，你根本没有时间思考……"每次说话的大意几乎如此，慷慨激昂又充满惋惜。我并不怀疑他在说谎，因为我确实听到了电话里传来的熟悉的片尾音乐和电影院里才有的宁静。但他不多说，每次都只说那么多，与电影主题有关，与死亡有关。唯一的一次，他告诉我，他第五次结婚了，对婚姻很绝望但又不得不假惺惺地拥抱它，他与我电影里的男主人公有着相同的爱情观、生命观、死亡观，遭遇也差不多，他说我这部电影是拍给他看的，因此他在不同的城市看了五遍，觉得这是离他心目中的完美电影最接近的一部，但还是感觉差一点，只是这一点已经很微小了，伸手可及，我只需再努力一下就能达到那种高度。我正享受这种表扬的时候，李克突然说了一句："不过，也许你永远也达不到，因为你用在思考的时间太少……"伯格曼说过，世界上没有完美的电影。但我和李克一样，或许所有的导演和观众都一样，都追求和期待完美的电影，但那是不存在的。那时候我的朋友和影迷不计其数，每天接到的电话多得让人厌烦，媒体上对影片的评论和关于我的八卦铺天盖地，我都被恭维或被批评得麻木了，因此对李克的话也没有太多的在意，我们的感情也没有随着时间的推移而累积到亲密的程度。一直以来，我只是把他当作一个普通朋友而已。十三年过去，他俊逸的轮廓、风流倜傥的形象在我印象中日益模糊，甚至于他的名字也混淆和湮没于无数平庸的称谓之中，他好像离我很遥远了。但一个足球运动员用篮球评论员的口吻对我的“没有投中压哨三分”的批评颇有新意，时不时让我觉得是一根刺扎在内心深处，我也一直努力要在下一部电影中把这根刺连根拔起。可是，在如日中天的时候，在憋足一口气要拍一部完美的电影的时候，在离晚年尚有很长一段距离的时候，我轰然倒下了，被诊断出癌症晚期。医生说，是积劳成疾所致，是长期心力交瘁的必然结果。同行早就说过，名利场的压力太大太累迟早死于癌症。我的亲人还没充分享受我的盛名带来的好处便要面对生死离别，使我一时不知所措，感觉死得难以瞑目。我劝服了我的亲人，包括妻子，不要在我身上浪费时间和精力，在我的弥留之际不要在我的身边，不要让我们承受那种生离死别的煎熬和痛苦。我知道，人之将死，肯定是惆怅不已，如果能让我在陌生的地方陌生的人面前安静地离去，那是对我的最后奖赏，也是对我人格的最后完善。所幸的是，我的亲人同意了我的选择。他们只需要在千里之外静候我的死讯，然后以最简朴的方式处理后事，迅速抹平由此带来的短暂哀伤，然后继续他们的正常生活。说实在的，我很满意这样，一点也不觉得有什么不妥。但李克的到来打破了这种平静。

“我问过你的医生，你的生命至多还有一个星期或更短。”李克直截了当地说，“但是医生的话都是屁话，像婊子说的。”

我的病房里除了我还住着三个病人，两个是老人，跟我父亲的年龄差不多，是肝癌，另一个是中年人，跟我年龄相仿，和我一样是肺癌。我们住在一起，彼此都是垂死挣扎的人了，有共同的语言，说说话，减轻一点顾虑和恐惧。他们的亲属也很少来，他们的意愿跟我差不多，将死的人和正活得好好的人不应该互相干扰。因此说我们的思想都很豁达，很坦然。我们心里都清楚自己离死亡还有多长时间，但容不得由别人来提醒，尤其是容不得由一个身体健康的人来提醒。李克一进门便犯了这个禁忌。

“我对医生说我是你的兄弟，我要陪你走完最后一个星期。”李克嗓门很大，看上去不是虚情假意。

我挣扎着坐起来，让他坐到沙发椅上。但他直接坐到了我的床边，床架不堪重负，一下子往下弯曲了。

“你的心意我领了，李克。”我说，“你能来看看我就够了——其实你可以不来看我的。我婉拒了一切亲朋好友来看望我，因为不必要，生老病死，一切皆自然……”

“你把我当外人……”李克很无辜地耸耸肩头，让我忽然想起这是他的习惯，是英国两年的后遗症。

“你是怎样知道我在这里的？”我很奇怪。因为我的亲人对外界一贯保密，连那些自称无孔不入即使当事人躲到外星球也能跟踪捕捉到其新闻的娱乐记者对我的生命状态也一无所知。

“是神指引我来到这里的。”李克说，很虔诚地，好像是真的。

我不能跟他争辩神的存在与否，否则即使到了生命的尽头也争不出所以然来。

“他说得也许有道理。三号。”一号床位的老头对我说，他竟然赞同了李克的说法。

在这里，我们都是没有姓名的，只有号码，号码也不是固定的。我现在的号码是八房三号。这里没有电视，没有广播，没有电脑，没有电话，也没有邮箱，几乎与外界断绝了一切联系。医生说，临终的时候最好能回到自然的状态，万物生长，万物消亡，没有外来干涉，只有药物对生命的维持和人对自然、自身的回归。这里的医生医术并不高明，但他们个个都像心理学博士，像牧师一样，除了肉体上让病人感觉不到痛苦之外，精神上给病人抚慰。

我只能说我也相信。神就在我们身边，她看着我们，正准备带我们离开。

李克说："我是你的朋友，我放下了所有的俗务，我从日喀则赶来陪你。"

李克的眼里充满了怜悯。和十三年前相比，他显得更加深沉、真诚。他飘逸的长发已经剃掉了，换成了小平头，但他的外表依然俊逸，只是多了一种说不清楚的沧桑、憔悴。仔细看，他的左手腕上戴了一串檀木佛珠，散发着淡雅的清香。

我态度坚决："我不需要谁陪我，真的，你看到了，我的亲人一个也不在我身边。"

李克环顾了一下，觉得我所言不虚。这里确实是一个冷冰冰的世界。

"怎么会这样？怎么能这样？"李克疑惑不解，但很快便悟出了什么似的，"这样好，这样也好——那这样吧，我陪你，我有时间，我的时间浪费在哪里也是浪费……"

我说你有什么好陪的，你有大把的事情要做，你赶紧去把你想做的事情干完，否则会遗憾的。

"你承认自己有遗憾？"李克不依不饶。

"有，我至今仍没拍出一部完美的电影。人生和电影一样充满遗憾。"我说，"不瞒你说，我一直想投中那个压哨三分。"

"可是，看来你没有机会了。"李克长叹一声，"……死不瞑目是吧？”

“现在我才知道，世界上应该是有完美的电影的。”我说的是心里话。

“来这里之前，我重新看了一遍你的五部电影，你已经了不起了，只可惜……”李克又要重复那句话了，“你不是没有那种功力，只是你没有那种真实的感同身受的体验，你就差这么一点了。”

我突然觉得李克说得有道理。其实他说的话一直很有见地，只是我没有重视和正视而已，或者说根本上就不屑一顾。李克一股作气地和我剖析了我的电影，几乎不放过一个细节、一句台词和演员的每一个动作与表情，还和那些被公认的大师经典作品对照比较……天哪，他对我的电影比我还要了如指掌，他对电影的看法竟然如此独到！我不得不对他刮目相看。

“这一辈子，在英国，我见识了完美的足球、完美的建筑、完美的乡村音乐，在印度，我领略到了完美的信仰……但我还没有看到完美的电影，这一辈子多么遗憾，一个有可能拍出完美电影的导演却即将要英年早逝了。”

那些病友从开始的对李克的不满变成了饶有兴趣。一个能言善辩的家伙，一个具有哲学家头脑的前足球运动员。一个病友突然哀叹一声，李克不作声了。看了看发出哀叹的二号病号，李克刚才还有点爽朗的脸色变得冷峻了。

四号病友按响了床头上的紧急呼叫铃，两个白大褂马上从门外走了进来。

“二号应该可以转移到九号病房去了。”四号病友说。我抬眼看了看二号，他的呼吸越来越困难，脸色枯黄成了一张蜡纸。我赞同四号的判断，是应该让他去九号病房了。

两个白大褂对二号做了诊断，很快决定将他推出去。他一到了九号病房，就意味着将很快永远告别这个世界。

我们又经历一次生离死别。

“你的眼神慌乱了一下，其实你是害怕！”可恶的李克竟然捕捉到了我的内心瞬间的恐惧。

“没有。”我敷衍了他。

“二号的床位就属于我了。”李克说，“你们谁也干涉不了我，因为我已经向疗养院付足了钱——现在这个世界，没有钱办不到的事情，恰好我有很多的钱，多到可以独资投拍数部斯皮尔伯格的电影。”

斯皮尔伯格拍的是世界上最烧钱的电影，连国际大财团都对他咬牙切齿爱恨交加。

这个靠赌球起家的家伙到底有多少钱？他究竟有多大的本事？

疗养院山抱水绕，竹林茂密，非常静寂，我们抬头能看到窗后有一片湖泊，瓦蓝的水，安静的水鸟和水鸟脚下的几株芦苇。此时，一声钟响把李克惊吓了一下。

“是寺院的钟声！”李克惊叫起来，“你们这里有庙宇！”

我向窗后指指，庙宇就在山后，藏在竹林之中，这里只能看到它的屋檐一角，如果在九号病房，对庙宇能一览无余。因为九号病房是整个疗养院唯一的窗口正对着庙宇的病房，庙宇如近在咫尺，触手可及。

“你们应该住到九号病房去。”李克说。

我淡淡地说，我们都会到那里去的，但现在还不是时候。

李克错愕了一下，一号病号告诉他答案：“如果明天要走，今晚就可以躺到九号病房了，像二号。”

李克明白了。这幢房子有九个病房，一号病房的病号是病情最轻的，二号稍重，三号、四号……越往后，说明病情越重，离生命的尽头就越近。我就是从一号病房开始，隔几天便升级一次，像迈向通往死亡的台阶，从一号换到二号，二号搬到三号，每上一级，心里总会“咯噔”一声，头脑里空白一会儿，身体瘫软一次，在等待和升级中我思考了很多，比一辈子思考的还多，弄明白了一些原来以为明白了的东西，过去我在电影里说了一些隔靴搔痒、似是而非的道理，其实多么肤浅。在死亡面前人人平等，谁也无法超脱，谁也无法免俗，谁也无法不绝望无法不害怕……如果还有机会，我愿意把我的那些电影重拍一遍。

我的朋友李克的到来使得八号病房气氛格外活跃。他说话特别多，似乎在卖弄他的见识，说宗教、谈瑜伽，说北纬三十度地理，说欧洲的建筑艺术，谈论隐藏在文明深处的玛雅奇迹，说人生，谈爱情，谈《西藏生死书》，谈论我们这个世界的复杂、迷失和外太空的神秘、孤寂，观点独到却略显悲观，但谈得最多的还是电影，他竟然对伊朗、黎巴嫩、阿尔巴尼亚等非主流电影也信手拈来，像一个电影专业的博士生，躺在病床上的见多识广的病友对他也不得不洗耳恭听。但一个健康的人混在几个行将就木的人中间显得格外不协调，他肯定理解不了我们内心世界共同的秘密，他谈论死亡的时候跟我们谈论时的感受肯定不一样。因此，我们都只把他当作一个能给我们带来一些乐趣的局外人。

他说话说得太多了，以至都快虚脱了。他的脸上偶尔会掠过痛苦或悲哀的表情，很快，但逃不过善于捕捉细节的导演。他似乎跟医生或护士很熟悉，他们对他也恭恭敬敬。奇怪的是，那些呆头呆脑的医生竟然也给李克打针，让他吃药，跟一个重症病人那样被高度重视。

“他好好的，你们为什么给他打针吃药？”

“他交了钱。”医生淡淡地说，“因此他有权利享受止痛和延续生命的待遇。”

“他根本没有病！”我说，“他比斗牛士还强壮。”

“可是他确实交了钱。”医生说。

钱也竟然可以使这个头戴神圣光环的疗养院变得没有操守！

李克解释说，我说过我是来陪你的，送一个朋友上路，这是对我的几乎毫无意义的人生的一种补偿。

我说，李克，你疯了？这些止痛药、强心针是给我们这些苟延残喘的病人用的，对你没有好处！

“我交了钱，他们就得给我服务。”李克说，“再说，这种药对人体也没有害处。”

真是令人啼笑皆非。但我突然发现李克的脸有点难看，轮廓还在，容颜已改，黯淡、僵硬，暗藏忧伤。我们都很虚弱，医生不准我们多说话，但医生一走，李克还在说话，好像他要抓紧时间把所有的话都尽快说完似的，但我们很早便昏睡过去。半夜里，李克按了两次床头的紧急呼叫铃，把我惊醒了，医生给他打了两次针。

“我付了双倍的钱，我得比你们多享受打针的乐趣。”李克说。医生匆忙进来，给李克打了一针，李克安静下来，然后我们都睡了过去。

两天来，八号病房又搬走了两个，新搬进来两个。两个陌生的病友显然还没有对死亡做好思想上的准备，精神高度紧张，有时发出低沉的惊叫，好像他们不用经过九号病房便直接进天堂一样，慌乱而不知所措。在他们的影响下，我的病情迅速恶化，感觉到身体极度虚弱，心跳越来越慢，呼吸出现困难……我犹豫不决，李克抬手一拍，帮我按了紧急呼叫铃。

“三号病人可以转移到九号病房去了……我也得去了。”李克有气无力的，像刚睡醒的样子，脸色灰白、疲倦，“我，最后送送你。”

我没有反对。我难受得感觉已经死了。也许我已经死了。

两个医生给我和李克分别做了诊断，然后用眼神交流了一下，决定尊重我们的意见。

医生推动我的病床。我双手在空中本能地挥动着，想抓住什么，结果什么也没有抓住，最后紧紧抓住床架，挣扎着想阻止床的移动。

但是，我们还是被送到了九号病房。

这间病房与其他的病房相比，没有特别的地方，就是宽敞一些，包括我们有七张病床，其中李克旁边的那张是空的。李克伸手去摸了摸，喃喃道："天哪，床上还有他的余温。"

"昨晚走了三个。"旁边的一个病号，是三号，五十岁左右，虚弱地说，声音已经变形了，"估计今晚我也得走了，我得先跟你们说声再见，免得到时想说也说不上。"

在这里，我和李克被重新编号，我六号，李克七号。我们比邻而居。

"我们早就应该到这个地方来的。"李克说，"这里才是最接近生命真实的地方。"

我不赞同他的说法。这里阴冷、孤寂，弥漫着浓郁的死亡气息。我似乎看见五号病人的灵魂缓慢离开了他的身体，他紧紧地抓住它不让它飞走——那扇窗，是灵魂离开肉体的通道。

医生要把三号病人转移出去，那人拼命反抗："我还没有死，你们不能把我拉出去。"

医生说，你在这里待得够久了……

"……才两天，也许今晚就能断气。"三号有气无力地哀求道。

医生说，你先回到八号病房去……

三号还要挣扎："今晚我就可能断气了……"

但他还是被转移走了，一会儿，另一个病人进来了，取代了三号的位置，成为新三号。那人喉咙里发出咯咯的声音，上气接不上下气，像爬坡的卡车，强弩之末，马上就要熄火了。

“不要怕，朋友。”李克握着我的手——他的手好冰凉，“这是最好的地方。”

这确实是最好的地方。所有的病床都对着窗口，窗口正对着窗外若隐若现的庙宇，不用抬头，也能看到庙宇的黄墙青瓦。庙宇里永远只有一个和尚，圆寂了一个又来一个。不知道什么东西赋予了九号病房的魔力，听说凡是到了九号病房的人都觉得心里一下子踏实了，安静了，大彻大悟了，没有慌乱和恐惧感，人体的所有器官都同时打开，能闻到自己身上的死亡气息，能感受到自己肉体慢慢枯死的声响，像一盏灯熄灭时发出的声音，正常的人听不到，只有到了这个时候才能听得清晰。因此，九号病房备受推崇，每一个临死的病号都会要求到这里来。躺在这里的人没有贫贱富贵之分，没有姓名，不问身份，而能否到这里，只有医生才是最后的裁决。我弄不明白，李克是怎样混进来的，他为什么要混进来？难道见多识广的他需要感受一下“濒危体验”？如果是这样，他太可恶了，因为这里的床位是如此紧俏，那些正在痛苦中煎熬的病号都争相要到这里来尽快脱离苦海。而他，一个放荡不羁夸夸其谈的浪子，堂而皇之地占了一席之地，而且不知道占用多久。

一进九号病房开始，李克的话就越来越少了，到了晚上，庙宇的晚钟声响过后，便一言不发了，对此我反而觉得不适应。我轻声地说，朋友，太安静了，你应该说说电影，你心目中完美的电影……李克紧闭着眼，在床上一动不动：“朋友，我说过了，我快要死了。”

我吃了一惊：“胡扯。”但他紧握我的手慢慢地松开，最后只有一只手指头钩着我的手指头。我们的手都很冰凉。我的身子湿了。

冷汗。

我对李克的瞎话并不在意，由于过度虚弱，并在药力的作用下，我很快昏厥过去。我的眼前，或许是脑子里出现了许多幻觉，我的身体飘浮起来往远处飞去，像一颗流星……我看到了许多死去的亲朋好友和很多陌生的面孔，他们在深邃的空中飞来飞去，不让我抓住，不跟我说话。我感觉到了恐慌，拼命地反抗，要回到地面，要与他们划清界限。

我看到了李克的躯体，它像一条漂浮在海面上的死鱼，我一把拉住它："我要回去，我还要拍电影！"

李克突然掰开我的手，独自往远处飘去。

"李克！李克！"我孤立无援，大声呼喊。

我沉重的身体一直往下沉，眼前越来越黑暗，快到地面的时候，又迅速反弹，往更深邃的太空飞翔……

多么漫长而孤独的飞翔，无边无际，没有尽头。

我体味到了什么才叫恐惧，什么才叫绝望，什么才叫死亡，什么才叫烟消云散！

…………

我突然听到了钟声。钟声把我惊醒了。我睁开眼睛，发现自己又回到了九号病房，还躺在六号床位上，汗流满面，浑身冰凉，但身边的病床空荡荡的，只剩下我自己。我慌乱中猛按紧急呼叫铃。医生进来了。

"他们呢？"我问。我的身体慢慢恢复了力气。

"他们都转移到万年青去了。"医生淡淡地告诉我。

"万年青"在这里就是太平间的代名词。

"七号，七号呢？"李克的床位空得只剩下一张床，我用手摸了摸，还有余温。

“剩下你，其他人都到了万年青。”医生说。

医生为了证实其所言不虚，他说，如果你不相信，可以去看看他们，不过他们很快便要送殡仪馆了，他们的家属正在赶往这里的路上。

我压根就不相信医生的话。李克也许说得对，医生的话跟婊子说得差不多。为了戳穿他的谎言，我一定要去“万年青”看个虚实。

医生说，你可以自己走动了。

我试着，果然能自己爬起来，还能下地走路。

医生把我带到了“万年青”。里面有七具尸体。最里面的竟是李克！双目紧闭，表情僵硬，脸色像银幕一样灰白和深不可测，只是那嘴角还微微张开，似乎还有话要说，可是永远再也动不了了。

我的朋友李克竟然就这样死了！这是世界上最不可思议的事情，比电影还离奇。

“他的确已经死了。”医生再次肯定地说，“类似于安乐死。”

我摸了摸李克，躯体冰凉，没有了心跳，当然也没有呼吸。

“你可以离开九号病房了。”医生说，“甚至可以离开疗养院了，今天你便可以办理出院手续回到你原来的生活轨道上去。”他的意思是说，我凤凰涅槃死而复生了。恍如隔世，荒诞不经！

“你来这里本来就是误会——你的朋友，太平间里的七号才是绝症患者，他患尿毒症已经好多年，已经到了晚期，可是他活着的时候一手导演了这则荒诞剧。他说他为此策划了十年，处心积虑，像进行一场漫长而惊心动魄的赌博，赌你能投进那个压哨三分。”医生告诉我，“从一开始，你的病历就是伪造的，你只是患肾结石，只需要动一下手术就成了……一切都是虚假的，我们，还有你的亲朋好友都是他的演员，你是他的主角，他希望你能用心体味，拍一部完美的电影，关于孤独、绝望和死亡的电影。他说你是一个伟大的导演，他相信你能。他除了付给疗养院一笔足可以让我们愿意担当演员的钱外，剩下的钱全部捐赠给你了，作为你拍电影的赞助经费，你可以心无旁骛随心所欲拍电影了。”

那些盘桓在心头的疑惑顷刻之间土崩瓦解。我豁然开朗。

李克导演了一则现在回想起来多么拙劣的闹剧，但是他才是一个伟大的导演！

毫无疑问，他还是一个杰出的朋友。

我又回到了原来的舞台。来不及参加亲朋好友们为我举行的盛大的庆祝会，我又开始工作了。从离开疗养院的那一刻开始，我迎着灿烂的阳光构思着第六部电影。我暗下决心，一定要用尽全力投中那个众望所归的压哨三分，并以此献给我的朋友李克。

2010年1月14日

躺在表妹身边的男人

表妹到了深圳，是因为有人告诉她，那里有很多的钱，多得像地里的玉米棒无论你多么小心都会碰到额头，让人恨不得多长了一条腿。但现在她要回家了，她不愿再在那里待下去。因为她少了一条腿。关键是少了一条腿。她说，那条左腿像男人一样背叛了她，她不需要那条左腿了，把它留在深圳，现在只想回家。于是她便托老乡买了回家的车票，决定今后再也不来深圳了。她离开前用拐杖使劲敲击着车站坚硬的地板，引起了一个小男人的注意，他用很特别的眼光觑她。但表妹不想理睬任何人，尽管他一再以目光为先导试图亲近她与她建立关系。

他只是一个小男人，矮矬、寒碜，看上去还算善良，尽管他不断故作大度，但皱巴巴的劣质西服并不能掩饰他的邋遢和猥琐，这样的男人即使在湖南乡下也普通得遍地都是。表妹是不会跟他有太多的搭讪和拉扯的，她一心只想回家，除了回家什么也不想。

表妹的家在株洲，离深圳有一千多公里，回到株洲城，她还得在我家里住上一个晚上，第二天才能搭上回乡下的班车。她当然可以堂而皇之地住在我的家里，因为她是我的表妹。在湖南乡下我有很多个表妹，她们像珍珠一样散落在全国各地，上海、西安、北京、南昌、武汉、厦门，她们占领了祖国的大半河山，我常常以此为荣，每近年关，我都不厌其烦地接待从四面八方返回株洲的她们，腾出房子让她们叽叽喳喳地宣泄回到家乡的喜悦、炫耀各自的见闻、展示身上五光十色的穿戴。在少一条腿之前，无论从哪一角度来看表妹都是我众多表妹中最漂亮的一个，尽管她有点泼辣，还常常敢和我就某些问题争得面红耳赤。她现在踏上了回家的旅途，即使我远在株洲也能感觉到她艰难地爬上班车时的喘息。我猜想，她是先让双拐上了车，因为双拐比她的另一条腿重要。她把双拐搁在车门内让乘客们知道她要上车了你们不要堵塞在门口向深圳招手了，然后，她大胆而理直气壮地对乘务员说，来，帮我一把。于是，乘务员便战栗地拉了她一把。表妹就这样上了车，并在靠香港的方向找到了她的座位。是一个下铺的座位。双拐先于她躺到了座位的底下，像一只温顺的狗时刻等待主人的呼唤，有时她伸手摸一下它，确信自己仍然和双拐紧密地连在一起，她就感觉到踏实、安全、温暖而宁静。

她乘的是一辆开往株洲的长途卧铺班车。车上密密实实地躺满了人。那个小男人也和她同乘一辆车，他就坐在狭窄的通道上，而且就坐在她的旁边，肥大的西服盖住了他屁股下的小板凳，他有点局促，左手有意无意地搁在她的座位边上。这个小男人是没有固定座位的，属于超员。但他为什么偏偏要坐在她的旁边呢？不过这没有关系，因为看上去他不是坏人，甚至于连小偷也不是。即使是坏人她也不怕，他并不剽悍，强奸不了她。因此小男人靠近她也没能引起她的不快。相反，一想到明天中午便能回到株洲了，表妹心里便抑制不住喜悦。她对在通道上来回走动的乘务员——班车老板娘说，到了株洲，你得提醒我下车——你也看到了，我跟其他人不同，我少了一条左腿，你得帮我下车，下了车我就找我的表哥，我的表哥在株洲。班车的老板娘说，知道了，这趟车的乘客都在株洲下车，他也是。老板娘指了指小男人。小男人朝表妹笑了笑，露出并不难看的牙齿。表妹这才放心地半躺半坐在座位上，并用被子掩盖了她空荡荡的裤筒和隆起的胸脯。班车出了深圳城区，她突然注意到了与她肩并肩躺在一起的是一个男人，如果这是一张床的话，只有夫妻才这样亲近，好在各盖一床被子将他们的关系降格为彼此互不相干的乘客关系。他躺在里面靠近窗口的座位上，被子已经盖住了他的半边脸。他的脸斜对着窗口，背对着表妹。表妹觉得他臃肿的身躯稍稍越过了中间线，侵占了她的领地，而且他有可能得寸进尺甚至在离株洲还很远的路上将她重重地压在身下蹂躏她。这个推测使她警惕起来，她用手尖轻轻地推了推他的屁股，提醒他应该把屁股退回到他自己的座位上去。这种提醒是合情合理的，无可厚非。但他无动于衷，用富有弹性的屁股拒绝了表妹。表妹对他的傲慢产生了不满，厌恶地咕哝了一声。小男人看在眼里，不失时机地讨好表妹说，也许他睡着了，睡着的男人都是很霸道的，你大可不必跟他怄气。

“我怎么不能跟他怄气？”表妹反驳说，“我不能让一个陌生男人的屁股碰到我的左腿——尽管我的左腿没有了，但碰我的裤子也不成！”

小男人被表妹的凶悍震慑住了，吐吐舌头，把脸掉过去，把后脑上乱蓬蓬的头发展示给表妹。表妹意识到自己已经夹在了两个男人中间——女人总是夹在男人中间。她有点沮丧。幸好这是回家。

过了一会儿，表妹微微地抬起头，拉长目光，打量身边这个傲慢而霸道的男人。他用左手枕着头，睡的姿势很舒服。他的头发长而整齐，额头很宽阔，鼻梁挺直，脸的上半部分还算白净，只是胖了一点。小男人说得没错，他是睡着了。睡得很沉。似乎闻到了轻微的匀称的鼾声，意味着还睡得很香。“他真贪睡。”表妹自言自语，却又是说给小男人听的。她一下子原谅了睡觉的男人。

“累了就要睡觉，男人都这样。”小男人说。

表妹没有正眼看小男人，她看着正前方。小男人没有睡意，想找点话题，环顾左右，觉得只有表妹适合与他交谈，便试图和表妹搭讪，但表妹选择了沉默不语，她不喜欢和陌生人说话，她把要说的话留到株洲跟我说。颠簸的班车离深圳越来越远，一会儿便在高速公路上行驶。有人觉得少了点什么，便对老板娘嚷，播放录像看看，最好是香港搞笑片。老板娘坐在车头上回头歉疚地说，播放机坏了，回到株洲马上叫人修理，下一次搭我的车便能看录像了。那人有些不高兴，小男人乘机打趣道，看不上录像，那你得补钱。老板娘笑道，不补了，到了株洲我再请你们到录像厅里去看个够。老板娘笑得有点暧昧和狡赖。小男人抓住机会兴奋地展示他的幽默才华，说，老板娘，你就站在那里，脱少一点衣服，让我们看你算了。众人哄笑。车上顿时洋溢着欢快的气氛，连司机也笑了。笑声从车门的门缝冲出去，洒在宽敞笔直的高速公路上，车子跑得更快，逐渐走在了寒风的前头。表妹也被快乐的气氛所感染，脸上绽开了隐蔽的笑容，她相信这将是一次愉快的旅程。

笑声消退，小男人抬头看表妹，期待自己的幽默和坦荡能得到她的肯定和赞赏。但表妹矜持地仰起头，噘着嘴，断然不肯表扬小男人。小男人把眼光转移到其他人的身上，人们的嘴角上仍挂着来不及消散的笑意，一对年轻男女在后面的上铺缠在一起热烈地接吻，这使小男人顿时充满了成就感。也可以看得出来，表妹对小男人的敌视和警戒已经逐渐解除，虽然并不想和他说话。小男人不甚理解表妹为什么对他冷若冰霜，但他仍然愿意用廉价而充沛的笑容去表明自己实际上对她并无企图。

“妹子，你的镜子掉了。”小男人从车厢的地板上捡起一只小镜子，并顺便瞧了瞧镜子背面的明星。

表妹摸摸口袋。镜子的确是掉了，而且还在小男人的手里。“是我的，你怎么能照我的镜子！”

小男人用表妹的镜子照了自己并不英俊的脸，损害了他刚刚用幽默建立起来的给表妹的好感，表妹一把抓回镜子，塞进口袋，但用力过猛的左手越过了座位的中间线，碰到了睡觉男人的肩膀。表妹歉意地说了声对不起。睡觉男人并不跟她计较，他甚至忽略了表妹的碰撞，依然延续他的睡眠。表妹松了一口气。

“他睡得沉。累了我也会睡得很沉。”小男人笑嘻嘻地说，“我给你十块钱，你把你的座位让给我吧，我也想睡一觉。”

表妹说，我不要你的臭钱——你居然说出这样的话，难道你没看见我比你少了一条腿?

小男人赔礼道歉说，是，是，我看见了，对不起，我记性真差，下次轮到我也缺一条腿……

表妹突然笑了。这笑来得奇怪。表妹不是蛮不讲理的人，她一下子原谅了小男人。她用灿烂的笑脸向小男人表达了和解。小男人受此鼓舞，猛地抽起自己左腿说，你看，我这条腿差点也飞了，一条二十厘米的钢筋曾从这里穿过去——幸好，钢筋不是从我的头颅中间穿过!

表妹看到了小男人左腿脚跟处有一个巨大的伤痕，如果揭开疤痕也许还能看到一个黑暗的看不到尽头的隧洞。表妹对小男人产生了一些同情。她夸张地倒吸了一口冷气，脸上露出惋惜。

小男人说，我是干建筑的，我哥也是，我们家乡很多人都搞建筑——我家是茶陵县的，你家在哪里？

表妹淡淡地说，醴陵。

小男人惊喜地瞪大眼睛，你是醴陵的？你认识李大炮吗？

表妹不屑道，不认识。

小男人说，呆子马三呢？

不认识。表妹说，他们是什么人？

都是我们工程队的，他们好赌，一年半载剩不下几个钱，好多年不敢回家了，大年夜都是在工棚里瞎混，没出息……他们都是醴陵人。小男人咧嘴笑。

表妹觉得小男人说的都是一些无聊的人，这些人在哪里都有，不足为奇，但他说得口沫横飞，表妹对他又恢复了几分厌恶，心想，如果让他这样说下去，也许他会把所有他认识的和不认识的人全说给她听，那样塞满她脑袋的将全是不三不四的男人，万一其中有一个是她认识的，小男人会兴奋地跟她滔滔不绝，旁人还以为小男人是她的男人呢。表妹突然打断了小男人的话："我连你也不认识，你干吗说那么多？你烦不烦？"然后背对着他，小男人的嘴才戛然而止。

他们之间有了一段长时间的沉默。也许是大半天的沉默。也许他们之间也有过零星的非对话性的语言碎片。但此时的万物已经被从天而降的暮色笼罩。南方的黄昏像月经一样准时。空调强行改变了季节，把寒冷扔给了那些没能坐上班车的人，车厢里温暖如春。小男人从怀里掏出半袋子饼干，自个儿啃了两片，诚挚地递给表妹："妹子，你也来两片。"表妹没有回答，也不接他的东西，自个儿从口袋里摸出一小袋葡萄干，优雅地往嘴里一颗一颗地扔，津津有味地咀嚼着。她唤起了班车上乘客的食欲，自助晚餐在车厢里蔓延。但表妹旁边睡着的男人还不知夜晚降临，也许忘记了藏在裤兜里的晚餐。或许他根本就没有晚餐。男人跟骆驼差不多，能吃苦能战胜饥渴。在开往西安的列车上，表妹也曾和一个三天三夜不吃东西的男人坐在一起，餐车一趟又一趟从他身边吆喝着经过，他竟不睨一眼，手紧紧地抓住空瘪瘪的钱袋子，还用力地咽着口水。那是她见过的最俭省的男人，她曾经不止一次在我面前提起那个去西安务工的中年男人，且满脸敬慕。我的表妹见多识广，我知道她喜欢什么样的男人。现在她对身边的睡觉男人产生了女性特有的爱怜。天下所有的男人都应该吃晚餐，免受妻子的担心，这个男人也是。“假如他是我的男人，我宁愿他多吃一点。”表妹心里想。表妹欲有意无意地碰碰这个睡觉的男人，提醒他株洲还很遥远但晚餐时间已经到了。她正要抬腿踢他的时候，又发现自己靠近他的左腿已经没有了，空荡荡的裤筒，拿什么去碰他？表妹突然间有点沮丧。

“你不必理他。他嗜睡。我们干民工这一行的都嗜睡，都把乘卧铺车当作一种享受。”小男人抓住时机恢复与表妹的交谈，“像我们呀，睡上一整天就可以连续不停地干三天三夜的活，能多赚几个钱。”

表妹明白了睡觉的男人为什么睡得那么沉那么香，其实这是一个策略，回到株洲他就可以连续三天干活不睡觉了。多精明的男人！

“我可不行，我们女人隔一天不睡面容便要枯黄，眼眶便会发黑——女人的肤色是睡出来的。”表妹说。

“你的肤色很好嘛，你真懂得睡——你是干哪一行的？工厂女工？服务员？”小男人问。

“你说我是干哪一行的？难道我是做鸡的吗？神经病！”表妹又要生气了。

小男人懊悔问错了问题，不断地向表妹道歉。旁边的乘客饶有兴趣地听他们说话。车厢里的茶余饭后。

表妹说，你们都认为湖南妹子到了广东都干那一行，我偏不下贱给你看，你知道南海宾馆前段时间发生的事情吧？

小男人说，我们的工地就在南海宾馆旁边，那里每天都发生许多奇闻怪事，你是指哪一件？

表妹说，良家妇女跳楼事件，你听说过吗？

小男人说，听说了，一个正经的湖南妹子反抗嫖客调戏跳窗逃跑——都是两个月前的事情了。

表妹惊愕地问，好像你觉得这件事过了很久了？其实那湖南妹子才刚出院！

小男人说，那有什么？她没死算是大幸了。

表妹怒斥，那你是希望她死掉啰？

众乘客大笑。小男人争辩说，我不是那意思，但我总不能说她是英雄吧？有人亲自看见她摔断了一条腿……

表妹突然一把掀起被子，双手抓住左裤筒，掉过后让小男人看：你看看，我就是那个湖南妹子，我让你笑，你觉得我很可笑，摔死了你才开心！

表妹几乎是怒发冲冠。她不仅仅展示给小男人看，车厢里的人都看到了她并不存在的左腿——空荡荡的裤子里面还藏着一个巨大的肉痂。他们脸上的笑容凝固了，目瞪口呆。小男人更是无地自容，不知所措，满脸歉意和委屈。

"我不是那个意思。"小男人反复辩解，"我怎么会幸灾乐祸呢？"

表妹的脸上有几行泪珠，在微弱的灯光下闪烁。她抱着左腿残肢的双手在轻轻地颤抖。

"妹子，你真勇敢。"老板娘远远地对表妹说。众人用充满同情的表情附和了老板娘。小男人也说，你真勇敢。但他说得很平淡。小男人旁边的老妇坚定地说，妹子，你就得这样做，即使死了也值得——假如你是我的闺女，我愿养你一辈子。

老板娘走过来，帮表妹重新盖上被子，并摸了摸她的头说："妹子，下次乘我的车，我给你免费。"

"……我现在回家了。"表妹激动地说，"我的家在醴陵。"

"我的父母也在醴陵。他们都七十多岁了。每月我都回去看他们。"老板娘说。

众乘客迟疑了一会儿才赞赏地鼓了几下掌。表妹心安理得地重新躺了下去。小男人再也不敢贸然跟她说话，裹紧衣服双手蜷缩在胸前，下巴靠在膝盖上。此后，大家都有了睡意，不久连小男人也开始打盹，车厢里安静得像在梦里滑行。

表妹梦里被小男人有意无意地吵醒了。原来班车已经进入了湖南境内，行走在弯曲的山路上，现在停靠在公路边让乘客解小便。窗外漆黑一团。杂树乱草。寒风啾呜。越近株洲越寒冷。乘客陆续下车，不分男女或站或蹲在班车的旁边解开裤子，尿液哗啦啦地喷洒，男女之间也没有平日的顾忌和羞涩。车上还剩下老板娘、小男人、表妹和表妹身边睡觉的男人。老板娘走近对表妹说，我来帮你下车。表妹说，麻烦老板娘了——其实有了双拐我也能下车。老板娘想背表妹，但觉得很有点困难。老板娘瘦瘦的，表妹比她高大。老板娘努力了几下，背不动。小男人果敢地说，妹子，我来背你，两百斤的水泥我也能背上十层楼去，我能背得动你。老板娘鼓励表妹："背便背呗，谁怕谁。"小男人在表妹面前弯下了腰。表妹犹豫了一会儿，笑了笑，靠到了小男人的背上，双手抓住小男人的肩头，老板娘跟随后面用手托着表妹的屁股下了车。表妹就在车灯照不到的地方蹲下解小便，哗啦哗啦地把尿撒在夜里。提起裤子，然后又让小男人背上了车。班车继续前行，不久进入了平原地带。此后，表妹和小男人的关系融洽了许多，还增添了几分客气和尴尬。也许大家都不愿在漆黑的夜里说话，很快，鼾声或磨牙声此起彼伏。公路两边，湖南大地博大而辽阔，宁静而苍远。小男人也靠着表妹的座位睡着了，头倚着表妹的手，嘴角流着口水。表妹没有太多的计较，也酣然睡去。

黎明时分，班车已经深入湖南腹地，大家都能通过分辨路旁的山和水判断株洲的距离。于是大家的话也多起来。

表妹眨着惺忪的眼看了看身旁睡了半天一夜的男人，惊叹着对小男人说："回到株洲，他就能三天三夜不睡了。"

小男人笑了笑说，他就是贱，睡觉只是为了多干活。

表妹弯腰伸手摸了摸座底下的双拐。小男人说，你的拐还在，我帮你看守着呢。

表妹说，我不能不在乎，这双拐是我的腿，少了它我就是废人了，不过本来我就是废人——跳楼的时候我就知道我至少要变成废人了的。

小男人说："妹子，你真勇敢。"

表妹自信地说："少了一条腿，我也能风风光光地嫁人。"

小男人说，是的。对此他一点也不怀疑。

表妹说，你知道南海宾馆乱吧？乱得很。

小男人说，我知道，南海宾馆还是我们的施工队装修的，他们还欠我们的工钱，欠了三年了，我们经常上门讨债。

表妹说，讨到了没有？

小男人说，没有。我们经常和保安干架。

表妹说，我在那里当服务员一年多了，保安也换了一茬又一茬。我也很讨厌那些保安，平时他们对我们动手动脚的，我扇过一个江西保安的耳光。

小男人说，你真勇敢。

表妹已经习惯了小男人的表扬似的，脸上有了得意神色。表妹说，你们没讨到工钱怎么办?

小男人说，打架呗。

表妹说，你们真敢跟他们打架?

小男人说，有什么不敢的！他们拖欠我们的工钱，我们三年都没回家了，身上没钱不敢回家呀。

表妹说，现在有钱回家了?

小男人说，三年啦，没钱也得回……

表妹对小男人的境遇产生了同情，但不知道怎样安慰他，或者说是否应该安慰？她还是选择说说南海宾馆，因为那儿是他们共同熟悉的地方。表妹说了很多南海宾馆的趣事，小男人听着听着有点不耐烦，突然吼了一声：“我们的老乡在那里杀死过人！”

表妹吃惊地看着小男人。小男人说，那是上个星期的事情，那时你还在医院吧！

表妹点头。

小男人说，我们乞求老板给点医药费，我哥病了，是累病的，但老板不给。狗黑拿刀捅人，捅死了一个保安。狗黑现在被关在深圳看守所，我们想看看也不成，他们说要等到判了才成。狗黑是我们的哥们儿，但他也三年没回家了，去年他老爸死了也没有回去。

表妹倒吸了一口冷气：“那你哥的病……”

小男人说，死了，累死的，老板要赶工期，我们连续干了三天三夜，不能睡觉。干到第三天时，我哥就撑不住了，在医院里躺了三天就死了——本来他赚够一万块钱便要回家结婚的，他的女朋友就是你们醴陵县陶瓷厂的工人，人长得挺不错，有你那么高，皮肤也挺白的，我爸已经将他们的房子刷新了……世界上有很多种绝症，往死里累也是一种。我哥得的就是这一种病，或者这也不能算病。他永远讨不到自己的工钱和老婆了——而且死时还多了一个遗憾，因为狗黑。

你哥真可怜。表妹说。累死人的事在深圳并不少见咧，年初大华毛织厂便累死了一个女工，是我过去的工友，才十八岁，贵州的，她还没有过男朋友，她的理想就是要嫁到香港去。

小男人摇摇头，又伸了伸腿。坐在小板凳上并不舒服。他的背下意识地往表妹的座位侧靠了一下。唉，我哥这辈子。小男人的幽默感在离株洲还很远的地方消失了，他的脸上已经找不到与幽默有关的蛛丝马迹，取代的是淡淡的哀伤。车厢里的乘客也只有近乡的烦躁不安，他们提前做好了下车的准备，眼睛盯着窗外，脸色凝重，也没有幽默。株洲真的不是一个善于幽默的城市。

表妹不说话，内心很复杂，也很伤感。但别人看不到她的伤感，倒是她看到了小男人伤心的表情，估计他很累了，他应该躺一下。在此后的时间里，她唯一想做的事情就是把自己的座位让给这个小男人，让他躺着休息一会儿，哪怕躺一会儿也好，并且已经好几次张开了嘴，蠕动了身子，但话已经出了喉咙却又被强行咽回去了，因此始终没能做成这件事情。当她最后一次下决心去做这件事并且屁股已经离开座位时，班车已经停在株洲汽车总站。我老早便守候在车门外，我得把千里迢迢归来的表妹接回家。

表妹首先找到了双拐。小男人扶她站起来。她说好了，我能行。小男人说，我背你下去。表妹说，到了株洲我怕羞，我表哥肯定在外面等我，我自己能下车，我不能让表哥看见我跟你黏在一起。小男人把表妹的花花绿绿的小行李袋挂在她的脖子上。表妹说，谢谢你。小行李袋在表妹的胸脯上晃荡。司机正在拆卸头顶上的电视机，估计准备和播放机一起拿去修理。小男人还是小心翼翼地把表妹送到车门口。在老板娘热情的帮助下，表妹顺利下了班车。我快速迎上去，搀扶着她，把她脖子上的小行李袋挂到我的脖子上。少了一条腿的表妹仍然美丽，如果只看她的上半身，真的是无可挑剔。表妹开始有点撒娇地倚着我，后来为了证明她已经熟练地掌握了双拐，能够运用自如了才独自行走。表妹不时回头看班车的门，小男人的头已经缩回去，她却停下来等待小男人的重新出现。表妹对小男人有点遗憾，但她绝不是在等小男人。她肯定是担心躺在她身边的男人由于睡得太沉梦里不知道到了株洲，她后悔下车前没有摇醒他，或叫小男人去摇醒他，告诉他下了车便可以连续三天三夜地干活了。表妹为此担心了好一会儿。我催促她快点回家，表嫂都做好饭了正等着我们呢。表妹说，那个男人……她突然又觉得这种担心是多余的，因为老板娘会关心每一个乘客。她轻轻地对我说，不理他，我们走吧。但她并不说走就走，仍然放心不下似的，撑着双拐等待。小男人迟迟才从车上下来的。他站在车门口的台阶上四处张望。表妹高兴地向他招了招手，但他并没有理会她。他的目光投放得很远，肯定是在寻找谁。

果然不出所料，从车站角落里钻出两三个人，他们抬着一副担架，小男人向他们招招手，他们神神秘秘、鬼鬼祟祟地蹿上了班车。一会儿，他们从车上下来，白色的担架上躺着一个人，那人被被子全包裹住了，连脸也没有露出来，但头发飘散在外面。担架匆促地从表妹身边走过，小男人跟随其后，装作不认识表妹似的，低着头往车站的角落里走去。

表妹猛然醒悟，惊叫一声："他是死人！"

表妹满脸惊恐，猝地扔掉双拐，双手拼命插头发，歇斯底里地往车站门外狂奔，但由于身体失去平衡，几次摔了跟头，甚至嘴巴啃了泥土，脸也摔破了，但她仍狂躁不堪，爬起来又跑。我追上去抓她，却被她往脸上吐了一口口水。从她惊惶的眼神看，她已经算是疯了吧。在车站后背的一条小巷深处，我终于牢牢地控制住了慌不择路的表妹。她仍对我又打又咬。我劝慰她。我抱紧她，不给别人再伤害她。此时，那几个男人抬着担架从这条无人行走的小巷走来。表妹闻到了慌乱的脚步声和扑面而来的特殊气息，再次像受惊的牛犊挣脱了我，疯狂地往前逃跑。只有一条腿的表妹像折翅的鸟，最后重重地摔倒在一道狭窄的臭水沟里，如果是夏天将会惊起一堆苍蝇。

担架从表妹身边匆匆而过。小男人掉过头来，歉疚地对表妹说："他就是我哥。他是累死的。他很干净。他也回家了……"走远了小男人再次回过头，又一次赞扬了表妹：

"妹子，你真勇敢！"

小男人肥大的西服披在他的身上看起来十分夸张、滑稽，寒风将他的头发吹成了鸡窝。尽管他的左腿有点瘸，但他走得很快，一会儿便随抬担架的人连同担架上的男尸一起消失在小巷尽头。

2005 年 10 月 12 日

捕鳝记

有月光更好，没有月光也成。沿着弯曲窄小的河流一直往上走，一个夜晚下来总能捕到半箩筐的鳝鱼。

当然，这是好多年前的事情了。父亲说，那时候，每到夏天，直至初秋，他总跟他的父亲也就是我的祖父一起，打着火把，拿着长长的捕鳝竹夹子，那些肥胖得像蛇一样的黄鳝从淤泥里钻出来静静地躺在泥面上等待他们的捕捉。有时候，蛇和鳝分不清楚，往往误将蛇放进箩筐里。但无论如何，鳝鱼总会比蛇多得多。现在不一样了，鳝鱼越来越少，像冬天的蛇几乎找不着它们的踪迹了。它们往哪里去了呢？它们会不会宁愿闷死在泥里也不出来？但我们仍然得捕捉鳝鱼到镇上换取粮食充饥，像村子里的其他人一样，否则挨不到冬天便会饿死。

母亲好几天不见踪影了。我和弟弟都不知道她究竟去了哪里。父亲也不肯告诉我，他说他也不知道。他肯定知道。我们猜测母亲肯定是丢下我们逃荒去了。但我们又否定了自己的瞎扯，因为母亲瘫痪一年多了，从未离开过床，她都快变成床的一部分了。父亲说，等到我们捕获一箩筐的鳝鱼，母亲便会出现在我们的面前。因为母亲早就想吃一顿鲜美的鳝鱼粥，满满的一锅，里面除了米，全是肥腻的鳝鱼片，黄澄澄的，粥面上撒上零星的葱花，馥郁的鱼香能引来很多蝗虫、飞蛾、蟾蜍和蚯蚓。母亲说，能吃了这样的一顿，死也瞑目了。可是，母亲躲起来有好多天了。

入夜，我便迫不及待地跟随父亲出发。我们要走在村子其他人的前头。出发前，父亲依照习俗，双手抓着点燃的三根香对着东方喃喃说了一些我听不懂的话，大概是请众神保佑今夜此行的路上顺顺利利，不要碰上鬼魂。我们的口袋里有神符，能避邪气。但这并非绝对保险，村里曾经有人在捕鳝的时候被鬼魂缠上了，迷失了方向，在方寸之地徘徊了整整一晚，直到第二天有人扇他的耳光才清醒过来。这还是幸运的，李清福父子入夜出发捕鳝，直到第二天中午还不见回来，傍晚有人在一个水潭里找到他们。那个水潭哪能淹死人啊？连狗也淹不死。听人说，他们是中了邪气。黑夜一降临，邪气便跟随而来。你别看夜晚里什么也没有啊，其实什么都有，只是你看不见。三个弟弟被拒绝参与，因为他们面黄肌瘦，在夜晚里像鬼影一样，父亲把他们锁在家里，饿得像三只鹅在叫。夜色浓郁，甚少月光。我拿着火把。火把的残烬落在我的手上，我感觉不到灼疼。火把的热浪把我烤得汗流满面。父亲沿着河流，猫着腰，盯着浅水的河面。我的火把足够把河流照亮，并且能恰当地照到父亲希望照到的点上。父亲对我很满意。我们走得很快，因为对河床一目了然，河床上没有鳝鱼，最让人激动的是我们把一根弯曲的树枝当成了鳝鱼，父亲的夹子慢慢伸过去，它没有察觉，父亲猛地一夹，发出一声咔嚓，树枝断成两截。

没有谁知道这条河流有多长。我们转了几道河湾，穿过了几片辽阔的原野，翻越了两三座山坡，离家越来越远了。猫头鹰在附近的树林里发出哀鸣，把那些蛙、虫吓得不敢发出声音。我听得见父亲沉重的脚步声和喘息以及自己饥肠辘辘的咕噜。我喝了口干净的河水。父亲知道我是饿了。如果能捕到一条鳝，哪怕是一条蛇，他肯定会就地烤给我吃。可是，我们仍然继续行走，清澈见底的河床除了沙石和泥土什么也没有。火把的薪料换了一次又一次。夜深了。山峦和树林遮挡了月光。父亲的耐性不断流失，像河水一样。他的脚步越来越快，以至我跟不上了。父亲走到了黑暗的前面。我看不到他。

“爸爸。”我喊。

父亲在黑暗中回答：你慢一点，前面肯定有鳝鱼，它们搬迁到前面去了。

“爸爸。”

“它们就躲藏在河的上头，它们以为我们不知道。”

我加紧了脚步。可是我的腿太沉重，像陷入泥潭里拔不出来。火把也变得沉重了，我举的不是火把，而是擎天之柱，一松手天便要塌下来。一松手，火把熄灭，黑暗会瞬间把我吞噬，像一只蚂蚁消失在漩涡里。

“爸爸。”

“我到前面等你。”

“你要走到河的尽头吗？”

“也许吧，谁让鳝鱼都跑到那里去了呢。”

“可是……火把。”

“那些狡诈的鳝鱼以为自己很聪明，可是魔高一尺道高一丈，即使没有火把我也能抓住它们。”

父亲曾吹嘘说他能听得到鳝鱼打呼噜的声音，循着声音能轻易抓到梦中的鳝鱼。太神奇了，我不相信父亲真能够做到。

黑暗将我围困。黑暗里藏着无数把砍刀。前面永远是最危险最恐怖的，父亲走在最前面。我不知道又转了多少道河湾，河越来越陌生，我们离家很远了。树丛、草丛像鬼影一样在前头等待。父亲的声音越去越远，我都听不到他的声音了。我叫了几声，也没见回答。他彻底消失在黑暗里。

我想，父亲肯定在河的尽头等我。我必须尽快赶到那里去。

恐惧让我的双腿瞬间充满了力量，像骑上了一只捕食的幼豹，沿着河岸一直往前奔跑。摔了跟头又爬起来。火把的残烬散落在我的身上，火把越来越短，要把我的手烤焦了。但我顾不上那么多，奔跑让我忘记了疼痛。在孤独中，我想母亲了，想弟弟们。幸好弟弟们没有跟随我们，否则他们会成为父亲和我的累赘，哭闹声会惊醒陌生的原野。他们应该睡着了，就睡在平时我们拥在一起睡的小木板床上，没有席子，没有蚊帐，没有窗户，只有一条薄薄的橙色被单，冬天我们也是这样过。当然，冬天的时候，我们的身上会盖上一层厚厚的稻草，把自己埋藏起来，不让寒风找到。只是我们生不逢时，遭遇了自太平天国兵祸以来最严重的饥荒。生产队的粮仓空荡荡的，村民把树皮、芭蕉芯、黑色的泥巴塞进嘴巴，咽进肚子里，经常能看到他们脸上挂着消化不良导致的苦楚。不知道村里谁放出来的风声，“再这样下去，要学老祖宗易子而食了”，吓得小孩子惶惶不可终日，即使躲在家里也不放心。弟弟们甚至开始怀疑父亲，因为父亲眼里对我们流露出了比过去更多的眷恋和怜悯。但我不相信父亲忍把我们推到别人的刀俎之下，当然，仁慈的父亲也不会忍心吞食别人的孩子。因此，我对弟弟们说，放心，我们是安全的，不仅仅因为我们身上只剩下骨头。

在火把将尽的时候，我被一个山洞挡住了去路。山洞很小，只允许河流从它的底下经过。山洞的岩石很低，把河流压得很扁。但山洞很长，有河流那么长，猜不到尽头。我喊了一声：

"爸爸。"

可是听不到父亲的回答，我的声音又回到自己的耳朵里了。

又喊了一声，两声，三声，数声。

父亲肯定躲在黑暗里，而且听到我的呼喊了，他不回答是因为要考验我的胆识和耐性。

火把缓缓熄灭。手上只留下不能燃烧了的残薪和被火把灼伤的余痛。世界陷入无边无际的漆黑和前所未有的孤寂。黑暗把我堵住，无路可走。只能听见流水轻微的声音和自己急促的呼吸声。我害怕极了，极力呼喊父亲，要让他感受到我的恐惧——我的恐惧随着河流传送到了山洞深处和世界的背后。河水变得颤抖和冰冷。

"老大，我在这里。"突然传来我熟悉的声音，是母亲。是的，她就在身边。我闻到她的气味了。

"妈妈。"我张开双手寻找母亲。

"我在这里。"母亲的声音是从地上传来的，像一股温暖的涌泉。我俯下身去，终于摸到了母亲，她身上散发出浓烈的腐味，臭不可闻。

"妈，你怎么躲到这里来了？"我摸着母亲的脸，她的肉开始腐烂了，脖子、肩膀、臂膊、手掌，全身的肉都腐烂了，像墙上的烂泥巴，一块一块地掉。她身上有蛆虫，像幼小的鳝鱼在蠕动在成长……

"妈，你怎么啦？"我惊慌地问母亲。

"没什么呀，我很好。"母亲若无其事地说。

"妈，你是不是已经死了？"我哭喊起来。

"你说什么呢，老大！你不是看见了吗？我很好。"母亲平静地说，就像在家里一样。但我看不见她。

"我叫爸爸来救你……"我要松开母亲去寻找父亲。母亲抓住了我的手："你爸就在前面，我看到他了。他也看得见我们。"

我惊讶地往岩洞里看,可是深不可测,漆黑一团,什么也看不见。

“富汉、英群、树春、玉芬、兴强、小娟、阙刚……都在这里。”母亲轻描淡写地说出了一串已经失踪了多时的人的名字。他们都是夜里悄然无声地离开村子的,我以为他们丢下亲人逃荒去了,原来不是我想的那样。母亲说:“他们饿着肚子来到这里,现在他们都很好。他们再也不会分食亲人的粮食了,他们的孩子也不会饿死了。”

我四处摸了摸,全是骨头架子,大的,小的,高的,矮的,一副,两副,三副……原来他们都在这里。

“爸爸呢?”

“他就在前面,在河的尽头。”

“爸爸怎么啦?”

“没什么呀,他也很好。”

“弟弟呢?家里的弟弟怎么办?”

“他们睡着了。老二、老三都睡得很安逸。家里的粮食够他们挨过冬天的……”

“妈,我呢?我怎么办?”

“你也会很好,老大。”

“我饿。我快要饿死了。妈。”

“那你早一点躺下来吧。躺下来就好了,来,快躺到妈妈的身边。”

我顺从地躺到了母亲的身边。母亲搂抱着我,河水从我们的身底下流过,抚摸着我的躯体,滑滑的,凉凉的,痒痒的,像一万条鳝鱼在嬉戏。

“爸爸,快来,鳝鱼都藏在这里了。”我兴奋地喊了一声。母亲慈爱地笑了笑,轻轻地把我搂得更紧。

2010 年 1 月 30 日

小五的车站

外婆八十岁生日的那天，正好父亲服刑期满。母亲觉得接父亲出狱要比去数百里之外为外婆庆祝生日更接近常理。但她心里也明白，身体越来越糟糕的外婆时日无多，反复掂量后决定派我带着八斤长寿面赶往广西一个叫玉林的完全陌生的小城市陪外婆过生日。

我才十四岁，而且看起来比实际年龄还小得多，从没出过远门，即便去县城也提心吊胆，但我满怀喜悦又忐忑不安地接受了这个使命。天还没有亮，母亲便带着我一起赶到株洲火车站，分别挤上了开往武汉和玉林的火车。

父亲一个人在武汉蹲了九年大牢；母亲出嫁后外婆一个人在玉林生活了四十年。他们是世界上最孤独的人。我和母亲在同一天向着相反的方向分别赶到两个孤独的人身边，是要给他们带去温暖和慰藉。因此，此行的意义被我理解得十分重大，或许母亲此时的心情比我更汹涌。火车上拥挤不堪，本来我的票是有座位的，但被一个一直打着呼噜的看上去穷凶极恶的男人霸道地占着。火车已经跑了很长很长的路，每停靠一个站，我都期待那头胡子拉碴的死猪从我的座位上站起来，走下火车，然后我拂去他的余臭，让无辜的双腿得到片刻的喘息。但一直到了桂林，午餐时分，那头死猪仍然仰天喷气。好在下车的人特别多，车厢一下子空了许多，坐在死猪旁边的、靠窗口那个老妇早就不耐烦，一到站便跳起来逃也似的走下火车。那死猪闪电般睁开眼睛旋即又闭上了，我想抓住他可能还没重新睡着之机叫他把位置挪挪，挪到靠窗口的那个位置上去，把我的座位还给我——占了那么长的时间，即使是借我的钱也该还了。我之所以要他挪到里面去，因为我觉得只有坐自己的位置才是最心安理得的。但害怕因此得罪他，招来一顿毒打，我只好再一次忍气吞声，小心翼翼地绕过他的双腿，把长寿面的袋子放在桌面上，坐到老妇刚才坐的位置，同时坐到了一个年轻的女人对面。

女人很年轻，比我的邻居王秀还年轻，比王秀漂亮，脸蛋清秀且白璧无瑕，怀里还抱着一个很小的孩子，因此比王秀更有母性，比王秀更接近我的梦想。坐在这样的女人对面安全，关键是我愿意看着一个年轻的母亲给孩子喂奶——我的想法就是这样单纯而荒谬。王秀经常被她的丈夫打骂，但我一点也不寄予同情，因为我一直对她给孩子喂奶时故意避开我的目光耿耿于怀。在我的眼里，世界上最陌生、最新鲜的东西便是喷着新鲜乳汁的乳房。女人朝我看了一眼。我躲闪着把目光朝向窗外。窗外一点也不好看。她放心地揪起衣服（那死猪一直睡着，所以她一点也不避讳他），露出饱满而多汁的奶子，坦然而准确地放到了孩子的嘴里，像两块磁铁吻合在一起。不需要用眼角的光芒去偷窥，我也能看到她的奶子，因为窗玻璃太过明亮，把她整个人都摄了进去。我的理解是，女人是故意让我看到了她的奶子，连乳房都能给我看到了，她对我还有什么戒心呢？像我并不存在的姐姐一样，我们的关系一下子亲近了许多，觉得她是这一列不知道究竟有多长的列车上最亲的人。因而，我一下子信任了她。

但我们没有说话。她无微不至地守护着怀里的孩子，无暇多看我一眼。我早就愿意跟她说上几句，哪怕是逗一下她可爱的孩子，但怕一说话便惊醒那死猪，徒增我们的厌恶，我便张不开嘴。或许我们根本就不需要用语言来证明对彼此的信任。车厢里很是沉闷，常常只有那死猪杂乱无章的呼噜烦扰着我们。我勇敢地对他嘟囔了好几次，以图得到女人的声援或鼓舞，但女人只是宽容地笑笑，好像她一路上已经习惯那死猪的粗俗，哪怕他的呼噜打得再响，流出来的口水把我们都淹没了，也不会从她的嘴里吐出半句怨言。她比王秀气度大多了，我对她的喜欢随之增加了一分。因此，我好几次把头从窗口扭转过来，正面看女人的脸，甚至她的胸脯。硕大无比的胸脯把我震撼了，我满脸通红，手足无措，身体的一切都背叛了我，连心脏也要夺窗而出飞翔而去。然而，女人似乎一点也不觉得我有什么不正常，只要孩子哭闹，她便自然而然地把薄薄的白色衬衣捋起来，露出那个让天下所有孩子都熟悉和热爱的奶球，即便与我羞涩而惊惶的眼光相对时，她也只报以宽容而仁慈的微笑。

这真是一次温暖而意味深长的旅程。

因为害怕火车跑过了头，把我带到了天涯海角，因此一路上我仔细倾听每一次广播。母亲反复叮嘱我的，火车上只有乘务员的话才可以信任，她（他）会提前告诉你哪个站快到了，你要准备下车了。但广播的喇叭实在不好，声音含糊不清，加上方言口音太重，根本听不清楚乘务员到底说什么。祸根是在离柳州还远的一个不知名的小站埋下的。一个看上去比那头死猪还要粗俗的彪形男人闯上车来，那么多的座位不坐，偏偏坐在我的斜对面、女人的旁边。满嘴烟味，一身肉气，脸上还堆着下流的笑意歪斜着头盯着女人的胸脯。我的讨厌已经从迸发着少年式憎恶的咳嗽中表现出来，向他说明，我是她的保护神，除了他车厢里所有的人都是正义和善良的化身，甚至连那死猪也是。女人从容不惊，并没有回避他的意思——她实在是太宽容，但他竟厚颜无耻得寸进尺，轻浮地问：姑娘，你去哪里？

简直是粗野的调戏。

女人礼节性笑了笑："玉林。"

他装出惊喜的样子，讨好地说，我也去过玉林，如果我不是有事在柳州下车，我可以陪你去玉林。

女人婉言谢绝："我是玉林人。在柳州，我也有亲戚朋友，我经常去渔行街，我的表哥在那里的派出所当警察。"

当头一棒，他无话可说了。我把屁股朝着他，及时地放了一个响亮的屁。这是十四年来我最大胆的一次举动。那男人想挑逗女人怀里的孩子，女人不失礼节地说，他刚睡着了。男人的手尴尬地停在半空中。毛茸茸的手，像牦牛的腿。很快，他便尴尬地走到另一个车厢里去了。但这个短暂而危险的瞬间让我记住了：女人将在玉林下车。我也是。我只要跟在她的屁股后面就成了。因此，我不再需要伸长耳朵猜测乘务员的广播或伸头捕捉火车站的站牌，心一下子轻松起来。窗外的房子和庄稼欢快地奔驰着，似乎要及时赶到哪里，否则黄昏会将它们抛弃。

我对女人的亲切感更深了一层，仿佛她是和我一起为外婆庆祝生日的，至少她就是外婆的街坊。母亲提醒过我的，柳州至玉林路段骗子特别多，常常以玩扑克引诱乘客赌博的形式行骗，但一路上实例没有出现，加上离家越来越远的地方遇上这么好的一个女人，这一趟远门的风险骤然大大降低，我感到很幸运，甚至有种宾至如归之感，连火车又跑了多久也不必要去管。黄昏缓慢降临，或者说，夜晚已经到来的时候，乘务员的广播响了几分钟后，火车停了下来，早已经做好准备的女人站起来，抱着孩子走下火车。跟着她后面的除了我，还有那死猪——幸好，他没有睡死过去，否则火车会把他带到湛江、雷州或更远的地方。

下火车的人并不多，又或者很多，只是夜色淹没了我没看见。女人走得快，那死猪像跟屁虫一样跟在她的屁股后面，还跑到了我的前面，他离女人比我还近。我觉得他玷污了她，故意狠狠地咳嗽，一来提醒女人注意身后随时会伸过来的黑手，二来给他感受到来自我的警戒和震慑。但那死猪变本加厉，用身体去蹭女人的背，在出口验票的时候他的臭脸几乎凑到了女人的肩膀上。如果不是落在后面手够不着，我会毫不迟疑地把一头野猪与一只绵羊分开。出了站口，死猪更放肆，竟七手八脚地"调戏"起女人和她怀里的孩子，样子很令人恶心和愤激。这个时候，我决定豁出去，要冲上前，狠狠地给那死猪一拳。但我被验票员挡住了。

他把票还给我，没好气地说："到一边补票去。"

我补什么票呀?

"你这票是到玉林站的。"验票员说。

"这不是玉林吗？"我振振有词。

"这是陆川。"验票员有点生气，指了指头顶上的站牌。我仔细一看，确实是写着"陆川"。

我第一次知道，地球上还有陆川这个地名，而且知道它在玉林的前头，离玉林有四十六公里，也就是说，我多走了四十六公里，前一个站我就应该下车了，现在需要补票三元七角才能走出火车站。

我只好窝着火，到另一边补了票。补票的时候顺便问了工作人员，还有返回玉林的火车吗？那工作人员轻描淡写地说，有的，明天凌晨一点三十分，K155次，湛江至上海，经过陆川、玉林。三天前母亲给外婆发过电报，让她今天下午在玉林火车站接我。她肯定还在玉林火车站，蹲在火车站出口，焦急地等待自己的外孙。

我要赶去汽车站，但火车站的工作人员还告诉我，现在是晚上七点，最后一趟班车应该已经发出。我慌张地跑出火车站，举目四顾，展现在眼前的是一排排灰暗的瓦房和几条不知通往何处的脏乱的小巷，以及零星的昏暗的灯火。在行人模棱两可的指点下，我快速穿过一条小巷，赶往汽车站，追赶可能因故延迟发车的班车。

然而，在小巷尽头我被人揪住。我跑得很快，别人竟以为我是逃跑的小偷。

我辩解说我不是小偷……怎么会呢……天打雷劈。不是小偷跑什么呀？我说赶车。他们不相信。我说，我给你看火车票，怎么会千里迢迢从株洲跑到这里做小偷呢？但我翻遍全身却找不到火车票。我的火车票跑丢了。我要挣脱。几个男人却将我按倒在地。我拼命反抗，大声争辩。但他们硬是说我是小偷，昨晚王奶奶家的收音机不见了，说不定就是我偷的。王奶奶用昏暗的煤油灯照了照我仰起来的脸，犹豫了一会儿，用颤音给我定罪：“好像……就是他！”

天哪，昨晚我还在株洲，和我母亲一起准备各自的长途旅程！看上去王奶奶是那么的慈眉善目，跟我的外婆一样，但王奶奶那深不可测的慈祥里究竟埋伏了多少邪恶啊！他们按住我的头，不容我继续辩解，还有人给了我一记耳光，我的嘴里便有一股腥味。如果不是女人的及时出现，我这个操着外地口音的陌生人便要被他们扭送铁路派出所了。按照我那边的习惯，进了派出所至快也得到第二天才能出来。

好在女人恰到好处地来到了我的面前，我闻到了熟悉而亲切的奶香。

女人是从一间老房子里走出来的。她认出了我。

“你怎么回事？”她惊讶地说。

“你骗了我！”我突然委屈地号啕大哭。

“我怎么骗你啦？”她被冤枉地向众人耸肩说。

我哭得更厉害。女人更莫名其妙，受了冤屈，她要知道到底是怎么回事，究竟她怎么骗了我，她要在众街坊面前向我讨回公道和清白。

我说：“你说你的家在玉林，你要在玉林站下车的，却到了陆川……”

女人明白了，啊了啊，吃力地笑了：“原来这样……你这个孩子怎么能随便相信别人呢？我那是糊弄那个男人的，跟一个陌生男人怎么能说真话？”

“可是你骗了我。”我说。我想不到一个才生了孩子的像姐姐一样的女人竟然有那么深的城府。母亲反复提醒我警惕的骗子其实一直坐在我的对面，一个看上去最不像骗子的人！围观的旁人嘲笑我：“她说得也没有错，陆川是玉林管辖的一个县，我们既是陆川人，也是玉林人，在外头我们经常说自己是玉林人……”

我来不及跟他们争辩，挣脱抓我的乱手，往汽车站狂奔。

然而，当我赶到汽车站的时候，汽车站里的工作人员正在打扫卫生，一个妇女告诉我，开往玉林的最后一趟班车出发五分钟了，估计已经过了洪桥。

这个比我家乡的一个镇还小的县城才七点多钟就开始入睡了，街道上的行人很少，更不说车辆。也就是说，这是一座死城，到了夜晚便与世隔绝，外面的人进不来，里面的人也走不出去。我绝望了。兜里虽然有足够的钱可以住上一晚旅馆，但我根本就不考虑在陆川待上一晚，因为外婆还在玉林火车站，庆祝她生日的长寿面还在我的手里，母亲托我带给外婆的祝福我要及时准确地送到她的心坎里去。但现在怎么办？仓皇中我要重返火车站，打算沿着铁轨步行回玉林。往回跑了一会儿突然想起公路的距离总比铁路短，于是我又折回往北沿着公路跑，我要尽快赶到玉林。

我自己也不知道跑出了多远，也不知道自己到底跑得多快，反正女人叫了好多次我都没有听到，直到她横在我的前面。

她从一辆单车的尾架上跳下来责备我："你不会要跑着回玉林吧？"

我说是。

"跑到天亮你也未必能跑到玉林，那么长的路会把你累死！"女人的话听起来十分关切，"你就不能在我家住上一宿？"

我说不能。我坦率地对她说到了我的八十岁且患有严重的腰椎间盘突出的外婆。她一把拉住我，对骑车的男人说，那你带着他去玉林。

我抬头看骑车的男人，不禁暗吃一惊，他不就是那死猪吗？

"他是我的丈夫。"女人若无其事地笑道。男人向我点点头。夜幕中男人显得更加肥大，像一团黑暗。

我擦掉脸上的泪水和汗水。男人扶着车。这是一辆锈迹斑斑的单车，笨拙得像一头驴。

"你快上车吧，或许还来得及。"男人爽直地说。

我犹豫不决，女人拉扯着，把我拉到了单车的尾架前，还要抱我送到尾架上去，但她的力气明显不够，甚至借助了丰满的胸脯才将我的一只腿架到了车上，是男人一把将我拎上车的。我闻到了女人的汗臭，但更多的是闻到了她在我身体上留下的浓郁的奶香。女人喘着粗气厉声地命令男人："一定要在今晚十二点把他送到玉林火车站！"我还来不及向女人挥一挥手，男人已经迅速把我带到了夜色深处。

往玉林的公路是一条泥路，沙石比较厚，还坑坑洼洼的。男人蹬车的力气很大，链条发出咯嗒咯嗒的像快要断裂的声音。但单车跑得比我快得多，路两边的树木和看不清的庄稼掠过双眼，漆黑一团的前方是一个深不可测的未知世界，陌生感和恐惧感使我对眼前这个曾经让我憎恶的男人充满了信任和依赖。我右手抱着长寿面，左手紧紧抓住男人的裤带，双脚死死夹紧车架。一路上黑得可怕，也寂静得可疑，耳边除了风声，便是男人粗壮的喘息，比呼噜还响，但没有呼噜讨厌。

男人开始的话不多，到了离县城很远的洪桥，他才说了一句，你放心，今晚十二点之前我一定把你送到玉林。

我轻轻地唔了一声，算不上什么感谢，因为这一切是拜他的女人所赐，他是在为自己的女人将功赎罪。但后面可能是力气在不断地减少，又或许感受到了黑夜带来的恐惧要通过说话掩饰，他的话开始多了起来。

“你怎么敢一个人从株洲来玉林？你父母呢？”男人问。

“我爸今天出狱，我妈去接他。”我说。

“真巧……世界巧的事情真多——我也是今天出的狱，我女人就是从株洲接我回家的。”他说。

我的心突然战栗了一下：“我爸蹲了九年，但他没有犯法。”

“不犯法怎么会蹲大狱呢？”

“他给人顶罪，我妈说的，爸是给领导顶罪。”

“你爸是好人。”

我爸当然是好人。我忽然想念我爸。我都九年不见我爸了。这时候母亲肯定和父亲在一起，也应该回到了株洲家里。他们此时此刻是多么的幸福。我们的幸福从今天重新开始了，我得把这一切告诉外婆。

“那你犯了什么罪？”我好奇地问。

“警察说我杀了人，让我蹲了五年狱，上个月真正的杀人凶手找到了，是贵州人，长得跟我太像了兄弟似的，看上去也不像坏人。”男人轻描淡写地说，“但也不能说我就是好人，因为我没做过什么好事。你都看见了，一路上我女人都不跟我说话，儿子也不认我——当然，他不是我的儿子，他是我女人跟别的男人生的……”

男人说这话的声音是快慰的，甚至有点兴奋。他怎么会告诉我这些？我竟不知道说什么。他突然一声长啸，单车又加速了。但这一加速，车子竟掉进了一个坑，措手不及，啪一声人仰马翻，我们都被抛到了公路旁边的水沟里。男人爬起来比我快，一把将我拎起，慌乱地问：“伤着没有？”

被男人拎起来的时候我双手还死死抱着八斤长寿面，长寿面完好无损。但我的头和脸火辣辣地痛。

男人浑身摸了我一遍，确信我没有受伤，才扶起单车继续前行。他拼命地蹬，要把刚才摔跤耽误的时间补回来。

单车是在接近一个叫英桥的小镇抛锚的。在上坡的时候链条断了。因为没有修理的工具，男人束手无策，恶狠狠地骂单车，把我都骂笑了。

“你放心，今晚十二点之前我一定把你送到玉林。”他再次向我保证，而且满脸歉疚。

他把单车扛在肩头，我跟在他的后面。黑夜里漫长的公路就我们两个人。男人走得快，我要跑步才跟得上。走了很长的路，我们才走进了小镇的一间单车修理店前。可是店已经关门，那块挂在屋檐下的“修理单车”的牌匾被风吹得左右摇晃。男人敲门，先是轻轻的，后粗鲁得像匪徒，边撞门嘴里边喊着“我要修车”，可是一直没有回应，最后便是大声地骂街，骂得地动山摇要打要杀的，周边的房子次第亮起了灯，勇敢的居民从窗口探出头来小心翼翼地表达他们的愤怒，甚至有人放出高大凶残的狼狗。狼狗远远地对着我们狂吠，双眼放出大朵大朵的幽蓝色的光，比偶尔划过夜空的闪电还凛冽。但男人并不胆怯，继续撞门、骂娘。好久，一个老头才颤巍巍地开门出来。被惊醒老头很不满，强压怒火讥讽我们：“我都死啦，你们硬把我的魂魄叫了回来！”然后一边嘟囔一边帮我们修理单车。灯光暗淡。老头子眼睛不好使，东翻西找，好不容易才把工具从床底下找出来。其实就是把断了的链条接起来，简单的活儿，但老头子折腾了好久，一点也不替我们着急。男人很不耐烦说，你快一点好不好？我们急着走路。老头子说，你们不要催我，连阎王爷催我好多次了我都懒得理睬！男人狠狠地用手掌拍了一下单车的座枕，表达他的暴躁。但老头子依然不紧不慢，朝着我对男人说，我在监狱里待的时间比他的年龄还长——阎王我都不怕，我还怕谁？男人无奈地好不容易地换了一副脸孔，强装笑颜，一边给老头子递烟一边赔礼道歉，老头子也不多说，叼着烟，依然不愠不火。但车一修好，未等我们付钱或说一声谢，老头子便风卷残云地把东西收拾好，啪一声关死了门。

我们重新上路。经过修理，单车跑得更快，我们一下子跑到了闪电的前头。因此，在一场大雨到来之前，我们到达了玉林火车站。

这是一个简陋而肮脏的火车站，四处堆满了垃圾，几只流浪猫和夜不归宿的饿狗在来回晃荡。空荡荡的火车站。一个老太太蜷缩在屋檐下打盹，银白的头发照亮了漆黑的墙角。不用问，她肯定就是我的外婆。我跑过去，亲热而激动地叫了一声“外婆”。

外婆抬起头来狐疑地看我，蓬松的头发遮住了她苍老而疲倦的脸。

“我是小五。妈妈让我来陪你过生日！”我说。我晃了晃手中的长寿面，那是母亲向王秀借的。王秀曾经多次被母亲指责勾引我的父亲，当然是父亲入狱之前，入狱后王秀还偷偷地去武汉看望过几次父亲，这都是母亲跟父亲关系微妙的原因。但王秀家里囤积了一堆长寿面，母亲厚着面皮向高傲的王秀开了口。王秀借给我们长寿面的时候说，你们一家子挺可怜的。为了准备两趟长途旅程，我家穷得连八斤长寿面也买不起了。母亲说，外婆最喜欢吃株洲的长寿面。实际上，由于父亲的入狱，母亲为了我们这个家无暇照顾外婆，外婆也不愿意搬到株洲增加我家的负担，她在玉林孤苦伶仃的，日子过得甚是拮据，九年来没有一个亲人和她一起过过生日。母亲常常为父亲和外婆独自叹息，泪流满面。好啦，父亲终于出狱啦，日子总算要好起来啦。我兴奋地抓住外婆的手，扶着她缓缓地站起来。外婆真老了，很久也认不出我："你真是小五吗？"

我坚定地说是。我说出了父亲和母亲的名字以及母亲不能来的理由，关键是我满脸的喜悦和快乐得像一只野兔让外婆相信她的外孙小五真的来到了身边。火车站除了我们空无一人，站前屋檐上巨大的时钟闪闪发光，时针和分针都正好最后一次相逢在"12"，我赶紧把母亲要我带给外婆的祝福送到了她的耳朵里。外婆端详着沉甸甸的长寿面，满脸幸福，拉着我的手，兴奋地说："小五，我们回家做饭去，这顿饭，我都等了整整九年！"

我环顾四周，却不见了男人的踪影，我焦急地寻找。外婆不解地问，你找谁呀？难道你还有第二个外婆？

大雨倾盆而下，瓢泼得像波涛汹涌。站前大街空空荡荡，像海一样宽阔。只有一个人正骑着单车往南走，像海面上一叶风雨飘摇的孤舟，比夜更黑的雨幕很快将他吞没，从此，我将再也看不到他。

2008 年 4 月 20 日

单筒望远镜

弟弟要吃肉。

弟弟喜欢把用来找肉的单筒望远镜挂在瘦骨嶙峋的胸膛上。那是祖父从南洋带回来的西洋玩意儿，是他在苏门答腊打捞沉船时得到的报酬，也是留给我们的遗产。望远镜青铜外壳，锈迹斑斑，阴寒峻冷，充满鬼魅之气，我们都视它为不祥之物。因为自祖父回来后，我家的日子比任何时候都更饥饿，更窘迫。祖父早已经死了，但那支单筒望远镜像阴魂附体一样昼夜和弟弟在一起，成了弟弟的第三只眼睛。这是一只明亮的眼睛，弟弟用它寻找肉食，谁的嘴里啃着肉，或手上提着肉，无论多远它都能看得见。看见了，弟弟便去央求别人给他一点肉吃，哪怕让他凑近闻一下肉味也成。

弟弟太喜欢吃肉了。他说他一口气能吃掉十斤肉。弟弟吃肉的时候目中无人、肆无忌惮，霸道得像一个皇帝。皇帝便是天天能吃上肉的人。但弟弟不是真正的皇帝，他好久没有吃上肉了。不吃肉的弟弟便像岩石上的鱼，要活不下去。十一岁生日那天，母亲突然发现弟弟跟八岁生日时的身高差不多，面黄肌瘦的，细小的手脚像安装在他身上的四支单筒望远镜。我们知道弟弟停止生长的原因是吃不上肉。那时，不仅我们家，米庄所有的人都难闻肉味，连吃饭都成问题，谁还想着吃肉啊！米庄还算好的，有传闻说邻县都人吃人了。但弟弟不相信别人不吃肉，整天拿着望远镜在村里瞧来瞧去，连别人的牙缝也不放过，但看到的都不是肉，只是野菜或树叶。弟弟说，肉都到哪里去了呢？弟弟怀疑单筒望远镜背叛了他，但用它却能看到云端上苍鹰嘴里的肉团。肉在天上。弟弟闻不到天上的肉味，他还得在地上到处找肉，但望远镜里没有肉。吃不上肉的弟弟变得越来越枯瘦，像一根树上的藤。我们不能眼睁睁地看着弟弟变成侏儒，想方设法找些肉。父亲扛砂枪上山找肉，但队长警告他，只能打麻雀，不能杀山鸡，结果麻雀没打中，还摔断了一根肋骨。我到米河里撒网，只是捕到了几条黑溜溜的水蛭。母亲也是束手无策，恨不得把自己身上的肉剐下来烹给弟弟吃。

吃不上肉的弟弟爬上高高的桉树，往高州城望去。在树尖上，弟弟迎风飘荡，摇摇欲坠，像一只飞不起来的雏鹰。弟弟在树上说，我看到了很多的肉，一堆堆的肉，像奶一般鲜嫩，连肉味都能闻到了。我不信，用他的望远镜眺望，但只看到层层叠叠的山峰和苍茫无边的树木。乌鸦岭耸入云霄的山顶上还有一座像四方鼎的城堡，比任何时候都看得清楚，甚至连残墙断壁上的葫芦藤都能看到。这座年代久远的城堡，是当时村民躲避山匪和战乱的避难所，云遮雾罩的时候像天庭里的一座圣城，神秘而巍峨。弟弟争辩说，那不是城堡，而是一只锅，有很多的肉，明明都装在锅里。但这是一只悬在云端上的锅，遥远，虚渺。弟弟说，我要吃锅里的肉。我在树下叫了一声弟弟。弟弟不理我，他说他正在吃肉。弟弟的嘴里便响起吧唧吧唧的声音，好像他真的吃到肉了。

弟弟天天躲在树上吃肉，不肯下来。母亲命我夺取弟弟的望远镜，也就是不让他看着城堡吃肉了。我爬上树去，要抢弟弟的望远镜。弟弟愤激地挣扎，你们不让我吃肉，我要死了，我要跳下去。我不敢再和他争抢望远镜，我怕他真的从树上摔下来。

弟弟又把单筒望远镜举在眼前，一会儿右眼，一会儿左眼，他要让两只眼睛都能看到肉。他的嘴巴仍旧吧唧吧唧地响。他吃肉的样子越来越如狼似虎，声音更加响亮。米庄的人从树下经过，弟弟的口水从树上跑下来，弄湿了他们的头发。他们问弟弟在吃什么？弟弟说，在吃肉呀，你们听不出来我正在吃肉？他们说，你是在吃自己的肉吧。实际上，弟弟是在偷偷地啃鲜嫩的树叶，他的口水把别人的头发染成了绿色。树叶不是肉片。弟弟瘦得只剩下骨头了，像一副挂在树上的骷髅，嘴巴里不发出声音的时候，我以为他死了，但他的嘴里又发出了吃肉的声音——他还活着，只是声音逐渐衰弱下去。我想，弟弟可能是快要死了。

但令人吃惊的是，有一天，弟弟突然提着一块肉回家，不仅差点把母亲吓死，而且把整个米庄都陷于惶恐。

那天上午，弟弟从树上下来，抖抖望远镜，说，我看见有人送肉来了。到了中午，果然有一辆花团锦簇的征兵宣传车开到米庄。弟弟走近宣传车，用望远镜往车里瞧，左看右看，但没有肉。宣传车上的人说，当了兵才能吃肉。弟弟要当兵。弟弟说，我能看得很远。但别人告诉他，部队里不需要只能吃肉不能打仗的人。弟弟和宣传车上的人争吵起来，结果他的单筒望远镜差点要被没收——那是军队用的玩意儿，小孩用来干什么，好在军队早不用这种破烂，但弟弟还是被人用他的望远镜敲击了好几下他的头。弟弟的头像木壳一样发出咚咚的声音，弟弟说，那代表着我的头要吃肉了。宣传车上坐着一个肥头大耳的人，弟弟想，如果车上没有肉肯定养不肥这个人。弟弟不相信宣传车上没有肉。他又拿起望远镜，远远地小心翼翼地跟随着宣传车，盯着车上那些人，看他们到底把肉藏到哪里去了。结果他一直跟到了高州城，到了黄昏也不见回来。

这天米庄到高州城赶集的人很多，他们早已经回来，唯独不见弟弟。母亲比找不到肉更为焦虑，坐立不安，慌张地向赶集的人逐一打听。得到的信息是，都曾看见过弟弟，弟弟拿着望远镜在高州城东张西望，看到很多人的牙缝里都夹着肉屑，弟弟用望远镜敲打别人的嘴巴，结果被人揍了，还差点被肉行的屠夫剁了手。最后看到弟弟的人是阙洪，看到他的时候太阳还未落山，那时弟弟已经回到乌鸦岭，正沿着羊肠山道回来。照道理，弟弟早应该到家了。但事实上，月亮都出来了，弟弟还不见踪影。父亲忍耐住肋骨折断的疼痛，从床上爬起来，借来一支手电筒，正要沿路去找弟弟的时候，弟弟却兴致勃勃地回来了，单筒望远镜在他的胸前晃荡，关键是手里提着一块肉。弟弟平安回家，我们本来应该如释重负，转愁为喜，吃饭睡觉，但情况并非如此。

问题出在那块肉上。

母亲对那块肉表现出强烈的震惊和惶恐。

这是一块猪肉，两斤有余，几乎看不到瘦肉。今天有那么多的人去高州赶集，除了看了一场河南人的马戏表演，听到了几条口径不一的传言，便空着肚皮赶十几公里的山路回来了，手里都没有提着肉，弟弟却提着肉回来了。

弟弟说，这块肉是一个年轻漂亮的女人送给他的。造孽啊，她又出来害人了。母亲插话说。

在经过乌鸦岭的时候，弟弟仰起头，举起单筒望远镜往乌鸦岭上眺望，结果一团一团的肉堵满了望远镜，嫩乎乎的肉，流着油。但一放下望远镜，肉又不见了，像突然被谁吃掉了的一样。弟弟终于明白，肉全都在山顶的城堡上。弟弟决定去一趟城堡。弟弟真勇敢，没有谁敢在黄昏去城堡的，多年前一个女知青在城堡里服药自杀了。好多年来，没有人到过城堡。因为到过城堡的人都说，城堡里真的没有什么东西，除了灌木和杂草。弟弟却相信那里装满了肉，他在望远镜里看到了。肉在等着他。在昏鸦的啼叫中，弟弟穿过茂密的橡胶林，爬过险要的岩石，越过成片成片的荆棘林，离山脚越来越远。远处的山腰上孤零零地藏着几间茅屋，弟弟想，茅屋是藏不住肉的，只有城堡里才能藏很多的肉。但弟弟还没到城堡，便在半路上遇到了一个穿白色衣服的女人。那女人用修长的右手拦挡住弟弟的去路。那女人也许是农场的职工，也许不是。

那女人说，你要去哪里？

那女人上身穿一件白色的衬衣，的确良那种布料，头发长长地飘散在肩上。弟弟没见过比得上她漂亮的女人，因此他不懂得拿村里的谁和她比较。这样漂亮的女人有资格像大队支书的老婆那样粗暴，但出乎意料的是，那女人说话并不凶恶，始终面带微笑，恬静而温柔，比母亲温柔一千倍，所以弟弟并不感到有什么可怕的，如果不是找肉，他愿意跟这样的女人说上一天的话。

弟弟说，我要到城堡去。

那女人说，你去城堡干吗？天黑了，蛇、獾和狐狸都要出来了。

弟弟说，我不怕，我要找肉，城堡里有很多很多的肉。

那女人说，城堡里没有肉，除了草和灌木什么也没有，怎么会有肉呢？

弟弟说，我已经看见肉了。

那女人爽朗地笑了两声，提着一块东西在弟弟眼前晃了晃，你看到的是这块肉吧？

弟弟这才发现她同样修长的左手提着一块肉。弟弟一阵惊喜，拿起望远镜对着那块肉，肉顿时塞满了他的眼睛。弟弟说，真的是一块肉，你哪来的一块肉?

那女人说，看得出来，你好久没吃过肉了。

弟弟说，我从来没吃过肉，我母亲说，再吃不上肉我便要死了。

弟弟说话运用了夸张的手法。

那我把这块肉送给你。那女人说，你不要爬到城堡上了，那里真的什么也没有。

弟弟从女人的手里拿过肉，一转身便跑着下山回家。他跑得好快，像狐狸一样。因为他害怕那女人改变主意。跑了好久，弟弟才回头，看那女人是否因为后悔追着他要回她的肉。但身后一个人也没有。弟弟还不放心，边跑边举起望远镜往回眺望，但除了漆黑一团什么也没有，连树木也没有，甚至听不到鸟叫，弟弟定眼一看，原来已经回到米庄了。

弟弟把肉高高地提到母亲面前等待她的惊喜时，母亲却脸色大变，倒退了几步，嘴里发出啊呀啊呀的惨叫，好像弟弟手中提的不是一块肉，而是一颗人头。

母亲啊呀了几声才说出话来。

“快扔掉！你，你也遇上鬼了！”

弟弟莫名其妙，满脸惊讶，母亲看不见肉了，肉在弟弟的背后。母亲抓住弟弟抢他身后的肉。弟弟拼命护着手中的肉。母亲勃然大怒，与弟弟争抢肉，结果只抢下了弟弟的望远镜。

“我要摔碎它。”母亲威胁道，“除非把肉交给我。”

摔烂望远镜以后永远也找不到肉了。弟弟说，本来我就是要把它交给你的，你要放到锅里去，我要吃肉。

母亲稍稍镇静地说，把肉给我，我弄给你吃。

弟弟迟疑了一会儿，把肉交给母亲。母亲却猛地把肉扔到地上，狠狠地往肉上吐口水，嘴里吐不出口水后，便用脚猛踩。肉被踩得沾满了泥沙，地面上湿漉漉的，不是水，是油。母亲的脚也沾满了油，她不断地往沙里搓。

弟弟要阻止母亲的疯狂。母亲一把推倒弟弟："这是鬼肉！你把鬼肉带回来了！"

弟弟争辩说，不是鬼肉。世界上没有鬼肉。

母亲要弟弟赶紧脱掉裤子，往肉上撒尿。弟弟不愿撒尿。母亲要从房间的尿桶里舀尿。尿能镇邪，越臭的尿越能镇邪。弟弟乘机要去抢母亲脚下的肉。母亲动作更快，拿起肉往围墙外一扔。肉不见了。芭蕉地里传来一声闷响。我家的地坪上突然出现了很多的人。因为听说弟弟带回来了一块鬼肉。

弟弟往芭蕉地里跑。母亲脸色惨白，喘着粗气，对众人说，鬼怎么会缠上我的儿子呢?

众人也神色凝重，低声地议论。

母亲从房间里舀一勺子的尿，经过地坪往芭蕉地的时候，臭气熏天的尿液把人们给熏昏了，他们疯狂地吐口水，似乎要把舌头都吐掉。

弟弟刚找到掉在树根下的肉，母亲随后便到了。弟弟来不及把肉揣进怀里，尿液已经泼到了他抓肉的手上。弟弟依旧死死抓住那块被尿液覆盖了的肉。母亲吆喝着要夺弟弟手中的肉。

"扔给狗吃！"母亲命令说。

弟弟不允。母子在芭蕉里为一块猪肉惨烈地你争我夺，当我们掌煤油灯赶到，母亲已经把弟弟按在地上，弟弟却把肉压在身下。母亲要将弟弟翻转过来，但弟弟双手抓住芭蕉树的根，母亲把弟弟的衣服都扯破了、肩膀也抓伤了，竟无法将只有四十多斤体重的弟弟翻转。弟弟正在号哭。号哭大大增加了他的重量。

有人劝母亲，算了吧，也许不是鬼肉。

母亲说，不是鬼肉是什么！除了鬼，天底下还有什么好心人！

有人说，如果是鬼肉，现在也应该显恶了。

母亲突然放开弟弟，站起来，想了想，叫弟弟也站起来。弟弟站起来，肉粘在他的肚皮上，散发着恶臭。尿液的臭。

母亲对弟弟说，让我看看你的眼睛。

弟弟让母亲看了看眼睛。除了由于长期用望远镜眼眶有些暗痕外，弟弟的眼睛没有什么特别，清秀得很，通过眼睛能看到他的肺腑。

母亲说，好在鬼还没下毒手，如果像阙东东那样快，你便挨不过明早了。

阙东东是阙洪的第四个儿子，传说三年前，他也经历跟弟弟几乎如出一辙的事件。从高州城回来经过乌鸦岭的时候，偶遇了一个年轻漂亮的女人，穿着打扮像城里人。与弟弟不同的是，是阙东东手中提着一块肉，那个女人向他要肉。阙东东那时已经二十岁啦，想要女人啦。便把肉给了那女人，以为那女人很快便要跟随他到米庄成为他的老婆了。结果，阙东东第二天竟双眼流血，暴病而死，第三天，村里有人看到乌鸦岭的一处新坟前摆放着一块肉，大小正好跟阙东东的那块肉一样。据考证，那坟里埋葬的正是那个被乡干部侮辱而在城堡自杀的女知青。

现在那女人缠上我的儿子。母亲说，她让我儿子把猪肉带回来还给米庄了。

弟弟抱着肉，警惕地看着母亲和身边的每一个人。阙洪的女人匆匆赶来，有人告诉她，阙东东当年的那块肉就在我弟弟手里。阙洪的女人顿时倒地失声痛哭，忽而唱起了哭丧歌，凄惨得像刚死了儿子。有人提醒，赶紧叫唐大梆。

唐大梆是巫师。

阙洪的女人哭累唱累了，便求弟弟，把肉还给我，肉本来就是我家的，我得把肉放在阙东东的坟头，让他也吃上一顿肉——当年他都大半年没吃肉，眼看能吃上肉了，竟让一个女鬼骗，冤死了。

弟弟说，这块不是阙东东的肉，我不给，我要吃肉。

阙洪的女人向我母亲哀求，但母亲也毫无办法，只有等唐大榔来。

唐大榔自己一个人来不了，是阙洪背他来的。阙东东遇上鬼那年，唐大榔正好被人砸断了腿，从此吃喝拉都在牛棚里。

唐大榔喘气的声音比背他的阙洪还响。唐大榔没有力气了，眼珠子也转不了，快死了。唐大榔瘫软在地上，耷拉着头，喘了一会儿气才说，世界上哪里有鬼？没有鬼，根本没有鬼——没有鬼哪能有鬼肉？

阙洪的女人说，唐大榔，你看，这块肉，跟当年我家阙东东买的那块肉一模一样，那女鬼把肉还回来了。

唐大榔没有看肉，苦笑，你见过当年阙东东买的肉？

阙洪的女人说，没看见过，都是别人说的。

唐大榔说，阙东东当年也没见到鬼……

阙洪女人说，是见到鬼了……

唐大榔不跟阙洪的女人争。他对我母亲说，你拿肉煮给孩子吃吧，你家的孩子遇上好心人了。

母亲说，哪来好心人，呸！

弟弟喃喃地说，真的是好肉，不是鬼肉。

母亲乘弟弟放松之机，突然出手，将肉抢了过来，扔给在不远处等待了很久的狗。狗狂喜地扑住肉，两只爪子紧紧地抓住肉，张大嘴巴，想一口吞食，但嘴巴倏然停在空中，没有往肉咬下去，只是嗅了一下，放下肉，摆摆尾巴走了。弟弟猛地扑往肉，比狗还敏捷。

母亲对唐大梆说，你看，我的儿子中了邪了，你给他画一道符，保他性命。

母亲见唐大梆不答应，去拉他的手，似乎要强迫他画符。但很快母亲便放下了唐大梆的手。因为他的画符的手多年前已经被剁了。这是众所周知的，但母亲突然忘记了。阙洪的女人像我母亲一样不知所措。我想，阙洪的女人本想给儿子报仇的，但此时她更愿意看到我的弟弟成了阙东东的陪葬，果然，她对我母亲说，算了，你洗干净肉煮给他吃吧，就当是我送给他吃的。

聪明的母亲轻易看破了阙洪女人的阴险，并不领情，追上弟弟，把他抓住。弟弟无力反抗，被母亲绑在一棵芭蕉树上，并夺下他手中的肉。唐大梆要走了，阙洪并不背他，他就爬着离开。母亲觉得自己比唐大梆懂得更多，如果是别人吃了这块肉，那么有事的是别人，弟弟就会没事了。母亲想到了阙右派的儿子阙小明。阙右派死了，但他的儿子阙傻瓜仍活着。这块肉应该让他来吃。

母亲等围观的人都走了，只剩下蹲在墙角里流口水的阙傻瓜的时候，她叫了一声阙傻瓜。阙傻瓜像一条半睡半醒的狗，倏地站起来，走到母亲的跟前。

母亲用一根木棒挑起那块肉，递给阙傻瓜。阙傻瓜喜出望外，张开双手，跳跃着扑向肉。不费什么力气，阙傻瓜抓到了肉，在弟弟的乞求和威胁中，阙傻瓜躲在一旁，生吃那块肉。

阙傻瓜吃肉的样子像弟弟一样霸道，狼吞虎咽，气势如虹，一会儿工夫便把那块肉吃掉了，还用舌头舔着嘴巴。母亲等待阙傻瓜吃完肉后倒地而毙，但阙傻瓜并没有什么不妥，他伸伸腰，拍拍屁股，朝旧集体食堂方向走了。

母亲惊讶地自语，阙傻瓜为什么不会死呢？母亲不相信阙傻瓜真的能逃过此劫，放了弟弟：阙傻瓜是替你受死的，你跟着他看看，他到底会不会死？

米庄一片死寂，世界除了漆黑和天上的一轮瘦月外什么也没有。弟弟从容地检查了一下望远镜，举起望远镜看了一下天地四方。然而，弟弟还是看到了肉。他惊喜地说，肉，肉，肉。母亲一巴掌把望远镜从弟弟的眼睛上打下来，不准望远镜对准她——望远镜看到了母亲脸上瘦瘪的肉。弟弟狠狠地瞪了母亲一眼，穿过幽暗的竹林，跌跌撞撞地往旧集体食堂方向追去。

弟弟此去便是一个晚上。半夜里母亲起来撒尿的时候曾对着窗口叫了几声弟弟，结果只引来了几声狗吠。第二天一早，习惯早起的阙洪的女人歇斯底里地在米庄嚷起来了，把清静的米庄一下子变得紧张而嘈杂。

越来越多的嘈杂声传到了母亲的耳朵里，像午后的蝉叫令她烦躁不安。母亲终于听明白，阙傻瓜死了。死在旧集体食堂的石头桌面上。被人砸烂头部而死的，眼睛流着血，一大早的便招来了一屋苍蝇。骇人听闻的是，阙傻瓜的右腿被剁下来架在废弃了的火灶上烧烤，整整一条腿已经被啃光了肉，在灶台上只剩下一根骨头，还冒着热气。母亲曾被太多荒唐可笑却又貌似真实的传言所蒙蔽，因而根本不相信这些像从梦中传来的嘈杂的声音，但她似乎闻到了什么气味，忽然扔下手中的牙刷，来不及洗一把脸，便匆匆往旧集体食堂赶去。耳听为虚，眼见为实，她一定要亲自看个究竟。

补记：我的弟弟阙羊死于那年冬天。他死的时候，村里正好流行猪瘟，队里养猪场的猪一头一头地死掉。公社禁令不准人吃病死猪，并有民兵持枪巡查把守。死掉的猪都埋到了一个大坑里，来年能生产一坑的好肥料。我父亲愿以抵扣三天工分的代价换来一头死猪，给弟弟陪葬，和弟弟一起埋在高高的山冈上，站在那里能看得见车水马龙的高州城。那支单筒望远镜，我们忘记或根本懒得从弟弟的身上取下来。对西洋货，我们从来没有好感。

弟弟死于乱棒。家丑，在此不必赘述。

2006年10月2日

少年黑帮

我在我的臂膀上养着两只耗子。我喜欢它们。虽然耗子只是我左右臂膀上的两块肌肉而已，但它们像婴儿时期的老虎。它们在我的身上便代表着结实、力量、强悍和安全。只要我露出两条臂膀，它们便跳出来，随时要扑过去撕咬站在对面的人，至少让他们感觉到冰凉的威胁和血淋淋的危险。我就曾经将一头发飙的牛犊啪的一声放倒在地，滚了好久才爬起来，从此它对我闻风而逃。我每天都对着沙包发泄多余的能量，坚硬的拳头像锋利的牙齿，一次又一次将沙包打穿。能将沙包打穿的拳头，肯定也能打穿任何人的头颅。现在，我的耗子已经比那时更加肥大，快要变成两只兔子了，应该到了连谁都害怕的地步。

但竟然有人蔑视我的耗子。他欺负了我的姐姐。他不仅从我家的墙头上顺手牵羊地拿走了一串腊肉，还当着盲子阿三的面摸了一把我姐姐的胸部。虽然我姐姐的胸脯还没有完全发育，但也是我的胸脯，已经归我的管辖范围。姐姐为那几串腊肉花掉了很大的心血，整天拿着扇子驱逐苍蝇，等到过年，这十几串金灿灿的腊肉就是我们一家的唯一美味。但阙敢强抢了我家的腊肉，还摸了我姐姐的胸脯一把。盲子阿三拍着自己的胸脯断言说，阙敢摸了她。否则你姐姐的尖叫不会比杀猪还响。姐姐是哑巴，说不出心中的屈辱。我脱掉上衣，把它捏在手里，我的胸脯露出了，更重要的是露出了我的耗子，太阳已经把我的手臂晒得黑乎乎的，像长满了耗子的毛。我要替姐姐说出心里的屈辱。

我在阙七的杂货铺找到了阙敢。他正派头十足地在掂量着王屠户肉台上的一块猪肉。谁都知道，阙敢没钱吃猪肉。阙敢喜欢把王屠户的肉当作女人捏来捏去，捏得油水直流。王屠户很不耐烦地说你买不买肉？阙敢笑了笑，说我们打个赌吧，我保证这块肉不会超过五斤，超过了五斤，我生吃了。这天是节后，肉不好卖，又是午后，百无聊赖，王屠户也想找些乐趣，打赌便打赌，肯定超过五斤，如不超过五斤，从此天天白送五斤猪肉给你阙敢。二人先后击拍着肉台，一言为定。肉台旁边一下子围过来很多人，热闹得像看脱衣舞。我先把我姐姐胸部被袭的事放到一边，跟着大家起哄，把热闹的气氛推向高潮。他们没有退路了。有人从阙七杂货铺要来了一杆秤，不用王屠户的秤。有人当着众人闪闪发光的眼睛称那块肉。秤在半空中，肉也在半空中。十几个一本正经的公证人踮起脚，都凑近秤看清楚了。没有异议。一致裁定，刚好五斤一两。所有的人都对着阙敢哄笑，要他说话算数，生吃了那块肉。但在米庄，我们都是文明人，没有人会生吃猪肉。

阙敢拿起那块肉，再三掂量，不断地骂自己，今天我肯定是踩狗屎了，要不我怎么会看走眼？他看看自己的脚底，拖鞋底什么也没有，干净得像水洗。他又拿起鞋子嗅了嗅，也没闻到狗屎的味道。肉在肉台上，几只绿头大苍蝇拼命地叮肉，王屠户生怕肉被叮亏三两二两，遂拿起肉串子猛打苍蝇。

阙敢还在对自己身体翻箱倒柜的，一定要查验究竟哪里粘了狗屎。得意忘形的王屠户可没有耐心，把肉提到阙敢的嘴巴前。大家整齐划一地喊吃了它吃了它。我也跟着叫吃了它吃了它。叫声把米庄都吵热闹了。大家知道阙敢要生吃五斤一两猪肉，都从四面八方赶来。阙敢的脸红红的，他张开了嘴巴，露出锋利的牙齿。他要生吃猪肉了。但只有大狼狗才能一下子生吃掉五斤猪肉。阙敢不是大狼狗。

但阙敢迟疑着，抓猪肉的手毛茸茸的。那是袭击我姐姐胸脯的手，像熊掌一样粗陋。在震天的喊叫声中，阙敢没有胆怯，环顾四周，看谁喊得最响。结果是满脸横肉的王屠户喊得最起劲，最兴奋，最得意。他自己的猪肉要被白白吃掉了还喊得那么响，好像要被吃掉的不是猪肉而是狗屎。阙敢举起猪肉向四周扬了扬，意思是说他要吃肉了请大家作证。大家都说好，快吃。王屠户兴奋地将油腻的手放到自己的嘴前模仿着大熊猫啃竹笋的动作，还罕见地扭起肥大的屁股，他没注意到此时的阙敢已经收起笑脸。收起了笑脸的阙敢突然把猪肉往王屠户的嘴上甩打过去。刚好，把王屠户的脸全掩盖了。猪肉紧紧地粘在王屠户的脸上，他的脸变成了一块不规则的肉。王屠户慌乱中用手抓自己的脸，肉掉了，脸上满是油。情况突变，气氛骤然变险，众人停止了喊叫。王屠户抹了一把眼睛，猛然抄起屠刀，要砍阙敢。阙敢抄起肉台的另一块更大的肉，往王屠户的头劈去。王屠户措手不及，脸又被掩住了。阙敢顺手抓起一张长凳，往王屠户的背狠狠地扫过去，王屠户轰然倒地，屠刀掉到了另一边，发出咣啷的一声脆响。阙敢迅速脱掉宽阔的上衣，摆开架势，等王屠户爬起来。

从阙敢赤裸的上身我看到了两样东西，一是系在他裤头上的几串腊肉，肯定是我家的；二是他的臂膀上也养着两只耗子，跟我的差不多大。现在它们跳得比我的厉害。

王屠户很久没有爬起来。阙敢又踢了他两脚。王屠户还是没爬起来。大家以为阙敢就此算了，但阙敢觉得还没解气，双手抓着王屠户的裤带，深呼吸，一把将笨重的王屠户提起扔到肉台上，像鲁智深拳打镇关西那样对着王屠户的肚皮猛打一阵。出乎意料的是，王屠户那么快便吐着白沫求饶了。阙敢开出条件，王屠户一口答应了，从今往后每天白送给阙敢五斤猪肉。阙敢这才罢休。令众人吃惊的是，身强体壮、气势汹汹，曾经是米庄最强悍的王屠户竟然不是矮瘦的阙敢的对手。一只猫对一只老虎取得了压倒性的胜利。他们赶紧闭上了嘴，一瞬间悄悄溜了大半。阙敢从肉台上抓起另一块肉，掂了掂说，这块肉不会超过五斤。王屠户点头说，不超过五斤，拿去拿去。阙敢并不客气，拿起肉便走，腊肉在他的裤头上晃荡着。我不放心地看了一眼还在自己的肉台上喘着粗气的王屠户，我担心他爬不起来，或者爬起来后抓起刀子追杀阙敢。但王屠户没有急于从肉台上爬起来，有人说，王屠户你没事吧。王屠户无奈地笑笑，没事，我想歇一会儿——老啦，是年轻人的天下啦。

我追上阙敢。他瞪了我一眼，我拿了你家的腊肉，你是不是要拿回去？我说，我不是来要回腊肉的。

那你想干什么？

我向阙敢露出了我臂膊上结实的耗子。阙敢不屑地说，要吃肉不能单靠这个。

我说，我们是可以坐下来谈谈的。

阙敢于是便半坐在一根横倒的枯树上，但显得很不耐烦。他急着要把猪肉放到锅里去。我说，我们要取长补短——我想跟你学打架，将来随你打到镇上、县城甚至省城去。阙敢想不到我和他有着共同的理想，便给我示范了很多打架的要领。他还说，到了省城你还得听我的，不能叛变，我保障你吃穿玩，风风光光。我开始佩服阙敢。我决定跟他干。

我也说不清楚我为什么要跟阙敢干。过去，我从来都瞧不起阙敢。在以读书论英雄的米庄，有两个智力最不被人看好的人，一个是我，另一个便是阙敢。同一个村里不可能同时有两个傻子，但人们分不出我们之间究竟哪一个更傻，常常为此争论不休。虽然我们都没有被称为傻子的坏名声，但他们内心深处都把我们当成了傻子，两个没有前途的人。我们生活在一个以屡出读书人闻名遐迩的村庄里显得很不合适，我们的笨拙和差等生的头衔多多少少败坏了米庄的声誉，这使得我们也羞愧难当。因此，我们不约而同地辍学了。傻子是瞧不起傻子的，傻子和傻子也不会有共同语言。平时我和阙敢便很少来往，也许心底里都把对方视为败坏了米庄名声的人。但想不到的是，我们竟一见如故。从今天开始，我们便建立了友谊，奇迹般地走到了一起，看起来力量要比两个绝顶聪明的人在一起还要强大。

看来阙敢这一架蓄谋已久，打得很有价值，把最强大最凶悍的王屠户摆平了，村里的人都敬畏他。他一举征服了米庄及附近村落所有的人，连村主任也对他刮目相看，礼让三分。而与阙敢相比，我便相形见绌。我不能让阙敢的威望远远地跑在我的前面，不能让人认为我只是贴在阙敢屁股后面的一块肉而已。我也得干一次漂亮的活给他们看看，把我的形象和地位确立起来。但我不能再碰王屠户，原因有三：第一，一块再坚硬的骨头也经不起两次打击；第二，即使我打残了王屠户，也引不起轰动效应，而且还将导致阙敢的胜利贬值，导致阙敢的不满；第三，我不喜欢碰钉子，关键是没有把握。我要打一场有绝对把握的仗。

我决定从最软的柿子捏起。也就是说我要摆平盲子阿三。

盲子阿三在去肉铺的路上被我堵截在路旁。我一把夺了他手中的拐棍。盲子阿三失去了第三只眼睛。他的手像螃蟹一样乱抓，求饶说不要开玩笑啦，你怎么能拿盲子开玩笑？我说，我偏要拿你开玩笑。是阙勇吧。我说是。你找阙敢算账了吧？我说，我先找你算账，阙敢只是推了一把我姐姐，推不等于摸……你欺骗了我，连你也敢欺骗我！

盲子阿三像被冤枉了，焦急起来，我没有听错，是摸了，推跟摸不一样，不信你问你姐姐——自己的姐姐被别人占了便宜还替别人说好话……

本来我还有大发慈悲对盲子阿三网开一面的可能，但盲子阿三明明知道我姐姐是哑巴，说不出心里的屈辱，他还说这样气人的话。

盲子阿三就是这样挨揍的。如果他能看到我手臂上的耗子，他就不会这样说了，也许我真下不了手。但可惜的是他是一个盲子，还是米庄最软的柿子，而且根本不清楚我的意图。我下决心捏了。即使是一块豆腐我也要捏了。我扔掉他的第三只眼睛，一把推他滚到水沟里。水沟没水，盲子阿三很快爬起来，胡乱抓了一把草。他骂我。骂得一点也不好听。我抽了他的嘴巴，当我扯他的耳朵要他向我求饶时，他不但不妥协，还顺手抓住了我的双手，猛地往我的右臂猛咬一口。我尖叫一声，一只耗子被咬伤，流着血。我听到了自己的呻吟。我愤怒地揍他的头，他双手抱着头，以此抵挡我的攻势。我的右臂的血越流越多，那只受伤的耗子似乎要枯死了。我等待盲子阿三主动认输，从而让我体面地结束这一场并不成功的搏斗。但他并认输，反而趁我攻势减弱之机进行了反扑，抱住我猛咬猛打。我们就这样厮打在一起，从芭蕉地一直滚到蘑菇棚，最后在米河的河堤僵持着。

我断然想不到盲子阿三如此勇猛和顽固。我不愿再跟他打下去，但看到围观人群的兴奋不已的脸，我不得不继续打下去，一直到晌午才结束。因为我被头颅上流下来的血模糊了双眼，跟盲子阿三一样看不到任何东西。是我先妥协的。我说算啦，改天再跟你没完。我先松开了手，意味着我放弃了这场胜利还没到手的战斗。

盲子阿三松开手后恶狠狠地警告我，以后不要瞧不起盲子。

不仅我，还有很多人，见识了一个可怕的盲子。他的可怕都隐藏在他的深不可测的眼睛里，谁也看不见。

我狼狈不堪的样子却被阙敢看在眼里。他很失望。从右肋抽出一把崭新的斧头，送给我。

我说过，要吃肉不仅靠力气。阙敢说。他的左边裤头上还系着另一把崭新的斧头。

从此，人们便称我们为“斧头帮”。我跟随阙敢身后，横行村里。

有了斧头就像狮子插上了翅膀。但斧头不是用来砍人的，而是用来吓唬人的。我们整天把斧头插在腰间，穿一件没有衣袖的布褂，露出像柱子一样滚圆的臂膀。人多的时候，我们常常抽出斧头，往锋利的刀刃上吹吹风，或放在石头上磨。斧头是越磨越锋利的。为了让他们知道我们的斧头不是豆腐做的，我们还得一斧头砍掉一棵芭蕉树，或将阙七杂货铺的柜台的腿砍掉，柜台失去了一条腿，货物哗啦啦地从柜台上倒下来，撒得满地都是。阙七堆着笑脸夸奖我们的斧头和力气。他们越来越害怕我们。明明知道是我们偷了他们的东西，他们也不敢吭声。村主任是唯一敢仗义执言的人，但在一个月黑风高的晚上，我们潜入他家把他怀孕的母牛砍死以后，他再也没说过我们一句不是，甚至群众怂恿他报警，他也支支吾吾，忍气吞声，还落得是我们保护伞的恶名。从此以后，米庄再也没有人敢当着我们的面对我们评头品足，再也没有人把我们当作傻子。看到我们，人们要么远远地绕道而行，要么对我们毕恭毕敬。哪家新卖了猪牛，数票子的时候刚好让我们看到，那也得给我们意思意思。谁家池塘的鱼肥了，他们得心甘情愿地先捞几条给我们下酒。这是规矩。规矩是由我们定的，像村规民约一样，他们得按我们定下的规矩办事。米庄终于有了我们的位置。我们比那些聪明人不知厉害多少倍。

我们不满足于欺压乡里，从这些人身上榨不出什么油水。有一天，我们把两个到米庄来收购农产品的高州贩子挡在了路中间。

他们紧急刹停了手扶拖拉机。我向他们晃了晃手中的斧头。我告诉他们，从此以后，你们得向我们交保护费。

两个高州贩子面面相觑。

“我们从来没有交过保护费，即使在高州城里也没有谁敢向我们要保护费。”说话的叫李强。我和阙敢帮他打过工，扛过化肥，装载过芭蕉，累死累活一天才得五块钱。

阙敢气势汹汹的，做出要砍人的样子。斧头帮成立以来，我似乎寸功未立，于是自告奋勇说，让我来。阙敢闪开一条路。我挥起斧头往李强的座位砍去，李强本能地闪开，斧头落在他的座垫上，绽开了一团雪白的海绵。正是这一团海绵吓倒了不识抬举的高州贩子。

李强战战兢兢地说，大哥，我们并没有说不给，我只是想要交多少才合适……

李强答应了我们，每来一趟米庄得向我们交纳一百元的保护费，从现在开始。阙敢把一百元大钞放进了自己的口袋，向另一个一言不发的贩子扬了扬斧头。

我们并不满足于高州贩子每趟一百块钱，因为他们并不经常来，而我们经常缺钱用。我们决定向他们勒索一笔。机会出现在一天的中午，阙七的一条瘸了腿的老狗横穿过石拱桥时正好被李强的拖拉机碾死了。李强骂骂咧咧地对阙七说，我们好久没来米庄了，才来一趟便撞死了你家的狗，真倒霉。

李强干脆地表示要赔偿，从口袋里抽出五十元钱，递给阙七。但阙敢从空中截住了那五十元钞票。

这是我的狗。阙敢说。

李强惊讶地说，全世界都知道，这只瘸狗是阙七的，怎么会变成了你敢哥的呢?

阙敢从腰间猛地抽出斧头，你问问阙七，这狗是谁的?

阙七左右为难，李强追问他，你得凭良心。阙七说话敢凭良心?

阙敢说，从现在起，这条狗便是我的狗，你碾死了我的狗。

阙七迟疑了一会儿，点点头，同意了阙敢的说法。李强愤激地要骂阙七。但阙敢一把将李强摔倒在地，强龙不压地头蛇，你怎么能欺负本地人？我旋即跟上去，用斧头的背面敲了一下李强的膝盖，李强一下子瘫软下去。这一次，我们得到了一千元。但李强他们再也没有到米庄，米庄的农产品要挑到很远的宝圩，贩子们才敢收购。米庄人开始对治安怨声载道，实际上是对我们颇有微词，说我们是败坏了米庄名声的人。村主任承受的压力越来越大，他终于偷偷向派出所反映情况，两个民警来了一趟米庄，他们在路上拦住我们。

“像你们这种年纪，腰间应该插着书本，你们为什么却往腰间插斧头？”

阙敢对其中的一个民警说，姑丈，我们要去砍树——山上有很多的树，家里断炊，得砍树换米。

那个被阙敢称为姑丈的民警半认真半开玩笑地警告了阙敢一番。另一个民警也没有发现什么不对，于是他们开着警车呼呼地走了。后来，我们砍了很多的树，谁违抗我们，谁不把我们放在眼里，他家的芭蕉树或芒果树顷刻之间会成片地倒下，血流满地。李村的张九，陈村的冯达，十里屯的黄海，都吃过我们的斧头亏。我们的斧头砍钝了，他们还得忍气吞声地帮我们磨得锋利，好让我们继续砍他们的树。

我们也隐隐约约地知道，米庄的狗头军师们在密谋除掉我们。但他们投鼠忌器，畏首畏尾，空有绝好妙计而不敢实施。比如，妙计之一，受镇上穷凶极恶的“西门霸”被街坊挑断脚筋变成了乞丐的启发，他们要把我们也打成残废，让我们从今往后像螃蟹一样生活。具体办法是选十几个年轻力壮的人趁我们喝醉的时候，将我们的腿打断，连筋拔起，甚至将我们乱棒打死，法不责众，何况打死的又是恶棍，死也白死。此计好是好，但去哪里找十几个勇士？村里大都剩下老弱病残了，勇敢的人大都到了广州深圳开天辟地回来一趟也不容易。妙计之二，干脆毒杀我们，神不知鬼不觉，一干二净，一劳永逸。他们确实有祖传毒方，一夜之间能毒杀千军万马，杀人不见血，又了无痕迹，我们两个小混混何足挂齿。此外他们还有妙计三、四、五……比诸葛亮的锦囊还多，五花八门，千姿百态，色彩斑斓。但是，他们只是纸上谈兵，像地下党一样躲躲闪闪，一晃半年过去了，没有谁敢站出来，连轻微的反抗也没有，正义的力量并没有结出漂亮的果实，风平浪静，碧波荡漾，我们毫发无损，快乐安康。更令他们可怕的是，我们的斧头帮越来越强大，已经有十几人之众，个个染发文身，腰挂斧头，前呼后拥，浩浩荡荡，搞得米庄乌烟瘴气。

但越是风平浪静的时候越有危险。危险来自我们自己的内部。阙敢每天从王屠户那里拿走五斤猪肉，王屠户没有意见，他愿意给，给了阙敢五斤猪肉，损失能从别人身上赚回来。关键在于，阙敢每天吃不完五斤猪肉。他便常常拿到我家来，找我姐姐，让我姐姐帮他做成腊肉，晒干，然后让我送到他家里去。他把腊肉挂在高高的屋檐下，腊肉越来越多，像北方人家的玉米棒绵延在邻居的屋檐下。他家被腊肉包围起来，显示了他家的无比富足。虽然我姐姐快成腊肉机器了，但我家的腊肉并没有增加。我提醒姐姐，你可以名正言顺地向阙敢要点劳务报酬，比如让他每次给我们留下半斤八两的，或者你暗地里克扣一点也成，积少成多，好让我们过得不那么寒碜。可姐姐不敢。我说怎么不敢？那肉本来应该有我的一份的。

趁阙敢不在我身边的时候，王屠户悄悄地把我叫到肉台前，为难地说，我不是不愿送肉给你，实在不能再送，再送的话这生意就做不下去了，本来我想从送阙敢的五斤肉中分一半给你的，但阙敢不愿意，利益均沾，那分你一斤半斤总可以吧，阙敢得大头，你好歹也得点蝇头小利，但阙敢还是断然拒绝，属于我的肉怎么要分给阙勇，你家的女人会让给别人睡吗？我想呀，你们同坐米庄江山，拳头是一样大，斧头都一样锋利，贫富怎么相差那么悬殊？

虽然当面斥责了王屠户的挑拨离间，但我仔细想想王屠户的话也并非没有道理。每一次分赃，阙敢总是先拿，拿最多最好的，他家不仅成了腊肉行，咸鱼博物馆，连鸡鸭都多得满山坡，但我家除了吃得好一点外，还是什么也没有，一次我姐姐要去舅舅家，向阙敢借了三只鸡还得立字据。帮里的弟兄们早就发现不公平了，但不敢说。本来我还想忍气吞声的，但经不起王屠户的多次挑唆怂恿，终于暗下决心带领弟兄们另起炉灶。王屠户说，你成了阙敢以后，本来属于阙敢的每天五斤猪肉便转送给你了，你家很快便比阙敢阔气。阙敢觉察到了我的异志，气势汹汹地质问我，说我是不是要自立门户？我不置可否。阙敢说你这是叛变、谋反！我说，事情还有回旋的余地，但你每天得分一半肉给我，因为这不仅是肉的问题，还是面子问题。阙敢哂笑说，不可能，要是分一半肉给你，你就跟我平起平坐了，王屠户是我摆平的，你连盲子阿三都摆不平，你怎么能跟我平起平坐！阙敢原来一直瞧不起我，现在又拿摆不平盲子阿三的窝囊事来诋毁我，让我在帮中威信扫地颜面尽失。果然，跟在我身后的弟兄越来越少，他的喽啰在我面前也敢趾高气扬。

本来我跟阙敢还没那么快便翻脸，但盲子阿三到处散布谣言，说阙敢每次送猪肉到我家，总要先摸一把我姐姐，后来干脆就是强奸了，阙兰喊痛的声音比杀猪还惨。不信？不信你们看看阙兰的乳房是不是油腻油腻的，再不信你还可以看看她的肚皮，都变成母猪肚了。阙兰是我姐姐的名字。我看了看姐姐晾在晒台上的文胸，果然油腻油腻的散发着肉臊味，再观察她的肚子，似乎真是鼓起来了。我说姐姐你怎么啦？姐姐是哑巴，说不出心里的屈辱。我火冒三丈，在磨刀石上狠狠地磨斧头。姐姐知道我要干什么，拼命地阻止我。她越是阻止，我越感到耻辱，连臂膊上的两只耗子都在耻笑我了。姐姐要抢我的斧头，我一把将她推倒在水沟里。她焦急得要开口说话。但她是哑巴，说不出心里的屈辱。那就让我的斧头替你说出来吧。我臂膊上的耗子一下子膨胀起来，怦怦直跳，似乎要跳出来为我摇旗呐喊甚至扑到阙敢的身上把他撕碎。我带上几个弟兄（仅有的几个了）去找阙敢摊牌、算账，然后分道扬镳、势不两立。

还是在王屠户那里找到了他。他正在肉台前为五斤肉挑肥拣瘦。肉台上肉真多，都是好肉。王屠户一脸无奈却又装出十二分情愿的样子，帮着阙敢选最好的肉。我心里燃起了妒忌的怒火。将来，王屠户会不会也像现在那样给我选肉？

阙敢抬头看见了我，并从我的脸上看到了不妙和危险。阙敢厉声质问我想干什么！我没有回答。我不需要回答他的任何问题。其实，他知道我要干什么。我们在米河的边上摆开了阵势。闲人远远地躲到了一边。盲子阿三躲到了王屠户的肉台底下，战战兢兢地竖起耳朵听电闪雷鸣。王屠户果然比盲子阿三胆小，他放弃肉台和肉台上的肉，跑到阙七的店铺里，从窗口探出半个脑袋来。当然，还有更胆小的，都爬到树上去了。

偌大的一块空地上只剩下我和阙敢。连狗也不敢靠近我们。观看的人都深深地屏气凝神，等待一场惊天动地、气壮山河的决战。

如果阙敢妥协，愿意把每天五斤肉分一半给我，作为交换，我也愿意对他强奸我姐姐的事既往不咎，从此我们还是兄弟，还同坐米庄江山。但他没有妥协。他拔出了腰间的斧头。我当然也做出同样的动作，因为今天的斧头就是为这次打架准备的。

斧头的光芒灼痛了人们的眼睛。阴沉的杀气卷起了路面上的沙石。有人忍不住发出了惶恐的惊叫，有人在颤抖中大小便失禁，也有人捂住眼睛像盲子阿三一样用耳朵来体验一场战争。

我臂膊上的耗子跃跃欲试。阙敢臂膀上的耗子跃跃欲试。

两对耗子针锋相对。两把斧头针锋相对。

对峙了好久。我们的友谊在对峙中一滴滴流走，仇恨取而代之。

我是在耐心地等待阙敢最后时刻改变主意。

但肉台上的肉都发出腐臭来了，阙敢还不妥协。他应该妥协。

他怎么连妥协也学不会呢?

机会是留给善于妥协的人的。

但是他的眼睛越来越冰冷，双臂像烧红的铁棒。我终于下定决心，再也不给阙敢任何机会。

我们挟起一阵风杀向对方。

我们的决斗并没有人们预期那样打得天昏地暗，直到挑灯夜战。我们只是持续了三秒便结束了争斗。

告诉你们这三秒是如何耗掉的：我们挥舞着斧头冲向对方的过程耗掉了两秒；我们的斧头砍向对方臂膀，手起斧落的过程耗掉了半秒；我们把斧头从对方的身体上拔出来然后同时痛昏倒地的过程又耗掉了半秒。我们的动作一气呵成，惜墨如金。迅速。简洁。流畅。却不乏惨烈。事后我们快速盘点了一下双方的得失，在这短短的三秒钟时间里，也就是看客们一眨眼的工夫，我们各损失了一条臂膀。不同的是，他是左臂膀，我是右臂膀。流掉的血也差不多，在各自的脚下都有一条小河，他的河流向王屠户的肉台，我的河流往阙七的店铺，方向相反，呈放射状。有人做了精确测量，河的长度也一样，刚好十五米。至于损失的程度，事后人们做了各执己见的评估，莫衷一是。有人说阙敢亏大一点，有人说我亏大一点，直到三年后我和阙敢从监狱回来他们仍争论不休各不相让。

从监狱回来后，我和阙敢都只有一条臂膀了。无论严寒酷暑，我们都穿着长袖衣服，不让别人看到我们剩下的那条萎缩的没有了耗子的臂膀，关键是不让他们看到另一边丑陋的痂。我们都变成了和善的人，见了谁都毕恭毕敬、诚惶诚恐。我们都只剩下一条臂膀，如果再联合起来，我们便有了两条臂膀，又成了一个完美的整体，但那是不可能的了。三年牢狱生活，我们虽然常常照面，但从没说过一句话，好几次我的嘴巴都快控不住了，但最终还是没有说出来。谁先开口，便是谁先向对方露出怯懦和悔意。然而我们都能看到对方空荡荡的袖筒，我们的袖子迎风飘扬，像要热烈拥抱，又像剧烈地排斥。现在我们都自由了，有时候不约而同地来到当年决斗的地方，但我们不愿走到一起，都心照不宣地避开对方，如果我在阙七店铺帮吆喝，那他就在对面王屠户的肉台前摆动着空袖子为王屠户驱赶苍蝇。高州贩子早就恢复天天来遛村了。王屠户的生意越来越好，听说他都在镇上买了房子，还养着一个年轻的湖南女人。而盲子阿三已经当上了父亲，孩子给他引路的时候都不需要拐杖了，孩子的妈便是阙兰，见了面我得叫盲子阿三一声姐夫，那孩子则唤我舅舅，我答应得很愉快。

现在的米庄，太平盛世，蒸蒸日上。我和阙敢的将来都离不开米庄。我打算种植几亩灯笼椒，成本低，销路好，见效快，关键是一条臂膀也能打理。不谋而合的是，阙敢连椒地都平整好了，就等高州贩子送来椒种子。如果明年风调雨顺的话，我们应该都有一个好收成。

有一个说法流传很广：当年是王屠户和盲子阿三合谋除掉了我们两个毒瘤。这个阴谋被排除在若干条锦囊妙计之外，不知道到底是谁想出来的，反正谁也不抢这个功劳，反正他们都把这个经典之作称为“反间计”“狗咬狗”“以毒攻毒”等等。我们回来以后，这个说法更加甚嚣尘上，王屠户和盲子阿三成了智慧的代名词，他们迟早要载入米庄史册。

但我对这个说法不屑一顾。因为如此拙劣的伎俩根本就没有智慧含量，不可能使我和阙敢反目成仇，刀斧相向，两败俱伤，当然，也不可能让我们都变成好人，虽然现在我们都按好人的标准要求自己。

据传，阙敢也断然否认了这个说法。

2006年11月18日

两个棺材匠

从那个阳光明媚的下午开始，我便觉得周围的人都变得稀奇古怪，因为他们比我多出了一条腿，像怪物一样在我面前晃悠。我丢失的那条腿，像折断了的鹰的一个翅膀，使我从此再也飞不起来，为此我充满了烦恼。父亲是村里最好的木匠，他制作的棺材以密不透风和坚固耐用闻名遐迩。邻村胖子张大力死了，等着棺材下葬，但父亲还是停下手中的活，专门给我做了一副拐，是用有钱人家提供的上等棺木的边角料做的，这些好不容易节省下来的边角料堆放在父亲的床底已经很久了，听说是积累到一定数量后要给我做一张漂亮的新婚床的，现在只好改变用途给我做拐。这副拐做工十分精细，精雕细刻，打磨得异常光亮，每天我都把它当作镜子照着梳理自己的头发。左右两根拐都雕刻有一行楷书，左边是“身残志坚”，右边也是“身残志坚”。我喜欢这副拐，它取代了沈阳的位置成了我最好的朋友，我们相互信任彼此依赖，像连体兄弟一样亲密无间形影不离，常常在众人面前炫耀我父亲出类拔萃的手艺。你别看，有了这副拐后，我便有了三条腿，走起路来比没有少一条腿之前稳健得多，感觉到自己像同样有三个支架的飞机，又能滑翔起飞了。

在我还有两条腿的时候，双腿是我的骄傲，它们修长而匀称，漂亮得像两根金色的弹簧，曾帮助我成为全镇的短跑名将。校长说我远看是一头奔鹿，近看是一只雏鹰。我跑起来比鹿优美，比鹰敏捷，但我喜欢别人叫我“飞毛腿”。我的主要成绩是：全镇小学生运动会二百米第一名、一百一十米跨栏第二名、四百米接力第三名。县体校著名教练林中早已经把我列为重点考察对象，如果我的二百米成绩能保持稳定或有上升，我此后的中学生活将搬到县城里过，甚至在国家集训队里挥霍我的幸福时光。但同时列为重点考察对象的还有我的同学沈阳，二百米亚军，他是沈支书的小儿子。我们是很好的朋友，也是旗鼓相当的对手，好在我的成绩总是比他快那么一点点的，就那么一点点，有时我们间的差距要用慢镜头或显微镜才能看得出来。课间，我们常常在操场上较量，全校的学生都为我们鼓掌喝彩，余兴一直持续到课堂上，连血淋淋的教鞭也抑制不了与我们有关的窃窃私语。后来校长以影响教学秩序为由制止了这种由围观的学生做裁判的“非法”比赛。经沈阳查探，我们转到了离学校很远的一个废弃多年的瓦窑场前的空地上比赛。我们的比赛友谊第一，谁输了就输了，我们也能自觉地认输，决不抵赖，要赢就等待一下场。比赛不是我们友谊的全部，跑累了，我们会躺在荒芜的草皮上，面朝蓝天，畅谈理想，展望未来。我一心只想在奥林匹克运动会上争金夺银，有了荣誉和钱，就回来娶凤凰。沈阳说，你比我跑得快，林教练只会看中你，恐怕我去不了体校了，我的理想是接我爸的班，当村支书，你在外面为米庄争光，我在家里为乡亲服务，我要为村里修造许许多多的像飞机跑道一样宽直的道路。但凤凰瞧不起一个小支书，因此她迟早是你的。

但另一场比赛从没有停止过。就是我父亲和沈阳父亲争夺下一任支书位置的搏斗。沈支书已经当了七年支书了，得罪的人多，没得罪的人也看腻了这张老脸孔，希望有新的支书带领他们。我父亲在墙上挂着一块黑板，上面写满了“正”字和半成品的“正”字，做了一口棺材就加一笔笔画，上面已经有二十三个“正”和半个“正”，这表明他做了多少口棺材。做棺材是一门善事，事关每家每户的利益。哪家哪户敢担保自家自户不死人？亲人死了，哪怕生前你讨厌他，跟他有怨恨，但总得给他一口棺材吧，毕竟是亲人啊！要棺材就得向我父亲要，抬棺材的仵作手早就说了，何尚书做的棺材结实，从半山腰上滚下来也不会散架，白蚁们一年半载也找不到进去的缝隙。因此我父亲何尚书在远近享有不错的声望。人都是这样，一有点声望就难以安于现状，就想要权。我父亲只是一个棺材匠，说到底是个普通人，也容易犯这个毛病。

“我总不能做一辈子棺材匠。”我父亲又做好了一口棺材，如释重负地站起来，伸伸腰说。

“可是，你当了支书谁做棺材？”我充满疑惑。我有理由对此表示忧虑。因为远近再也找不到一个手艺炉火纯青又兢兢业业的值得人们信任和爱戴的棺材匠了。很多时候，棺材匠比村支书重要。

“上不了体校，你就接班。” 父亲说。

“我绝不会子承父业。”我自负地说。我得靠这双腿跑出富贵跑出名声。

当我和沈阳发现，我们比赛的胜负决定着另一场角逐的输赢的时候，我们的比赛就失去了动力。因为我们的比赛渗入了太多的功利，仿佛我们当中谁能进入体校谁的父亲就能稳坐支书的位置。在米庄人看来，进体校跟上大学一样意味着出息。我们谁上体校都会给各自的父亲增加胜利的砝码。但我们的友谊是那样的圣洁，我们绝不能成为庸俗的争权夺利的帮凶。这一天，阳光停止了走动，小心翼翼地照在旧瓦窑场的空地上。空地上开着零星的菊花，一直绵延到路的尽头。我和沈阳在练功，你看我跑，我看你跑，没有比胜负，也没有计时，只有互相鼓励。累了。我们席地而躺。枕着梦我很快就睡着了。沈阳尿急，到山坡上撒尿。我的梦里国旗招展，国歌嘹亮，林教练将我高高托起，我飞翔在空中，当了支书的父亲用做了一百三十七口棺材的手激动地搓着脸孔，我将金牌扔给他，许多人拥过来向我祝贺，兴奋地呼喊着我的名字……

“何苦。”

我幸福地应了一声“哎”。

“何苦。”

我又幸福地应了一声“哎”。

“何苦。”

我烦了。睁开眼睛。原来是沈阳远远地站在一棵松树下，惊恐地叫。他的双手掌放在嘴巴上合拢成喇叭状，声音从喇叭口传过来。但声音夹杂着风声和欢呼声，加上草际虫鸣，我听不清楚他在叫什么。他的喇叭不断地变换方位，企图将他的恐惧传染给我。我不明白有什么事情让他那么慌张，我说过，不用担心，我们的友谊地久天长。

我说，沈阳，是不是看见我爸和沈支书打起来了?

沈阳摇摇头，仍然哭丧着脸喊。但我听不明白。他用手指了指天空。我看天空。天空上有一只老鹰在翱翔，像一架战斗机，要偷袭了。

“那只不过是一只老鹰。除了老鹰，还有白云做成的狗和山羊。”我说。

“不是！”沈阳焦急得跳起来。这时候他应该跑过来给我说清楚将有危险发生，但他没有。

这时候，一块巨大的石头从高高的山坡上滚下来，未等我回过神来，它已经砸在我的左腿上，发出一声闷响，溅起一些血花。我只觉得麻痹，还不知道痛。沈阳却吓傻了，远远地看不敢靠近。

我微笑着说，沈阳，你去叫几个人来帮我搬走这块讨厌的东西，太沉了，你搬不动。沈阳说，我这就去。按沈阳的速度，他回去搬救兵用不了十几分钟。但当他带着我父亲和几个人来到时，已经是一个小时以后的事情了。

我父亲没有立即救我，而是先给了沈阳一记响亮的左耳光。我说，你怎能打沈阳呢！父亲想再给沈阳一记右耳光，但沈支书呵止了他："你只是棺材匠，怎能动手打我的儿子？"父亲瞪了一眼沈支书，自己首先蔫了，俯下身，一人之力就将那块有两百多斤的石头搬掉。我的左腿重见天日，但天上的老鹰不见了，也没有了白云，天空一片湛蓝。棺材匠背着他的儿子奔跑在乡间道路上，速度比他的儿子还快得多。到了镇上，我听见医生对父亲说，你儿子这条腿就不要拿回去了。我父亲说，他的腿还能动。医生说，那是细胞在作最后挣扎，刚截下来看上去都是这样，过一会儿就不会动了，那是一条死腿。我全身动弹不了，只感觉到有人在不断搬弄我的身体。我的身体很轻，轻得自己能飞翔。父亲按住我，俯身对着我的耳朵说，我做不成支书了，你也准备做棺材匠吧。

"我不做棺材匠，总是给死人建房子！"

父亲突然吼了一句：你害了我！

我怎么害了他呢？他做不成支书，还可以继续做棺材匠嘛，都干了大半辈子了，习惯了，转行也不容易。父亲的话我想不明白，我困了，我累了，我又睡着了。

第二天醒来，我才知道我的左腿已经留在太平房里，没有院长的允许拿不回来，两天后将混杂在那些陌生的尸体中运往县火葬场玉石俱焚。我吵着要回那条腿。我说，那是一条比赛时最先到达终点的腿，它为我赢得了林教练的赏识，我的所有希望都在这条腿上。父亲将我一把提起，扔到宽厚的背上，回家。

回家后，父亲将我扔到堆放着乱七八糟的棺材板料的角落里，着手为我做了一副让我十分满意的拐杖。

“你看着我的手，”父亲说，“要学好手艺，你得像死尸一样热爱棺材。”

就这样，我提前结束了学业，像飞机告别了跑道雄鹰告别了蓝天，跟父亲做棺材。也许由于一夜哀愁，我的头发竟像水稻一样变黄，然后由黄变成灰白，脸上的皱纹风起云涌占据了显著位置；又也许是死里逃生的缘故，我的时间概念与过去刚好相反，我是从生命结束的地方往回走的，就像折返跑一样，把起跑点当成了新的终点。也就是说，我突然变成了一个对棺材有亲近感和依赖感的小老头，思想和说话都老气横秋，仿佛我并非是因为少了一条腿而需要拐杖，而是因为老态龙钟，但我相信再过几十年，我必将又回到豆蔻年华，对棺材敬而远之。

村里的人问父亲：“你家怎么多了一个老头？”

父亲说：“越是老的人对棺材的理解就越透彻，所以说，他不仅是一个老头，更是一个天生的棺材匠，不信你们等着瞧。”

当我学会钉棺材的时候，沈支书的儿子沈阳成了林教练的新弟子，沈支书家锣鼓喧天，我手中的锤子挥动得越快，像飞翔一般。沈阳在县体校的成绩节节上升，我做棺材的手艺也日见精进，我们俩似乎在暗中较劲，进行着一场殊途同归的比赛。

父亲告诫我，不要想多了，你的事业就是做好一口棺材。棺材做得好，你也会像我一样有威望。

我的世界与原来不一样了。除了看到别人都成了两条腿的怪物外，时间放慢了，生活的节奏减缓了，过去三十秒能走完的路程，现在要花掉一分钟；过去只需抬腿就能爬上的石阶，现在要用全身的力量才能前进一步。我越来越要借助双拐和双肘，拐成了我的新的双腿，剩下的右腿因为失去了合作伙伴和昔日的辉煌而萎靡不振，很快就退化，越来越萎缩，将来也许会变成袋鼠的前肢，无足轻重。我的左边裤筒空荡荡的，在风中轻轻地摆动，像墙上的挂钟。但正是一切放慢下来，我才能心平气和地琢磨着棺材的做法，对每一块棺材板材进行精雕细琢，把每一口棺材不分主人的贫富贵贱均竭尽全力做到最好，让活着的时候住得不好的人死后能过得安逸、太平。开始我是父亲的帮手，后来我就能独当一面。沈阳第一次获得全县二百米比赛亚军的捷报传到米庄的时候，我已经成为响当当的棺材匠，名望直逼何尚书。

你不是棺材匠，当然不知道棺材匠的乐趣。我对凤凰说。

凤凰是米庄值得一提的漂亮姑娘。你不知道她有多美。我喜欢她晶莹剔透的脸面，迷恋她每一个笑容。从头到脚，从正反两面，我看不出她有什么缺点，她身上每一处都是一块风景。她对每一个人都是那么好，没有人不喜欢她。但没有谁比我更喜欢她。在我还有两条腿的时候，她就成了我的第三条腿，我的所有力量都来自于第三条腿。现在她也不上学了，就站在我的身后，我感觉到了她充满同情和惋惜的心跳，她还流下了泪水。

“你为什么会流眼泪？”我说。我高高举起锤子，把一颗木钉子精确地锤进了棺材的边上。

凤凰说，明天我就要跟娟姐去深圳了。

我有点震惊。她怎么能突然离我而去呢？我斗气地说，你不去县城，给沈阳呐喊助威？

凤凰不说话，转身走了。我的第三条腿就这样走了。我原来有三条腿，现在只剩下一条腿了。左裤筒里空荡荡的什么也没有。双拐忠诚地倚在墙壁上，发出淡淡的光亮，但它们不会自己走路。

我越来越享受到做棺材的乐趣。每天早晨，别人下田上山，我像城里的工人一样，准时来到工棚上班，打开门，扑面而来的是令人心旷神怡的油漆气味和刨花香气，没有老鼠的走动，整个工棚内洋溢着死亡的肃穆和安静。展示在眼前的七零八落的木器，方的、圆的、扁的，薄的、厚的，黑的、红的、没有颜色的，质地好的、差的，尽管各式各样，但都是做棺材用的。我喜欢上这种环境和情调。我把拐放到一边，手扶着木器，坐在适当的位置，开始新一天的生活。随后而到的父亲一整天都难得和我说上一句话，我们在棺材面前不想说话，怕棺材把我们的话带到坟墓里去。因此，只能听到锯、凿、刨和锤的声音，这些声音虽然构不成美妙的音乐，却也能让从工棚外经过的人知道我干活是那样卖力。偶尔我们会听到另一种声音。那声音很低沉，也很悲痛，仿佛是从遥远的天际或潮湿的地下传来的。“我家的棺材做好了吧？”我们回头一看，是死者家属来催要棺材了。此时父亲便说，刚做好，油漆也干了。来人便在父亲的帮助下，将棺材抬出工棚，放到门外的自行车搭架上，绑好，拍拍棺材的盖面，脸上欣慰的阳光穿透了悲伤的乌云，啧啧地赞叹一声：“结实。”此时我心里就有一份成就感，乐趣与日俱增，你不是棺材匠，你怎能体会得到？有时活不多或不急，父亲就呆坐在一旁，什么也不做，看我熟练地应用那些工具，把刨花弄得满天飞。他的脸上没有表情，看上去却心神不安，我知道，他还在想着当支书。有时他忍不住伏在棺材面上，写告状信。他沉浸在写信的乐趣中的时候，我尽量把声音压低一点，或干脆放下手中的斧凿，只上漆，不发出一点响声。他告沈支书的理由一成不变，就是贪污公款和作风霸道。但信寄出去后，从没有过回音，为此他免不了有些沮丧，呆坐的时间也就越长。

此时，人们的生活水平越来越好，人也越来越长寿，我的活也逐渐少了一些。我常常从棺材工棚里走出来，来到阙七的杂货店，听别人吹牛。杂货店门前是一条宽敞的马路，两边长满了杂草，但还算得上一条好的跑道。我总有放下拐在众人面前跑一趟的冲动，让人们看看当年飞毛腿的风姿。但一旦放下拐，我不仅跑不起来，还站不稳。众人哄笑。这我才知道，眼前的不是跑道，而只是连接棺材工棚和千家万户的一条黑线。我只能向别人展示我手中精致的拐杖和父亲高超的手艺，有时我还向人家暗示，我的手艺已经和我父亲差不多，用不了多久，你们可以放心将活交给我。

沈支书的经过会在杂货店前引起一阵骚动。他个头不高，但十分威严。看得出来，人们怕他。尽管有人躲躲闪闪，但沈支书还是点到了他们的名：张三、李四、王五、何六，你们的三提五统交还是不交！

他们唯唯诺诺连说交交交。

“交你们的屌！你们把我当猴骗。”

有人从杂货店的后门偷偷溜之大吉。沈支书大喝一声：“你们跑，跑个卵，看你跑得比我儿子快？”

我叫了一声，支书。

沈支书用眼瞟了我一眼：听说你也会做棺材了?

我说，差不多，就差上漆没有我父亲好。

沈支书说，沈阳也不错，快要进省体校训练二百米了。林教练说，沈阳总有一天能参加奥运会。将来你肯定比你爸强，但要好好做棺材，不要学你爸写狗屁卵毛告状信！

我抖了抖拐杖，转身，回头对沈支书说，我得回去做棺材了，韩庄的癌症佬梁海鹏昨晚总算咽了气。

但此后的三年，我不断听到与沈阳有关的消息。一九八七年春，他进了省田径集训队，并在省运动会上勇夺二百米银牌，但沈支书硬说是金牌："就差一点点，肉眼看不出来，是裁判瞎了眼。"我也暗暗高兴，老是想，假如我能参赛的话，金牌便是我的了。仿佛金牌就挂在胸前，我兴奋得躺在亲手做的还没有盖子的棺材里，也就是躺在自己创造的世界里。尽管这个世界是那么的小，但毕竟是自己创造出来的。

就在沈阳差点勇夺金牌那年的秋天，田里的庄稼刚刚收割完毕，杂货店前聚集了一大堆休养生息的人。我也要喘口气，因为秋天都是死亡比较集中的时节，这段时间要棺材的人出奇得多，我累得够呛。我也在杂货店前等待沈支书的经过，杂货店新近安装了电话，我想向他要电话号码给沈阳打个电话，重温友谊。沈支书经过的时候，人们没有太多的惊慌，也许三提五统早已经全部交清了，他们正在议论种灯笼椒的事情。我拦住沈支书，把我的意图告诉他。

"他训练忙不过来。我也不敢打电话给他。"沈支书说，"再说，你看你的手。"

"我的手？"我反复看着我的手，比过去强壮得多了，臂膀的肌肉像田垄一样起伏，没有什么不对头，只是肋窝的茧厚得出奇。

"与你爸的手一样，那是做棺材的手，运动员不同其他人，怕碰晦气。碰到晦气，到手的金牌也要变银牌。"沈支书说。

"可是，太长时间没有见面了，我们的友谊都快进棺材了。"我说。

"那就让它进棺材好了——棺材匠不需要友谊，棺材才是你的亲爸爸！"沈支书说。他果然是一个霸道的人。

可是，没有过多久，也许是初冬了吧，当我再次站在这里时，便看见久违了的沈阳远远地从这条跑道一样笔直的马路上回来。他穿着一套红色的运动服，拖着一只巨大的行李箱，异常显眼，但他的精神面貌不是很好，有些沮丧，也许金牌又刚刚与他失之交臂吧。大家拥上前去，围着他嘘寒问暖。沈支书匆匆忙忙从后面追上来，推开人群，拉着沈阳就走。当他们从我身边经过时，沈阳站住脚，看了我一眼。“何苦。”我说：“沈阳。”沈阳说：“我回来了。回来和你一起种田。”

几年不见，沈阳学会了幽默，体校的运动员是国家养着的哪用种田？沈支书推着儿子，阻止他当众开新闻发布会。通过沈支书父子的神态，人们开始猜测沈阳是不是被开除了。此后一两个星期，一直过了中秋节，仍然不见沈阳离开米庄，还看到他和母亲一起在地里种灯笼椒，人们便断定，沈阳的运动员生涯已经结束。随之而来引发了连锁反应，几天后，人们奔走相告，沈支书落选了。我父亲从棺材工棚里钻出来，伸直腰，长吁一口气。

我的父亲棺材匠何尚书当上了村支书。棺材工棚里孤零零的只剩下我自己，孤独得有点害怕。我希望有人陪我分享棺材工棚的宁静，说到底，我是想讨老婆了，不知道凤凰什么时候回来。

这天早上，我像往常一样，赶着做一口大棺材。杨梅村一户有钱人家死了人，本来死者才一米五身高，却要定做两米长的棺材，要让死者住得宽敞舒服。我低头干活，门外有人敲击门框。我说，等一会儿，才上钉，那么大的棺材要比平常多出三分之一的工夫。

“我还没有到要棺材的时候。”外面说。

我回头看，是沈阳。

沈阳头发蓬松，却笑容可掬。我说，你不要进来，这里有晦气。沈阳说，还怕什么晦气！我已经晦到了底。

沈阳就大大方方坐在一堆板材上，看我干活。我娴熟精湛的手艺让他大开眼界，叹为观止。很快，那口大棺材就上好了钉，下来就得上油漆，上漆得上三次，还要根据死者的年龄定颜色，红的要红得艳丽，黑的要黑得发亮。

沈阳说，假如我和你比赛做棺材，我还是亚军——多年来，比赛的时候，我总以为跑在前面的是你，我心里就发毛，因此一直都是得亚军，省集训队不需要一个老是待在亚军位置的选手，所以我就得离开。

我并不想说穿沈阳被省集训队开除的原因。我父亲当上支书后的第一天就查明了真相，省里说沈阳喜欢做一些令人惊诧的事情，比如不久前在省集训队全国田径选拔赛前的晚上在一号种子选手的鞋里做了手脚，将一号种子选手的腿弄瘸了。这样，沈阳得了选拔赛的冠军。但有人揭发了他。现在他只能待在棺材工棚里和我聊天。因此更加相信我的推测，当年从山坡上滚下来的那块石头肯定和他有关。幸好，它精确无误地砸在我的左腿上，要是砸在头上，便要我父亲破费给我做一口棺材。

沈阳说："凤凰到过省城找我。"

这是我所不知道的。

沈阳说，我只剩下凤凰了，明天我得去深圳找她，我爸说争取下个月结婚，冲冲喜。

我放下手中的活。这口棺材我做不下去了。我抄起拐杖，扔给沈阳：你看看，何支书不仅棺材做得好，拐杖也做得精致。

沈阳似乎看出了我的不快，后退了几步，他不敢碰那副拐。

"连棺材你都敢碰，还不敢碰一下拐吗？"

沈阳笑笑，诚恳地说："其实你可以装一条假腿的，我认识省城一个很好的假肢专家，他装的假腿能使你感觉不到真假，只是跑得肯定没有真腿快。"

我父亲当上支书后，在村里可以呼风唤雨了，连续一个月也不曾到工棚来看看。直到有一天，有人告诉他，你家小老头做的棺材比你做的还要好，更结实。父亲才半信半疑地站在工棚门外，看了一眼里面的棺材，面露欣慰，却又有些不屑，我想他也许会对我多年来的努力做出恰如其分的评价，但他背着双手一声不哼地走了。

正如父亲所期望的那样，我真的做到了“像死尸那样热爱棺材”，我把每一口棺材都当成我的作品进行创作，精益求精，不仅要让家属放心，更要让死者满意。我不把自己当成棺材匠，而是建筑艺术师，给死人建房子，一口棺材就是一间房子，就是一件艺术品。我真正享受到了作为建筑艺术师的巨大乐趣，一进入工棚，我就情不自禁地唱歌，一首唱完了又唱另一首，所有的歌唱完了就唱粤曲，我要让别人知道我内心的快乐。每做好一口棺材，我喜欢跳几下独脚舞以示庆祝，靠在墙角上的“两条腿”也欢快地相互碰撞，整个工棚里洋溢着喜洋洋的气氛。我从此不再畏惧孤独，再多的棺材我也不怕。

几天后，沈阳从深圳回来了，但凤凰没有跟在他的后面。与我的欢乐截然不同的是，他很沮丧，愈发失落，甚至有些神经质。他没有到我的工棚来。但透过工棚的窗户，我能看到他每天都沿着宽阔的马路跑步，不知道和谁比赛，他跑得十分投入和努力，二百米的跑道，一遍又一遍地来回跑，似乎浑身有迸发不完的力量。开始时，有许多的人站在两旁为他加油，不过，观众一天比一天少，到了最后连他的母亲也没有耐心劝慰他，只剩下他家的小黄狗陪着他在路边的草丛中嗅来嗅去。

我的父亲、棺材匠何尚书何支书每天经过这条跑道的时候，总要捉弄一番沈阳。他站在跑道的另一头，口咬哨子，以教练兼裁判的威严一本正经地喊：“听我口令，预备，一，二，三，跑！”听到哨声后，沈阳迅速从地上爬起来，专业地撒开双腿就跑。到了终点，何支书又重复刚才的口令："预备，一，二，三，跑！"沈阳又往回跑。如此反复，像生命轮回一样，何支书不厌其烦地训练着，直到沈阳精疲力竭口吐白沫，趴在他的脚下呜呜地哭着求饶。

"我真想再抽你两巴掌，不过，我已经不是棺材匠了，支书的手是不能随便打人的！"何支书蹲下去用嘴贴着沈阳的耳朵低吼，口水溅满了沈阳的脸，得到沈阳"我认输了，我认输了"的回答后才得意洋洋、慢悠悠地站起来，拍拍手上的尘土，转过身来，故意提高嗓门，让杂货店的人也能听到他对沈阳的训斥："跑呀，跑快一点，你就是冠军了——他妈的，吃饱了撑的，可惜踩死了那么多的草！"说罢双手一摆，扬长而去。

杂货店面前的人们对何支书还是毕恭毕敬的，何支书却懒得和他们说话，有一次，他表情严肃地说："你们提醒沈某人，要及时送他的儿子到精神病院看看。"

沈老支书果然带他的儿子沈阳去了一趟高州城精神病医院，沈阳却把医生痛打了一顿。他的力气大得很，三个医生都不是他的对手。打了一顿医生后，他对医院里的那条宽阔的通往太平间的大道也发生了兴趣，别人闪到一边，看他马不停蹄地来回跑二百米，越跑越兴奋，最后累得仰面朝天，浑身发抖，蜷缩成一团，几个保安这才将他制服。一个月后，当我再次看到他的时候，他真的像一个精神病人了，表情木讷，手脚迟钝，他就站在我的棺材工棚门外，笑眯眯地看我做棺材。我发现他的时候，他已经在门外站了很久了。

"沈阳，又回来啦。"我说。

"回来了。跟你一起种田。"

"你看，我哪用种田？只要世界上还没发明长生不老药，我就永远也做不完棺材活。"

"那我做什么？"

天知道你能做些什么！我能给你安排什么？我的工作是我父亲安排的，开始时我一点也不喜欢。沈阳说话并不像进过精神病院的人，清醒得很。

“凤凰的肚子大了，是我搞大的，但她不肯嫁给我。”沈阳说。

我扑哧地笑了。

我依然在工棚里享受我的乐趣，并不很关心外面发生的事情。我父亲在支书的任上越做越得意，作风越来越霸道，甚至敢叫人将进村里宣传殡葬改革的宣传车推翻到臭水沟里，还扬言说有空要进城拆了火葬场。时间过得挺快的，转眼到了春节。凤凰也回来了，但她的肚子一点也没有鼓起来，只是胭脂也掩盖不了她的苍白脸色。与她回来的还有一个头发微红的男人，说是东莞人。他远远地站在工棚外，凤凰笑道，广东人忌讳棺材。我说，人迟早得进去，怕什么！我发现和凤凰没有太多共同语言，就说到了沈阳。

“我不想说起他。禽兽！”凤凰说罢就走。她很生气。我很少看见她如此生气。

本来我想告诉凤凰，过了春节后，我将把工棚搬到高州城，把废弃的收购站改造成一间棺材铺，我要造世界上最好的棺材，有了钱就在高州城购房，做一个像模像样的城里人。但凤凰手挽着东莞男人的胳膊，扭着肥大的屁股，消失在转弯处。我也好久没见过沈阳了，我很想跟他谈谈理想。都大年夜了，仍不见他回来，听说他真的病了，病得不轻，当然是精神病，有人经常看到他在高州城游荡，脏得像狗，头发比草乱，在宽阔的大街上横冲直撞，像要和所有的人赛跑。也许他决定在高州城过春节，城市毕竟比乡下热闹得多。

我和父亲正在低着头吃年夜饭，突然看见两条颤抖的穿着一双破拖鞋的脚站在门槛上。抬头一看，是沈老支书。

我们吃惊地放下碗筷。父亲还保持了对前任支书应有的警惕，用冷漠的眼光揣摩沈老支书的意图。

“何苦，你得帮我做一口棺材。”沈老支书郑重其事地说，当然，脸上挂满了悲伤。

我为难地说：“都大年夜了。”

“沈阳死了。”沈老支书说。他苍老了许多，以前的威严消失得无踪可循，倒像一个捡废旧的猥琐的小老头，不断地向何支书点头哈腰，样子难得的谦恭。

我异常惊惶。父亲迟疑了一会儿，终于决定给老支书一个面子，赶在我的前面答应了沈老支书。

“你无论如何也得接下这活，”他以不容辩驳的语气对我说道，“要做得结实一点。”

沈阳是从高州城回家的路上，被一辆同样急着回家过年的大卡车撞死的。司机说死者才是肇事者：他竟和我的卡车赛跑，跑呀跑呀，最后神经兮兮地向车头撞过来——我过春节的心情竟让这个死疯子糟蹋了。但这只是司机的一面之词，最终得以警方结论为准。然而，棺材的准备工作得马上开始。沈老支书走后，我无心吃饭，抓起拐杖出了厨房，往工棚走去，并大声地对继续埋头吃饭的父亲发泄内心的不快：“都什么时候了，要不是沈阳的房子，怎么说也要等过了正月初二再说。”

2005年5月21日

山东马

旱后的一个早晨，有一件事像雾气一样在米庄弥漫开来——听说阙三兄弟的牛栏里豢养着一匹人马，虽然已是农忙，大家还是放下手中的活赶过去看个究竟。

阙三兄弟两眼通红，站在牛栏门外饶有兴趣而不厌其烦地向络绎不绝的参观者介绍牛栏里的情况，脸上充满了忐忑不安的成就感。谁都知道他们家的老水牛太过年迈，像一个八十岁的老头快要持拐杖才能走路了。这是他们刚刚更换的一匹年富力强的“马”，正等待着大家的确认。牛栏有些阴暗，蚊子也多，门槛儿也沾满了牛粪。人们拥挤着伸长脖子往牛栏里探望，臭气却从里面猛冲出来，比牛的体味还难闻。阙三啪一声擦亮一根火柴，照亮了牛栏。在火柴熄灭前，人们看清了牛栏里闪着一张惊恐的脸。他们捂住鼻子，打断口沫横飞的阙三兄弟，不屑地说，我们以为你们捡回了一屋子现钞，谁知拾回来的却是一个废人！

阙三兄弟争辩说，谁说他是废人？我们是用一头牛换回来的……

人们嘘了一声：“看你们怎样饲养！”

这正是阙三兄弟面临的难题。阙三举重若轻地说，就当养了一匹马。

阙三又擦亮了一根火柴。这匹“马”正蜷缩着，浑身战栗，惊恐地看着外面的人。外面有人用小石头掷他，这匹面目凶悍的“马”突然向人们低吼一声，把人们吓得尖叫着后退，不知道谁踩了谁的脚，有人恶毒地谩骂。阙三拿着一支玩具冲锋枪，对准那匹“马”，砰的一枪打在他的额角上，马上见到了淡淡的血渗出来。那匹“马”惊惶地抱头痛哭，全无刚才的凶险模样。阙三得意地说，一个大男人哭起来更像一匹“马”了。他的弟弟阙兵抓住一把斧头，装腔作势，恶狠狠地威胁着猪栏里那双慌乱的眼睛。

“你老实一点，隔夜饭很快就上来——乡下与城里不同，吃了早餐得干活。”阙兵安抚说。

人们大声哄笑。看到山东马安静得毫无危险，阙兵才放下斧头屁颠屁颠地去准备早饭。从人群外挤到牛栏前的村小学校长阙山海端详了一会儿这匹“马”，一本正经而又颇有见地地分析说：你们看他的脸，虽然比母猪的屁股脏，但皮肤红润，还有几分斯文气质，由此可见，他的前身也许是城里的干部或工人，吃的未必比我们差！现在城市的精神病人比乡下多多了，失业的、失意的、失恋的、赌输的、破产的、丢官的、离婚的、死了妻儿的、中了大奖的、中毒的、犯了死罪的、贪污受贿的、被冤枉的、得了绝症的、吃错了药的、走投无路的，都有可能变成精神病人，你看他对牛栏一点也没有亲近感，对我们农民也怀有戒心，肯定他是城市人——幸好，现在变成了一匹“马”。

阙三说，我管他的前世是哪里人，反正不是我家的亲戚，与你们也没有沾亲带故。

阙山海说：如果政府知道米庄收养了一个精神病人，会不会表彰阙三兄弟?

阙三说，我们的确是在为政府做好事，至少是为城市做好事，但我不稀罕一张奖状——我宁愿政府每天补助我家两斤大米。

阙山海忧心忡忡地说：他身上会不会有传染病？万一他死了怎么办？要不要报告镇政府或村公所？你们会不会正在好心做着坏事？

阙三兄弟没有想那么多，其实哪来那么多问题？不就是一个精神病人吗？说到底只是一件不值钱的礼物，被别人互相赠送，彼此交流，从这座城市扔到那个城市，最后高州佬干脆送给了我们米庄，但不是白送，高州佬用他们偷偷换走了我家的老水牛，在城里没有人管他们的死活，到了米庄我们管他吃拉还能犯什么法?

众人说有道理，阙山海欲言又止，摇了摇头，又叹了一口气，背着手拐过屋角走了。

阙三兄弟的老水牛是昨天走失的。阙三兄弟正在田头赌博，黄昏时忽然发现牛不见了。从昨晚一直找到清晨，找遍了周围的山，却不见牛的踪影。阙三抱怨说，牛嫌主人穷，远没有狗忠诚，可惜狗拉不了犁耙。阙兵说，牛可能沿着新公路远走高州了，它一辈子也没去过高州，老了也该去一趟高州了，可惜人生地不熟的，说不定已经成了高州人的肉菜。

眼前是一条停工多年的还没通车的公路，高高低低、坑坑洼洼、杂草丛生的，却可北通陶城，南达高州。如果竣工，那将是一条多么雄壮的高速公路。阙三兄弟精疲力竭，放弃了对这头老水牛的寻找，迎着晨光回家。

阙三兄弟几乎同时发现了在荒芜的公路上站着十几个乌七八糟的人。衣衫褴褛。污头垢面。毛发蓬乱。互不搭理。溃不成军。东张西望。乍看像一群迷了路的游魂野鬼。

阙三兄弟先是吃惊地躲闪到树丛中观望，当证实这些人原来只是一群迷失方向的精神病人并没有太大威胁才敢走出来，但手中各抓着了一根木棒。阙三兄弟小心翼翼地靠近他们。阙三壮胆吹了一声口哨，那群人回头看他们兄弟，阙兵紧跟着怒吼了一声，把他们中的几个唬得蹲在地上瑟瑟颤抖。那些没有蹲下来的，也满脸惊恐。阙三将手中的牛鞭子挥得啾啾作响，仿佛要打在他们的身上。他们便驯服地全都躺在地上不敢动弹。他们当中不乏身材魁梧的人，还有两个老头，在朝天的屁股中有的露出了脏兮兮的肉。阙三兄弟没有了刚才的恐惧心理，反而觉得这些从天而降的人很好玩，阙三一鞭打在一个肥厚的屁股上，便听到一声惨叫在幽静的山谷里回响，给干旱的季节增加了一些微不足道的湿润。

阙三推测说，他们肯定是昨晚被人从城里拉到这里来的，他们在城市里太拥挤了，就到我们米庄来了——但汽车要费多大的劲才来到米庄啊！

阙兵说，城市人比我们还坏，将他们扔在深山野岭，幸好山里早没有老虎、狗熊，否则他们都成了肉菜。

阙三说，肯定是高州人将他们拉到这里，擅自将我家的牛换走了。

阙兵说，一头牛换回十三个人，我也说不清楚是赚了还是亏了，反正我们等着马犁田耙地。

阙三说，我们养不起他们，如果我们有一个农场就好了，让他们帮我们干活。只是我们只有区区几亩田，用不着那么多人吃闲饭，人多了连草也不够吃——这回又便宜了高州佬。

阙三兄弟从中挑拣了一个身材魁梧、异常粗壮的男人。这个蓬头垢面、满脸胡楂，看起来像一匹黑马的男人，双手正异常忙碌，他的右手紧紧提着松松垮垮的裤头，自由的左手在身上挠来挠去，头发被抓成一只鸟巢，精力充沛的蚊蝇在“鸟巢”中穿梭，对是否定居在那里还犹豫不决。那男人斜眼看着阙三兄弟，开始还以为他们跟他也是一类的，但阙三兄弟用木棒推着他，让他站到一边去，他才明白这条公路是归他们管的，便温顺地站到路边。阙三说，你跟我们回去。那男人站着不动。阙三挥动木棒，做出恐吓状。阙兵用肋夹着木棒，双手做出吃饭状。那男人才蠕动双脚，却不时回头看其他同类。兄弟二人大声吆喝着、催促着，警戒地押着他，往米庄回来。但是他们转身发现，身后的十二个精神病人也跟随着他们。

阙三猛然回头，大吼一声：你们跟着我们干什么？你们以为米庄开了疯人院呀！

十二个人愕然站住、不知所措。阙三挥动木棒，往回追赶几步，穷凶极恶地嚷：滚！

那些人往后退缩了几步，但当阙三兄弟走动时，他们也跟着走动。阙三慌了：他们都进了米庄，米庄就乱套了，别人会骂我们引狼入室的。

阙三兄弟用牛绳将那男人绑起来，拴到一棵树下，然后驱赶那些尾随者："滚回高州城去！高州城里有吃不完的肉。滚！"兄弟二人顾不上疲劳，用木棒打在他们破烂的屁股上，把他们一直驱赶到离米庄很远的地方确信他们再也找不到米庄了才回头。

田地里的水比口袋里的钱还稀罕。秧苗枯黄着成长，等着乔迁到宽阔的稻田里。阙三的枪口对准牛栏里的那匹高大的"马"。他正用手抓着散发着馊味的饭往嘴里塞，狼吞虎咽，不断地打着喷嚏，或许他需要水，抬眼恳求阙三兄弟。但阙三兄弟无动于衷，嘀嘀咕咕的，商量着给他起了一个响亮而贴切的名字：山东马。

我们南方人习惯把生得牛高马大、健硕粗犷的长着北方面相的男人称为"山东马"。

估计山东马应该吃饱了，阙三兄弟小心谨慎地探进牛栏。山东马的确已经吃饱，因为盛饭的瓷盆见底了。阙三兄弟向他逼近，他退缩到墙角，屈着双膝，双手护着头，嘴里快速而有力地咀嚼着食物。阙三吆喝着示意山东马爬出来。

“该干活了。我家老水牛还在的时候，不用叫唤，自己就知道一天要做些什么，自觉得很。你得好好向它学习。”阙三用训导的口吻说。他的手上抓着一把玩具枪，看上去跟真的没有区别。阙兵也晃着钝斧头，神情紧张，高度戒备，如临大敌。

“我家的老水牛还有一个优点，吃得没有你多。”阙三故作轻松地说。

山东马抬眼窥视阙三兄弟，眼里混杂着虚假的凶狠，他想吓阻阙三兄弟的靠近。但阙三兄弟在枪和斧头的壮胆下步步为营。

“不要怕，我们农民都舍不得宰掉自己的牲畜。我家的老水牛走不动了，我们也不杀它。它也是我们家的一员，我们准备像赡养自己的父亲一样让它安度晚年。但高州佬用你换走了它，我们跟你一样，都不喜欢高州佬。”阙三说。

阙兵放下斧头，向山东马招了招手，样子很友善。山东马似乎对他有了好感和信任，双手从头上放下来，在身上抓痒，背在墙壁上来回摩擦，泥墙上很快扬起了尘埃。

阙兵慢慢走近山东马。山东马眼盯着阙兵，也不再躲闪，戒备已经大大降低，露出了他温顺的一面，嘴唇微微地动了一下，似乎还想跟阙兵说话。阙三扔给阙兵绳子：“捆起来。”

阙兵温和地哄山东马：“没什么，我们对老水牛也是这样，得用绳子来牵引——套上绳子，我们就是一家子了——只有野马才不套绳子。”

阙兵将绳子轻轻地套在山东马的脖子上，把他拉起来，阙三用另一根绳子将他的双手反绑在背后。山东马本能地做了轻微的反抗，但兄弟二人还是成功地将他绑起来，押着他走出了牛栏。围观的人早已经散去，只有阙三家的大黑狗在门外热情地迎接山东马，并一见如故地在他的身上嗅来嗅去。阙三兄弟的父亲阙老杆瘫坐在屋檐下，默认了增加一个家庭成员的事实，却警告阙三兄弟："你们要把他当人。"阙三爽朗地说："他是我们家的人马了，我们把他看成了老水牛。"阙老杆仍不放心："人跟马毕竟不一样，你们不能真把他当马。"阙三说："看上去他比马顶用多了。"阙老杆要爬过来看山东马，但阙三一拉绳子，和山东马转过屋子的墙角，穿过小竹林，越过米河，很快来到了他们的田头。阙兵把犁放到田里，叫唤山东马。山东马不明就里，惶惑地站在田埂上不肯下田。阙兵拉了拉绳子，山东马直着身，和他较劲。阙三晃动着手里的玩具枪，装腔作势地抠着扳机，凶神恶煞地威胁他下田去。

"我们已经说好了的，从今天起，你继承了我家老水牛的位置。该你干的事情要干好，该你享受的待遇我们会给你。"阙三说，"这些田，也算是你的啦，丰收不丰收，你也有责任，你得为自家争脸。"

山东马始料不及，畏缩不前，如临深渊。阙兵使劲地拉，阙三试探着踢了一脚，山东马依然无动于衷，眼珠子一动不动的，反绑着的双手不断地挣扎着，嘴里发出嗷嗷的低吼。

阙兵说，哥，估计他真是城市人，在他妈的肚子里就是非农户口，吃皇粮长大，从来没有下过田。

阙三充满了醋意："我们也让他尝尝做牛做马的滋味，不能让他一辈子享受城市的清福。"

阙三一鞭子打在山东马的身上，山东马怔了怔，不断地退缩。阙兵后仰着身将绳子拉紧，阙三举起玩具枪要射击，山东马惊恐地躲闪着，头缩在双肩中间。当阙三的玩具枪再次咔嚓一声上膛时，山东马终于吓得蹲在地上，看来是妥协了。阙三将山东马提起来，推下田里。山东马驯服地站在田中，一动也不敢动。但当阙兵小心谨慎地试探着将牛秧子（牛押）套到他的脖子上时，他嗷嗷地叫了几声，抖掉牛秧子。阙兵无可奈何。阙三瞧瞧山东马的脖子：没生疮呀？阙兵又把牛秧子套上去，山东马还是反抗着抖掉。阙三怒吼道："找死啊！老子一枪崩了你，剁了喂狗，你的臭肉够我家的大黑狗吃上一个月了。"

山东马身材魁梧，只要他抓住阙三兄弟的胳膊一扭，就会听到咔嚓的骨折的响声。但他的手动弹不得，更确切地说，他胆小如鼠，连抬脚踢阙三兄弟的动机和勇气也没有。阙三兄弟看得出来，山东马已经驯服，或者说作为正常人时他很有纪律性和忍耐力，从不敢造次。于是他们更加有恃无恐。

那么多清新的空气也冲不淡山东马身上发出的臭味，几乎不足以遮丑的衣服厚厚地积聚了一层层的污垢，阙三的鞭子打在他的身上，仿佛他并不觉得痛。面对枪口，山东马心有余悸，战栗地看着阙兵。阙兵安慰他说："听话，听话就好，我们乡下人也有规矩，鞭子不打听话的马。我们家的老水牛懂事，我们一举鞭子它就跑起来，我们的鞭子都舍不得落在它的身上。"

山东马似乎理解了主人的良苦用心，便安静地等阙兵将牛秧子套好，系上扣子。阙兵拍了拍山东马的肩头，阙三满意地扶起犁头，啾一声挥动鞭子："去！"

山东马终于接受自己此时的角色，坚实地迈出了第一步，但发觉太过沉重，不动了。干旱了很久，田地有些坚硬，但无论多硬也得动呀，季节不等人。阙三一鞭子打在他的身上，他又动了一下，鞭子不断落在身上，他就不断地跑，身后出现了一道崭新的泥沟，散发着压抑已久的幽香。

"这是一匹好马！"阙三高兴地对弟弟说。阙兵正抓着斧头跟随在旁边警惕地防范山东马的反抗，赞许地点头，又异常遗憾地说，可惜我们只要了一匹。

山东马喘着粗气，不时发出“哞哞”的叫声。一会儿，他的肩头就破了皮，红肿得像血馒头。但他仍然低着头跟着阙兵的指挥棒前进、转弯、绕圈，半天的工夫，便像一头老牛那样驾轻就熟。

人们从田埂上经过，忍不住称赞阙三兄弟：你们的办法真不错——这样的办法也被你们想到了！你们家里养了一匹人马，从此不用再受牛的气。

阙三说，我早就说过，我们不会白养他的，高州佬用他换走了我家的老水牛，只有将就将就，反正能干活就成——不过，高州佬就是霸道，和他们永远没有公平的交易。

有人笑道，我家的母牛快产仔了，你们能不能帮忙？

阙三犹豫一会儿说，他得吃，干重活的时候得吃好一点，这是人之常情，牲畜也不例外。

那人说，我明白，我还给你算人工钱呢。

阙三满意：成交。

阙三兄弟驱使着山东马不仅把自己的田犁耙完毕，还为别人耙了几亩田，按每亩三十元计，收入也不错，把上个月赌输给阙迎春的钱赚回来了。

“看来高州佬总算给了我们一次便宜。”阙三愉快地说，“我们用不着天天放牛，节省了不少工夫，这匹‘马’究竟有多少好处现在还不好说，至少目前就比原来的老水牛好，跑得稳，速度快，能赚钱，可惜他的粪便远没有牛粪多。”

阙三兄弟抓紧时间和机遇给米庄的无牛户犁田耙地。山东马喝水越来越多，一会儿便要俯下身用嘴巴往泥土里找水。没有水，他把脸贴近湿润的泥土里，舌头乱舔。阙三以为山东马是在故意怠工，耍些城里人的小聪明，便不断地往他身上抽鞭子，把他的背都打出血来。

“城里人的智商未必比我高得了多少，五花八门的猫腻我见多了，你少跟我来这一套！”阙三警告道。

烈日下的山东马张大嘴巴拼命地喘气，卷曲的头发散发出一阵阵焦味，几只枯死的蚤子从头上掉下来。

“仔细看看你们的山东马，肩头发蛆了，腿也溃烂了，他会死的。”从田埂上经过的人注意到了山东马的症状。

阙三兄弟正视了这个问题，心里有点慌张，赶忙从河边抓了一把草药捣烂敷到山东马溃烂的地方。山东马目光呆滞，脸色苍白，摇摇欲坠。阙兵摸了一下他的额头，惊叫说，他正发烧，可能中了暑。

阙三验证弟弟的揣测后，不安地骂道：“城市人就这点不好，不能吃苦耐劳，像鸭子一样经不起折腾。”

在山东马吃药休息的三天里，兄弟二人闲坐在田埂，开始深谋远虑地筹划着怎样充分利用山东马强壮的体魄赚钱。阙三打算农忙过后，兄弟二人带山东马到谷镇上的矿山挖铁矿，那就等于三个人找钱，这样建新房子的速度就加快了，等到建了新房子，先让阙兵结婚，因为阙三还未找到合适的对象。阙兵也有一个好的想法，当矿工太辛苦又危险，赚钱也不多，不如像高州贩子那样贩卖蘑菇，现在我们再也不愁缺少马车了，再说，结婚的事不一定要等到建好新房子——有了山东马，什么都可以改变。阙三幸福地烦恼着，一时不知道选择哪条道路。

高州贩子王小节来到米庄，惊讶于阙三突然拥有了一辆简陋的马车。阙三正在这条荒芜的公路上往田里运输化肥。与拉犁相比，山东马更喜欢拉马车，看上去他费不了多大的劲，当然，马车里的化肥不多，还有一些农家肥料。阙三悠然地赶着马车，手里的鞭子在空中轻轻晃动，马车发出的吱吱声和他的哼唱协调而有节奏，听起来一点也不觉得厌烦。

“阙三，你的马车真结实，你的马真强壮。”王小节说。

“托你们高州佬的福，让我也能用上了马车。”阙三说。

“看上去你比过去神气了。有了这匹马，你大可驾着马车赶高州城，你们吃不完的粮食和摘下来的新鲜蘑菇就能自己运到城里，将来高速公路修好了通了车，你的马车要比拖拉机快。”王小节说。

“我才不呢。”阙三说，“你居心叵测，到了高州城，就是你们的地头了，你们高州佬拿他换走了我家的老水牛，还想拿他再次换别人的牛，比人贩子还坏。”

王小节受了委屈，气恼地说：“我是好心好意哪能害你？我要使坏，只需给派出所打个电话，你的马车就报废了。”

阙三说：“我可以和你合作，把米庄能赚钱的东西全都收购了，运到高州城卖掉。你坐镇高州城，我坐镇米庄，我的马车只到宝圩镇，你就到宝圩来接货。赚了钱五五分成，双方都不吃亏。”

王小节不屑道：“阙三，我干吗要与你合作？我自己不是做得好好的吗？不要赶一辆破马车便以为自己驾驶着一辆奔驰！我呸！”

阙三说：“如果你不与我合作，我就跟温州人合作了，温州人的生意门路比你阔，比你有钱，比你讲信用，你跟温州人无法相比，假如硬要比的话，温州人是马，你就是驴，一头蠢驴。”

王小节说：“那你跟温州人合作算了——人家未必看上你这辆破车。”

阙三有些火气，吼道：“你不跟我合作，从此就不要跨进米庄一步，否则我对你不客气。”

王小节哂笑一声：“就凭你？我不怕。”

阙三对山东马“吁”了一声，山东马就停了下来。阙三为他拿下牛秧子说，“你帮我揍一顿王小节，今晚给你加菜。”

王小节始料不及，慌张地后退：“阙三，你想干什么？”

山东马追上去，一把提起王小节往地上一摔。王小节发出了一声惨叫。

“你知道吧，精神病人杀人也不算犯罪。”阙三说，“被马活活踢死更加冤枉。”

王小节屁滚尿流地爬起来，钻进黄麻地拐过蘑菇棚逃到离得很远的旧水塔上才回头对阙三喊道：“鼠牙阙三，总有一天我们高州人也将你当马卖了。”

阙三很得意，笑呵呵地说：“这一回你们高州人总算占不到便宜了吧。”重新给山东马套上牛秧子，马车又发出了动听的音乐。一会儿，路上碰上了阙幸福。阙幸福说：“明天你的马车去一趟谷镇，帮我拉五百斤化肥回来，自然少不了你的银子。”阙三说：“不成，明天给阙新春拉砖瓦，后天吧。”

第三天整个下午，悠长，明亮，充满了阳光和欢快。阙三赶着马车到谷镇。谷镇不大，却行人如织，热闹得很，到处洋溢着健康的汗臭。阙三的马车从街道上经过的时候引起了不小的轰动，很多人围过来看。“这辆马车多精致！拿来运粪肥真可惜。”阙三开始很得意，因为三十多年来在谷镇第一次受到了那么多人的关注，一下子为那么多人所认识，而他的马车具有多大的示范效应现在还不好说，估计用不了多久，擅长模仿的谷镇人就会造出许多这种类型的马车，谷镇将比现在更加车水马龙，寂寥的乡间道路上将有更多的马车在纵横驰骋。

“你好像是米庄来的？我认得你，去年你偷百货商店的毛线被人抓过。”有人笑眯眯地问。

“我叫阙三，我还有一个弟弟叫阙兵；我的马叫山东马，这辆车叫马车。”阙三不厌其烦地回答，“本来我只能赶牛车的，但高州佬用山东马偷偷换走了我家的老水牛，我便有了一辆马车。对于马车，我本来想也不敢想，但高州佬把马给我送来了，事情就办成了。”

“你的马很特别，只有两条腿。”有人开始嘲弄阙三。

阙三并不认为别人是在嘲弄他，倒是觉得他们见识少、观念僵化，本来是不太想搭理他们的，但既然别人在故意跟他斗嘴，他只有奉陪到底了。他用平和、睿智的口吻开导说：“其实也没有什么特别的，有的人只有一条腿甚至没有腿，但他还是人；山东马其实也有四条腿，只不过是你们把他的两条前腿当成了手。”

人们还是装疯卖傻：“你的马跟其他马不同，能直立行走，是一张标准的人脸，他的脸还比你的脸好看。”

阙三显然比常人更有胸襟。他说：“世界之大无奇不有，你知道埃及吧，听说过狮身人面像吗？不知道是吧，那你们总该知道法国有人头马吧？”

人群中钻出一个瘦得像猴的人，不知此君姓甚名谁，姑且称他为瘦猴吧。他挺身而出，像要勇敢地揭穿江湖骗子的把戏一样，对着阙三鄙夷地说：“呸，人头马是一种酒——像你赶马车的喝不起。”

阙三强词夺理说：“我的马就是人头马，我喝不起，但我用得着……你们不要挡住了我的路，我要赶时间，一天得跑两个来回。”

瘦猴用手去摸山东马的背，执拗地说：“他的肌肉真结实。不过，他不是马，我敢肯定他不是马。”

阙三不快：“他不是马是什么！”

瘦猴迟疑了一会儿，果断地说：“他妈的，明明是人。”

阙三讨厌这个喜欢钻牛角尖、嘴里喷着酒气的小男人，阴着脸质问：“人能拉马车吗？你是人，你愿不愿拉马车？你试试看。”

阙三伸手要抓瘦猴试试。瘦猴满脸通红，怯懦地后退了几步：

"我又不是马，我拉什么马车！"

阙三脸露愠色，追问说："那他是马还是人？"

瘦猴好像被问蒙了，支支吾吾地答不上来，拍打着脑袋不断地问自己："他到底是马还是人？"

阙三嘲笑说："人与马都分不清楚，你还有脸皮站在街中央。滚！"

众人大笑，给马车闪开了一条通道。阙三挥舞着鞭子向供销社走去。众人给满腹狐疑的瘦猴一个脑筋急转弯式的答案：人拉马车就是马，马不拉马车便是人！

瘦猴舌头打着转，对阙三大声说："你蒙不了我，五花八门的猫腻我见多了。"但阙三已经走远，估计听不到他的说话。

供销社卖化肥的员工见过的世面比普通老百姓要多，又没有闲情逸致围观一辆不起眼的马车，因此，阙三的马车停在门外装载化肥的时候，并没有引起他们的注意。装了五百斤的化肥，阙三就起程往回走。如果不是为了喝口水将马车停在畜牧兽医站门口，也许就碰不上那么多的麻烦了，计划也不会就此落空。

阙三让山东马停下来，去兽医站门内右侧的水龙头往矿泉水瓶装水。突然山东马长嘶一声，把兽医站的人吓了一跳。两个兽医走出来，举目四顾，男兽医惊诧地说："我分明听到了马嘶，可它在哪里？"

阙三走出来得意地说："是他叫的，他口渴了。"

男兽医说："他是马？"

阙三说："反正我叫他山东马。"

男兽医说："你想蒙我？我见过的马比你见的人还多，有这样的马吗？"

女兽医说："他明明是人！在兽医站门前你也敢指鹿为马？"

阚三说："管他是什么，拉马车的就是马。高州佬用他换走我的老水牛的时候，他们就当他是一匹马了，否则我也不会想到把他当马。不过你们放心，他回到家里就不是马，是大爷了，叫他干活得看他心情——我越来越不满意他了。"

女兽医还要驳斥，男兽医用暧昧的眼色阻止了她。男兽医对阚三笑了笑，似乎认同了阚三的说法，敏感而负责任地说："你得给他打疫苗。从英国传来的疯牛病威胁到谷镇了。猪、牛、马等等牲畜都要打疫苗。"

阚三点头哈腰地说："打，打，打了安全。"

女兽医说："先交三十元。"

阚三说："贵了，我们帮阚幸福拉一趟化肥才得三十元。"

女兽医解释说："你的马跟别的马不一样，得打三支。"

阚三有些不满："你们这样能赚很多的钱。"

女兽医的不悦已经逐步升级："你这人怎么乱说话？难道赚到的钱都进我的腰包了吗？"

男兽医笑容可掬地向阚三挥挥手，劝慰道："算了算了，不值得为几个小钱跟女人斗嘴。"

阚三觉得男兽医和蔼可亲、富有人情味，才掏出三十元给女兽医，嘟囔说："你们不能像高州佬一样，总想占便宜。"此时女兽医不再计较阚三说什么，兴冲冲地把钱塞进衣袋里，一会儿拿着三支针水从屋里出来，嘭地打开一支，吸进针筒里，靠近山东马，要往山东马的屁股上扎。山东马突然惊恐地狂叫，拼命挣脱牛秧子拔腿就跑，马车被歪斜着搁在地上，横在路中间。阚三措手不及，大声喊："快停下，不给你打针了，那三十元钱就当捐赠给兽医站……"

女兽医对阚三说，他并非怕打针，你看，他是怕他们。

阚三回头看到几个大盖帽出现在街道转弯处。他们是城管队。

蘑菇交易会将要在谷镇举办了，城管队从街头晃悠到街尾，手里还拿着木棒。

“他在我家三个月了，像老水牛一样，从来没想过逃跑——他一逃跑，我就等于白白送给高州佬一头水牛。”阙三委屈地对女兽医说，“高州佬的哑巴亏我吃多了。”

女兽医对阙三有了一些同情：“下一次跟高州佬打交道你小心一点，他们怎么能把世界上所有的亏全让你吃了呢！”

阙三去追赶山东马，但山东马跑得快，像一匹野马在人群中横冲直撞，引起了无数的尖叫。阙三紧随其后，边追边喊。有人热心地问他：“那个癫佬是你的老爸？”阙三气喘吁吁地答：“不是。”又问：“那一定是你兄弟。”阙三说：“也不是。”再问：“什么也不是，那你追赶他干什么？吃饱了撑的！”阙三不耐烦了，吼道：“我家的老水牛被高州佬换走了……”问者仍然不明白：“那你到高州城找高州佬算账呀！”阙三哭笑不得，后悔搭讪这种人，白白耽误了时间不算，还被他们灌了一肚子气。抬头一看，山东马已经穿过百货商店，赶紧追上去，走过旧人民食堂、语录塔、电影院、土肥站、工商所、新菜市，比翻越几座山还要累，累得实在跑不动了，阙三自己想放弃的时候，山东马突然瘫坐在邮政所门口，抱头痛哭，不知何故。

阙三气呼呼地拖着山东马就走。但回到兽医站门前的时候，他发现马车不见了，地上只剩下零零星星的化肥和并不明显的车辙。

女兽医告诉他：“你的化肥被人哄抢了，城管队拉走了马车——虽然这种事情我们也管不了，但已经帮你向他们说明你很快就回来，只是你回来慢了一点，你能回来早一点就好了。”

女兽医更加同情阙三，给阙三指明了哄抢化肥的歹徒逃跑的方向，催他快一点也许还能追上。而先前热情、和蔼的男兽医的态度来了一百八十度的大转弯，对阙三根本就懒得搭理，傲慢而悠闲地坐在门前装作专心致志地看报纸，还忍不住发出浅薄的笑声。

阙三用绳子套住山东马，悻悻地拉着他往粮所方向追寻哄抢化肥的人。街上果然有那么多的自行车尾架上载着苏联产的化肥，但没有一包袋子上写着“阙三”或“阙幸福”的字样，那些化肥迷乱了阙三的双眼。他截停别人的自行车，却招致了一个又一个冷眼和一顿又一顿臭骂。阙三越来越烦躁，喃喃地不知在骂谁。山东马看出了阙三内心装满了无处发泄的愤怒，只好惶惶地跟着他。

阙三寻找化肥未果，却在信用社门口追上了拖走他马车的城管队。两三个队员在马车的后面推。阙三拉住了在前面拖马车的城管队员。

“得啦，我回来了，我的马车交由我的马拉吧，麻烦你们了，真不好意思。”

拉马车的城管队员惊讶地说：“原来是你的马车呀？”

阙三强压怒火，笑嘻嘻地说：“正是，我们拉化肥的，拉完化肥还要拉蘑菇，蘑菇一年四季也拉不完。”

拉马车的队员回头和推车的队员相视而笑：“真有意思。”

拉马车的队员对阙三说：“先交五十元罚款。”

阙三惊愕，求饶说：“贵了。”

拉马车队员说：“不贵，你的马车阻塞街道持续了二十九分四十六秒，我从来没见过一辆马车敢在我管辖的街道上停留那么长的时间——你的胆子真大，我还以为是县太爷的马轿车呢。”

阙三怏怏不快，嘀咕说：“其实也没有阻塞街道……就一会儿，而且那里还是兽医站的地盘。”

拉马车队员立即翻脸说：“怎么说是兽医站的地盘？谷镇所有的地盘我们都管得着！连你裤裆里的卵毛干净不干净也能管——你拖

着的是什么人？怎么会这样眼熟？对，十几天前我们已经把他送到高州城享清福了，你为高州做好事？”

阙三解释说，你误会了：“是高州佬用他偷偷换走了我家的老水牛，你伸手摸摸我的肺，快气爆炸了。”

拉马车队员说：“谁有空摸你的狗肺？你是恶意增加我们的工作量，想让我们挨骂挨处分！伙计，来，把他的山东马送到民政所去。”

阙三笑嘻嘻地哀求：“你们不要……但五十元的罚款实在是贵了。”

拉马车队员生气地说：“贵了？你看着我，我是马吗？”

阙三忙说：“不是……不是。”

拉马车队员说：“那我为什么会拉马车？”

阙三难堪地说：“那算了，五十就五十。”

推车的队员笑逐颜开，幽默地看着阙三。街上的行人也稀里糊涂围观着。谷镇赶集的人也真多。阙三到底还是摸出了五十元皱巴巴的零碎钱：刚好够——“可是，我还想吃一碗牛腩粉，我饿得不成了，等一会儿还要赶马车回米庄。我的意思是说，求你少罚三五元。”

阙三极不情愿地把钱递过去，却试图用指头夹住五元并截留下来，但拉马车队员一把抢过钱，飞快地画了一张收据，放到嘴上吐了一口口水，啪一声拍在山东马的额头上：“你跟我讨价还价，当我是卖菜的？”阙三哈着腰说岂敢，猫着腰要拉马车，但被拉马车队员推到一旁。拉马车队员说：“我说过要还给你马车吗？”又对推马车的队员说：“大家辛苦一点，把马车砸了，免得明天又碰见他。”

众队员便动手砸马车。阙三要阻止，却被拉马车队员警告：“我们正在执法，你如果敢抗法，后果很严重。”

阙三说：“你怎能砸我的马车？我已经交了罚款。”

拉马车队员拍了拍阙三的背安慰说：“难道你看不出我们这是为

了你好？你一个赶马车的农民，能交多少次五十元的罚款啊！”

阙三无言以对，眼睁睁看着马车就要被砸得支离破碎。一个小老头过来，对拉马车队员说：“队长，这堆木头就给我做柴火算了，下次请你们到我店里吃狗肉。”拉马车队员笑嘻嘻地说：“好，好，别弄脏了街道就成。”说罢他们很快消失在温州布行的尽头。小老头俯下身去捡拾着木头。

“剩下两只车轮子，按理说，也归我所有了。”小老头一本正经说，但他没有盛气凌人，而是心平气和地跟阙三讲事实摆道理。

阙三说：“这两个轮子你就给我留下，留得轮子在，不怕没马车——三十五岁了我才用上马车，我等了三十五年了。我弟弟阙兵娶媳妇要用马车，没有马车太寒碜。”

小老头说：“可是，我凭什么给你留下轮子？队长说除了这匹人马外，马车的零配件全给我了，少了这两个轮子，我请队长吃狗肉就亏大了。”

阙三说，说到亏损，我比你更惨，我给你算算，打疫苗、五百斤化肥、罚款……不算不知道，今天我亏到底了，回去还得赔阙幸福五百斤化肥款——无论如何，这两个轮子我得要回去。”

小老头说：“你……合情不合理，我就是不还给你，因为这两个轮子我用得着，能做狗笼子。”

阙三这团火气窝了很久了，早就想找个地方发泄，对不识好歹的小老头说：“我本来想揍你，揍你一顿也许你就不会跟我争吵了，可惜你跟我家原来的老水牛差不多，这把老骨头经不起折腾。”

小老头镇定自若地笑了笑，挺直腰板，和风细雨地说：“我这头老水牛跟你家的老水牛不一样，你还不知道？我的一个牛犊也就是我的大儿子是谷镇派出所所长，不过很快就要调到县公安局当副局长了。”

阙三一愣，转而飞快地堆笑说：“好，好，好，原来是这样，今后我不想要马车了，什么年代了还赶马车！反正这两个轮子留着也没有什么用处，就送给你改作狗笼子，保证坚固。”

小老头没有对阙三说句“多谢”就叫人将两个轮子弄走了。阙三猛拉一下牛绳，拖着山东马赶紧离开谷镇。

回到米庄的时候，已经是黄昏。阙幸福远远地在村口焦虑地等阙三运化肥回来，但看到阙三和山东马空着手回来，自然非常费解。

阙三没有说话，阙幸福向他要化肥也没吭声。阙兵看得出来，哥哥现在很生气。

阙三径直把山东马拴到那棵高大的橡树下，脖子上的牛绳子套得很紧了，山东马喘气有点困难。阙兵说：“哥，你要干什么？我快要结婚了，我得用一趟马车。”阙三也没有回答，抄起一根木棒，出其不意地扫向山东马的腿。骨折的声音先于惨叫到达围观村民的耳朵，把人们的耳膜震得像蝉翅那样颤动。

山东马啪一声跪倒在地上，脸盘开始扭曲，泪水不规则地流动。阙三又抡起木棒，往山东马的腰椎打去，又发出了一声骨折的声音，再次撞击着人们的耳朵。

阙兵要抢哥哥手中的木棒：“你不能打了，再打他会死的。”

阙三把弟弟一推，阙兵跌倒在地。大家都不知道究竟发生了什么事，竟然让阙三生那么大的气。阙幸福有些害怕，对阙三说：“你不要对山东马出气，不就五百斤化肥吗？你先说清楚怎么回事嘛。”

阙三还是没有说话，发疯地往山东马身上打。山东马痛苦不堪，大口大口地喘气，不时发出低沉的呻吟。

阙兵拖着阙三的腿：“哥，你真的不能打他了，他快死了。他一死，我们就便宜了高州佬。”

阙三迟疑一下，突然一棒打在山东马的头上。这一声闷响像子弹一样穿透了人们的耳膜，击中了他们忐忑不安的心脏。人们幡然想起，平时打死狗的时候，声音和这差不多，狗的嘴角还会渗出一些血来。山东马的头一歪，双眼翻白，看上去的确死了，但头颅、嘴角和鼻孔连血也没流下一滴，为此人们觉得奇怪，难道他的身上就没有血——一个人怎么可能没有血呢？

阙三扔掉木棒，轻轻地拍拍手掌，对阙兵说："把他埋在阙幸福的芒果树下，能抵得上一百斤化肥。"

故事本来到此便要结束了，但阙兵并没有马上拖走山东马，而是用稻草和树叶稀稀拉拉地覆盖了他。阙兵说他饿了，等吃饱晚饭后有了力气再作处理。

米庄家家户户飘着的饭香，竟引来了一场大雨。这是半年来第一场下得如此痛快淋漓的雨，干旱的大地像穷人迎接从天空中撒下来的金子一样欢呼着久违的甘露。阙兵顾不上吃饭，匆匆赶到田头，把田埂上所有的缺口都填得高高的，明天他的田就要变成池塘了，有了充足的水，他能干任何事情。

阙兵再次回到饭桌前的时候，他哥哥阙三已经吃饱，饭桌上的碗筷横七竖八地还来不及收拾。阙三歪歪扭扭地躺在了地上，蓬乱的头发掩蔽了他的脸。阙兵可怜哥哥累了一天，没有叫醒他，忙于收拾碗筷。倒是阙幸福披裹着雨衣哗啦闯进来，吵嚷着要阙兵弄醒阙三："先把账目说清楚。"但一个很大的雷电也震不醒阙三。阙兵仔细一看，原来他已经死了。阙幸福惆怅了一下，侧身斜睨了阙三一眼，啧啧两声，惊奇地说："你哥的头壳碎裂了半边，脑浆都一团一团地流出来了，但怎么连一点血也没有？"

阙兵操起斧头赶到橡树下，但山东马已经不见踪影，有人从哗啦的雨幕中传来模糊的声音："你家的山东马早已经越过米河，向茶花山方向逃窜，恐怕现在已到了高州地界。"阙幸福痛惜地说：

“我亏大了，连这一百斤化肥也被大水冲走了！”

然而这场雨没能坚持到天亮，下半夜就夭折了。第二天一早，人们在渐渐清晰的晨曦中，惊奇地看到十几个破破烂烂的陌生的精神病人游兵散勇地站在米庄的村口，像一棵棵快要枯萎的树，正仰起头颇贪婪地呼吸着难得一闻的清新而潮湿的空气，看起来他们个个牛高马大，性情温顺，没有一点架子。

2005年7月

送我去樟树镇

挂掉母亲的电话，来不及撒掉胀痛了膀胱的尿，我便习惯性地往楼下冲，打开车库门，开着车往老家跑。整个动作纯属本能反应，连贯、果断，一气呵成，根本不需要思考和准备。好像是，我时刻都在为父亲的去世做准备，一年或者许多年都是这样，早已经训练有素。

出了闹市区才意识到这是一个糟糕透顶的天气。暴雨如注，狂风大作，天地间漆黑一团。本以为这样的天气高速公路会关闭，但为车进出的关卡敞开着，收费站的姑娘表情冰冷而僵硬，使得我再一次怀疑自己的长相是不是过于丑陋和猥琐。上了高速公路后，我发现，这个夜晚，这个世界上只有我一个人在赶路。前方、后方都难得见到车辆，漆黑、寂寥、阴森的高速公路只有我的车发出的一点微不足道的亮光和声响。雨刷器的摆速无法满足驱雨的需要，车子仿佛是在大海里航行。闪电从远处深邃的夜空里扑面而来，每闪一次都送我一个激灵。这样的夜晚令我胆寒。但母亲在电话里说，儿子，你爸还剩下最后一口气，就想看你最后一眼。母亲用哀求的语气保证：这一次是真的。

我冒险加快了车速。车仪表上显示，时间已经是夜里十一点五十分。风似乎慢慢温顺起来，但横斜倾注过来的雨越来越大了。我担心的是，雨把车的玻璃窗打碎了，或车子不合时宜地抛锚在孤寂无援的路上。回家的路有三百公里。幸好油箱里的油是满的。外面喧嚣，车里却是寂静的，夜路漫漫，我开始习惯性地胡思乱想。公司纷繁复杂的人事，儿子的英语成绩，那些行进在青藏高原的驴友，一个月前和前妻的一次友好愉快的交流，汶川地震，《午夜凶铃》，前列腺炎，风华绝代的赫本，浩瀚神秘的宇宙深处，一场酣畅淋漓的性爱，索然无味的中年生活，随时随地都可能终结的生命……只有一个人开车的时候才有那么多时间让我漫无边际地思考。这些思考绝大部分毫无价值，但生理上需要。

胡思乱想后，我的心理上往往会出现一种情况，就是觉得这个世界什么都不重要，什么都无所谓。心里不再焦虑、烦躁和惆怅，而变得宁静而超脱。于是，父亲的生死一下子变得并不重要，母亲的哀求也无足挂齿，我仓皇夜奔更显得矫情。我父亲一直是一个小角色，言而无信、五毒俱全。二十年前他醉酒打断了我母亲的腰椎，使她至今直不起身子。从小他对我除了没完没了的毒打再也没有其他，对我的生死前途不闻不问。我对世界任何一个男人都能产生感情，唯独除了我父亲。我和他之间仿佛没有任何瓜葛。父亲在我的脑海里只是一个概念，跟股票、房价、GDP、UFO一样。十多年来，他一直走往黄泉路上，但这段路比任何路都漫长，其间无数次差点死于醉酒或跌跤，但每次都奇迹般地化险为夷，使母亲转悲为喜。所谓的父亲想见我最后一眼也是母亲的杜撰。没完没了。我每次回去都以为是奔丧，或是例行见他最后一面。但每次都事与愿违。尽管如此，我还是乐此不疲地服从母亲的哀求，对一个“概念”尽人道义务。然而，此时我没有了焦急，对大雨熟视无睹，也不害怕闪电了，在离家还有一半路程，车速不知不觉地慢了下来，我慢悠悠地游荡在高速公路上，想找点事情解闷。突然想起了高度可疑的妻子。她应该还躺在沙发上看像高速公路一样没有尽头的韩国剧，一条腿伸在茶几上，另一条腿架在沙发的靠背，睡裙倒滑到了腰部，红色底裤一览无余。放慢车速，想给她打一个电话，但这才发现我的手机没有带在身上。没有了手机，仿佛被世界抛弃，与世隔绝，我会紧张、慌乱、失魂落魄，发疯地唠叨着手机，去年我出了一次车祸，就是忘记带手机而心神不宁甚至神经错乱所致。手机已经成为我身体的重要组成部分，须臾不可或缺，它不在我身上，我就会有危险。妻子早就说，这是一种病，而我病得不轻。出门的时候妻子追着我喊，但我根本无心听她说任何一句话，厌烦地回头朝她吼叫了一声，让她闭嘴！我这才想起，她肯定是在告诉我，我的手机落在家里了。我对她的任何言行举止都厌烦。我不知道为什么对她那么厌烦。我至今想不明白怎么跟她生活到了一起，我的前妻怎么突然跟我离了，我的父亲为什么经常死而复生，甚至我想不起我现在是怎么会奔驰在深夜的高速公路上。我的生活充满了诡异。

同样充满了诡异的是高速公路。路的两旁都是荒山野岭，茂盛的漆黑藏匿着令人惊悚的隐秘，好像是路的前方和身后有什么力量在监视着我。一个多小时了，高速公路上看不到别的车在跑。我的车往没有尽头的黑暗开去。巨大的黑暗将我吞噬掉。我抓方向盘的双手时常颤抖。我的心里还是害怕。我见到了路牌上的很多地名，很多，知名的和不知名的，说明我在前进、奔跑。我想撒尿，实在憋不住了，想找个地方撒尿。于是我把车缓缓地开到路边，撑雨伞把尿撒了，还长长地舒了一口气。转身要上车的时候，我朝汽车灯光末梢看去，无意中看到前方的路旁靠防护栏处站着一个人！灯光很弱，一个闪电增加了亮度。这样我可以看清，确实是一个人。

一个女人瑟缩地站立在雨中，穿黑色裙子，白色衬衫，没有雨具，雨水直接打在她身上，长发遮挡了她半边脸。我被吓得惊叫起来。脑子里首先想到了鬼。我惊恐地退缩，迅速钻进车内，把车门反锁，然后深吸一口气，抬眼再看，那女人仍然站在原地，她朝我这边看过来。我浑身冒着冷汗，双手和腿都禁不住颤抖，但车还是开动了。我没有加大油门一溜而逃，而是缓慢地向前。我突然觉得应该看一看鬼到底长得什么样。我忐忑不安又小心翼翼地靠近那个女人，并用车灯照着她。她迎着灯光向我看过来。一张俊俏而又同样惊恐的脸。

我摁了一下喇叭。女人直了直腰，理了理头发。她的嘴唇发黑，苍白的脸上竟挂着诡异的微笑，好像对我不屑一顾，又好像对我早已经了如指掌，在此已等候多时。她没有躲避，更没有突然化作一缕黑烟而去，只是将脸稍稍侧过去，避开了车灯。不知道是什么原因，我对这个疑似女鬼忽然有了兴趣。我犹豫着亦步亦趋地慢慢地靠近她。

在离女人不到两米的地方，我把车停靠到了紧急停车线外。但不敢马上开门或开窗面对她。我在车内犹豫不决。女人也没有主动向我走过来，甚至一动不动的，脸色苍白得可怕，但可以看得清楚，她长得十分漂亮，而且年轻，楚楚动人。我宁愿相信她是人而不是鬼。如果她是一个人，为什么在大雨如注的夜晚孤身一人站在前不着村后不着店的荒野？她出了什么状况？她需要我的帮助吗？如果她万一是传说中的鬼，我可不可以会一会她？跟她说话？不管是人是鬼，我的脑海里都盘旋着一个庸俗而让我怦然心动的词：艳遇。毫无疑问，这是一个具有巨大刺激性的邂逅。一个男人的一生需要有一次这样的邂逅。

我甫打开右窗，雨水随即扑了进来。我朝女人叫了一声：喂。我的声音听起来有些颤抖。女人只是朝我看过来，没有挪动。

“搭车吗？”

女人终于挪动了，踉跄着向车门走过来，迟疑了一下，把湿漉漉的头伸进车窗。那张脸突然变得忧郁、哀伤和可怜。

“送我去樟树镇。”女人喃喃地说。她说话的声音似乎是从肚子里发出来的，很虚弱，很娇柔，也很阴冷，既让人顿生怜悯，也让人毛骨悚然。

可是我并不知道樟树镇。

而且，我不知道她会不会带来危险。我的脑海里掠过很多关于午夜遇鬼的传说，日本恐怖片里的情节……但是，刚才我已经对她说过“搭车吗”，我不能出尔反尔，逃之夭夭。我开门的手伸出去又缩回来，再伸出去再缩回来。

“送我去樟树镇。”女人又说了一遍，语气变成了哀求。

我开了车内的灯，握紧拳头，咬咬牙，打开车门。女人左手抓住车门的把子，右手拎着裙摆，吃力地上车，样子十分费劲。我伸手想拉她。她看了我一眼，把右手给我。她的手像冬天的树枝，冰凉、枯瘦。我拉了她一把。她显得很轻，只需轻轻一拉，她就上了车，在副驾驶座坐下来，并顺手关上了车门。她身上的寒气扑面而来。她赤着脚，浑身湿透，水从她身上流下来。我说，我们去樟树镇。

我开动了车，开了暖气。女人用手捋了捋湿漉漉的毛发。我递给她一条干净的毛巾。她用毛巾擦干了脸上的雨水，露出洁净妩媚的脸。她僵坐着，目光呆滞，因为冷而颤抖着。我把空调开到了最高温。外面依然大雨如注，雷电交加。

“你是人……一个人？”我问。依然有点胆战。

她不回答。

“你怎么会在这里？”我又问。

她仍然不回答。

“你是哪里人？贵姓？”我再问。

她根本没有张嘴说话的意思。

我不知道说什么好。我用眼角斜视着她的神色和举动。我害怕她一下子变成张齿獠牙、面目狰狞的女鬼，向我扑过来，撕咬我，车毁人亡，而警察和世人永远无法知晓这起离奇车祸的真相。我心里越来越害怕，开始后悔让她上车。此时，我希望不断有其他车辆从我身边经过，甚至车水马龙，以此坚定我的判断：这是在人间。

我的愿望果然很快得到满足。从后视镜我看到了身后远远跟着一辆小车，雾灯闪烁着，看起来很急切地赶路。我心里一阵喜悦，但不能让它走到我的前头，我要让它一直跟随着我，保护着我，至少能成为接着可能发生的事情的见证。我开始加速，跟它保持必要的距离。它一加速，我便用力踩踏油门。

“后面的人追杀我！”女人突然蹦了一句。

我以为我听错了。她又重复了一句：“后面的人追杀我！”

我说，是吗？

“送我去樟树镇。”女人说。

我说，我们正往樟树镇的路上。

我打开导航系统，要搜索“樟树镇”。

女人制止我：“一直往前。”

我只好遵命。女人说，你把该死的灯关了。她是指她头顶上的灯。我关了。

后面的车追着我跑，看起来真的是气势汹汹地追赶着我。我又面临着新的危险。我顾不上安危，毅然再加速。它看到我加速，它也加速。

路旁的地名牌不断掠过。突然，我看到了“米范”字样。这是我家乡的地名，它在大雨中显得雪亮。按道理，再过五百米，我就得右转，走往米范的匝道，回家。

我减速。我想应不应该让女人下车。

“送我去樟树镇。”女人说。

后面那辆车快赶上来了，它不断鸣笛示意。

“一直往前走就是樟树镇。”女人说。

我好像被她劫持了。我的良心告诉我，不能见死不救，不能丢下她不管。我必须把她送到樟树镇。

我又加速了。很快，就越过了“米范”，往前驶去。

我专心开车,希望很快就能到达樟树镇,把女人送达安全的地方。

“你家在樟树镇？”我说。

女人沉默不语。她还打着哆嗦。我还能感觉得到她身上发出的阵阵寒气。

十几分钟后，我身后的那辆车没有了踪影。我舒了口气，但又感到失落。刚才它追逐我们到底是为什么？现在为什么放弃了？

“没有人追杀你了。”我说，“也许你多疑了，它根本就不是追杀你的。”

女人还是不作声。但她把手伸向我，当她的手触摸到我的脖子皮肤时，我本能地躲开了，并惊叫了一声。

“你要干什么！”我低吼道。

“我想穿你的衣服，我冷。”女人说。

我身上没有多余的衣服。但她已经将自己身上的衬衣脱了下来，赤裸着上身。黑暗中我不敢正眼看她，但她丰腴的乳房被闪电照亮。她伸手来脱我的上衣。我紧紧地抓着方向盘，但还是自觉配合她把我的衣服脱了下来。我的上衣是一件灰色西装。她把它穿到了自己的身上，双手紧紧地抱在胸前。一会儿，她感觉到了暖和，心情似乎舒畅起来，对我说："你真是一个好人。"

我小心谨慎地笑了笑。

"本来我已经死了，可是现在又活了过来。"女人说。

我感觉到自己越来越冷，寒气不断从心底冒出来。一个雷鸣将我吓得惊跳起来，抓方向盘的手瞬间不听使唤，车子摆了摆，走了一个"S"。

"你到底害怕什么？"女人问。

我咳嗽了两声，算是回应。

高速公路在荒山野岭中穿行，看不到尽头，且离家越来越远。

"你的车左后轮子瘪了。"女人说。

我感觉到左后轮子可能是出了问题，赶紧减速靠边停下，下车检查左后轮子。

依然是荒山野岭地带，四周一团漆黑，巨大高耸的山峦连闪电的光都给遮挡住了。如果车子在这荒无人烟的地方抛锚，我将绝望透顶。

幸好，轮子正常，没有瘪。我上车，抓紧时间继续行驶。我开得更快。轮子下的水声很美妙。闪电很美妙。空荡荡的高速公路很美妙。我感觉到自己很美妙。高速公路无穷无尽，但樟树镇总会到达的。我希望是，到了樟树镇，女人把我留下来，在她家洗一个热水澡，她也洗一个热水澡。我们穿着干净的衣服坐在客厅里聊聊天，等到天亮，我便向她告别。她依依不舍地给我一个感激的拥抱，然后我掉头赶回米范，看父亲死了没有——他死了还是活着其实都不重要。

"你认得樟树镇吗？"我问女人。

女人不回答。

“你家在樟树镇？”

女人还是不回答。

“樟树镇还有多远？”

女人不作声。

我正眼看一下，不禁大吃一惊：女人不见了，副驾驶的位置空荡荡的。她去了哪里？我赶紧开了车内灯，后排也没有人影。再仔细瞧了瞧，副驾驶位置上只有我的西服，她的衬衣也不见了。

她莫名其妙地消失了！她肯定是在我检查轮子的时候“逃”了。但那是荒无人烟的险恶之地，她为什么要逃离我的车？她究竟想干什么？

我顿时蒙了。我想回头找她，但此时已经离彼地已经十几公里，何况我也找不到掉头的路口。我只好一直往前。

我暗下决心，一定要到达樟树镇。

我仔细注意路牌。我相信樟树镇很快就到。但又行走了半个多小时，仍然看不到樟树镇。我打开导航仪，可是导航仪找不到樟树镇。我终于看到了前方有亮光，那是服务站。我把车开进了服务站。服务站空荡荡的，好不容易才看到一个中年男人从厕所里出来。他是服务站的工作人员。

我上前问：“此去樟树镇还有多远？”

“什么樟树镇？没听说过。”他回答说，“我是南广高速公路的活地图，我的地图里没有樟树镇。”

“确定吗？”我说。

“世界上根本就没有樟树镇！”他肯定地说。我对他权威的质疑引起了他的不快，“要是不信，你尽管往前跑好了！”

我心里早已经相信他的话。但我继续往前跑，因为只能往前跑。

终于在一个叫谷地的地方找到了掉头的机会。并在黎明之前赶回到了米范。到家的时候，哥哥提醒我，父亲在一年前就去世了。

我想起来了，父亲确实是在一年前就死了。母亲是老糊涂了，她每隔一段时间总以父亲濒临死亡为由让儿子赶回去。她是想见儿子了。

我也彻底糊涂了。

在母亲的身旁，我悻悻地睡了一觉。第二天中午，我返回城里。在路上，从收音机里我听到了一条似乎与自己有关的报道：昨夜南广高速公路广西境内发生了一起交通事故，一名女子驱车两百多公里给丈夫送手机，在米范与谷地之间一个荒无人烟的路段，一个裸走的女精神病人从路旁边突然蹿出来试图拦车，驾车女子受到惊吓，车撞上了公路护栏，翻到了路边的山沟。所幸的是，两个女子都只是受了轻伤，目前正在医院接受治疗。

此时，阳光明媚，高速公路亮晶晶的，生机勃勃，我庆幸自己是车水马龙中的一员。

2013年3月

你为什么害怕乳房

从今往后，我再也不会和张畅一起出游。他是一个不负责任的人，我们出发的时候说好了，一定不能在海滩上做龌龊的事情，因为那里有很多陷阱。可是他暗地里违背了约定，最后把我身上的钱扒光了才能打发走那个粗陋不堪的女人。因此，在回家的路上我们连吃饭、加油的钱都没有了。我们侥幸地认为，这辆小排量的雪弗兰凭着剩下的半缸油也能回到市里。但糟糕的是，到下津镇的时候，车坏了，不知道哪里出了毛病，动不了了。下津镇属于粤桂边界的一个小镇，归广东省管辖，之前我从未到过这里。偏僻、孤寂、简陋，看不到几间房屋，也好像没有几个人。幸好，镇上有一间破败的汽车修理铺，铺上只有一个瘦削得像根桉树干的师傅，他的左腿还是瘸的，走路时要用手按着它，让人怀疑他是否有力气打开车头盖。但他说话比较利索而且略见幽默。他说，像你这种使用期超过十年的旧车一旦坏了就很难拾掇，像一个老态龙钟的妇人摔跟头连扶都扶不起来。我说，怎么样也得修呀，要不，离市里还有近两百公里，我们怎么回去呀？而且明天中午我得把车还给洪烛，他的表妹结婚要用他的车，我的五百块违约金还押在他那里。师傅叹了口气说，把一匹死马医活最快也得大半天，大不了今晚我加班，连夜修好它。

此时已经是黄昏，镇上仅有的几个路灯已经暗淡地亮了。一辆开往市里的班车，肯定是最后一趟，呼啸而来，张畅说没有必要两个人都耗在这里，晚上他众多女友中的一个过生日，必须回去，话没说完便以迅雷不及掩耳之势跳上了班车，留下我一个人。我发誓，从今往后，这个对电影一窍不通却装腔作势的家伙不再是我的朋友，尽管过去也不是。

往下的时间，我得考虑修理小车的费用来源，当务之急是解决肚子的问题。身上没有足够的钱买一只包子了，镇上也没有可用银联卡的地方。我开始想，在下津镇我有什么亲戚朋友，哪怕只是认识的人也好。头脑里过了一遍又一遍，终没有找到。给张畅打了一个电话，他支支吾吾了半天才想起一个人来。

“你的前女友蓝小莲在下津镇，好像就住在木器厂的背后。这是她十年前告诉我的。”

十多年前的事情我大概已经忘记得差不多了，但蓝小莲的名字还是依稀记得，一经提起，她的形象越来越清晰。

先说一些私隐的事情。在那个穷困的年代，我的母亲先后生了六个孩子，要命的不是没有钱粮，而是母亲的乳房太小，小得几乎找不着，嗷嗷待哺的婴儿的呼救声变成村里最烦人的噪声。父亲情急之下曾甩手给母亲一耳光。这一记耳光成为父母日后矛盾源远流长一直无法弥合的症结。我的父母一辈子几乎都在争执之中，没有多少事情能达成共识，唯独在我们兄弟娶妻标准上惊人的一致：要娶乳房大的，越大越好。这个标准开始是家庭秘密，后来成为公开的教条，最后变成了我朋友圈中的笑谈和他们给我介绍女朋友的噱头。蓝小莲就是这样被送到我的面前的。

实际上是十三年前的夏天，我们一帮影迷在江滨茶楼左侧的露天茶座喝茶聊天，聊得起劲的时候，张畅从侧面横刺过来，对我们嘘一声，大伙安静下来。

“今晚，我要给李煜介绍第一个女朋友。”张畅阴阳怪气地说，“她绝对符合李煜的纳妾标准。”

张畅来不及回答他们争先恐后的提问，往身后一招手，一个女孩从昏黄的灯光中走了过来。我们首先看到的不是她的脸孔而是薄衬衣掩映下硕大无比的胸脯。全场肃静，目瞪口呆，继而发出情不自禁的惊叹。

她就是蓝小莲。她在靠近我的位置坐了下来，没有羞赧，也没有不自在，自信而落落大方。他们的目光依然停在她的胸脯上。她的胸脯正好高出桌子一点点，看上去两只乳房被端放在桌面上，与两只瘦小的茶杯平起平坐。张畅坏笑着当着大伙的面对我说，从今往后，蓝小莲就是你的女朋友了，你一定要善待她。在大伙的起哄和附和中，蓝小莲就这样成了我的准女朋友。这时候我才仔细地看了看她的脸，一副很普通甚至算得上平庸的脸，皮肤偏黑，牙齿也不甚整齐，要命的是个子也不高……可是一美遮百丑——也许算不上丑，她跟着我来到了父母亲面前。父母对她赞不绝口。这成了我继续和她发展下去的唯一理由，名义上她成了我的女朋友，她很快便开始以我女朋友的名义出入在我的生活中，尽管我们连手也没有拉过，更谈不上肌肤之亲。

不知道是从什么时候开始，蓝小莲觉得我和她还没有初吻有点不妥，因此，她经常有意无意地创造条件和氛围。比如，她坐在我摩托车后座的时候，极力用她的胸脯顶着我的背，让我感觉到两只火球在烫；我在球场上扭伤了脚，她给我敷药的时候，故意用她的胸脯碰我的膝盖；她给我的宿舍拖地板的时候，穿着低胸的裙子，弓着腰在我面前晃来晃去……这一切都让我心动，说心里话，我真的喜欢大乳房，直到现在，我依然对蓝小莲丰满的若隐若现的乳房向往不已——后来我曾有多个女友，她们的乳房都是那么小巧玲珑，加起来也比不上蓝小莲。在很长的一段时间里，我和她们每一次赤裸相见的时候我都会怀念蓝小莲。我的母亲，因为我现在的妻子乳房过小，一直对我们耿耿于怀。妻子好几次偷偷到上海做丰胸手术，每一次都铩羽而归，她的脾气越来越暴躁，经常和我母亲吵得鸡犬不宁。但那时候我爱不上蓝小莲，因为蓝小莲不是我骨子里要的那种女人。在我的眼里，她很粗野，很浅薄，很不知廉耻。美就是美，丑就是丑，一美真的遮不了百丑。她不知道我的朋友在外面怎样取笑我，损害我的尊严，我的仇敌知道我有一个患巨乳症的女友后到处恶意张扬，让我威信扫地，还添枝加叶的，要我臭名远扬。这让我很没有面子。

我知道这个世界上真的有一种病叫巨乳症。但这种病通常只会在欧美女人的身上发生，中国女人不需要那么巨大的乳房。当我知道蓝小莲的巨乳是来自家族遗传后，我决定与她分手。当今超市里的奶制品琳琅满目，不再需要乳房也能将孩子养大，大乳房已经成为身体的累赘。我跟父母这样陈述理由。父亲像当年甩手给母亲一记耳光一样也以同样的方式给我的脸留下了五个血淋淋的手指印。尽管如此，我还是暗下决心和蓝小莲分了。说是分手，实际上我们一直没有亲昵过，算不上分不分的，我是想断绝与她往来，趁早撇清我和她的关系，好挽回我在朋友中的威望。蓝小莲肯定察觉到了我的心理变化，我看得出来，她要破釜沉舟了。有一次，我正在房间看第十三遍《北非谍影》，沉迷在褒曼的美貌中。她温情脉脉地来到了我的身边，耐心地等我看完了电影，才靠近我，突然紧紧地搂抱着我。巨大的乳房牢牢地粘在我的身上，仿佛成了我身体的一部分。我不知所措。蓝小莲吻我的脖子。好痒，好潮湿。从脖子，到头，到耳朵，到脸颊……她要和我接吻了，那疯狂的架势让我无法回避，也不容我回避。我半推半就，我的嘴被她吸吮住了。她要吞食我的舌头。她剥开我的衣服。她抓住我的手往她的胸脯里伸……我条件反射地挣脱了。我推开了她。她惊讶了一下，继而要解开自己的衣服。一解开衣服，我便能看到她巨大的乳房。我赶紧打掉她的手，不让她动她的纽扣。她的脸一下子红了，尴尬得要哭。但她还是想再试一次。

“不要解开你的衣服！”我吼了一声。

蓝小莲吓呆了。我很快后悔羞辱了她。

“你不能这样，蓝小莲。”我说。我想告诉她，我要和她分手了。

蓝小莲眼泪在眼眶里打转。她整理了一下衣服和头发，转身离开了。我从窗口上看到她骑车骑得疯快，秀逸的头发往后飘扬起来，像一面漆黑的旗帜。

就这样，我和蓝小莲彻底脱离了关系，像甩掉了一个沉重的包袱，在朋友们当中，我的自尊和威信又回来了，我又可以和他们平等地谈论女人。第二年，我有了新的女友，她的乳房大小很正常，一个正常的女人。蓝小莲所在的一家国有企业迅速倒闭了，她下了岗，听说年底嫁人了，嫁到乡下去了。这让我如释重负，她离我越远，我就越安心似的。果然，十多年过去了，我，包括我的朋友都听不到她的一点消息，好像她已经永远消失了。事后，张畅曾异常阴险地告诉我一个秘密，蓝小莲之所以对我发起攻势，是想在她下岗之前和我结婚，然后留在城里，为我生下一群孩子，可是她功亏一篑。

我找到了木器厂。工人们已经下班。我向一个妇女打听蓝小莲的住处。

“我不认识什么蓝小莲。”她粗鲁地回绝了我，“……她是怎样的人？”

我说：“怎么说呢，个子不高，胸脯很大……”

“哦，你说的是大奶婆！”她往右侧的房子一指，“她就住在那里。”

那是一间简陋的一层砖瓦结构房子，屋前堆放着很多杂物，几只鸡鸭，三个孩子在汲水。

我走过去，对三个孩子说：“我找蓝小莲。”

三个孩子怔怔地看着我，其中一个孩子似乎对我抱有高度警惕，他大声地说：“你找我妈有事吗？难道她也欠了你的钱？”

我说：“我是你妈的朋友，她没欠我的钱，我只是来看看她。”

一个女人从屋里出来。从那丰腴不减当年的模样来看，毫无疑问，她就是蓝小莲，尽管她的面容已经枯黄，身体更加肥胖，穿着紊乱得不成体统，甚至遮掩不了臃肿的肚脐。她想转身回到屋子里去重整容装，至少把脸上的尘土洗去，把头发梳理，换一套像样一点的衣服……可是她来不及了。

“蓝小莲。”我叫住了她。

“你怎么来了？”蓝小莲怯怯地说。

“顺便来看看你，十多年了，我应该来看看你。”我说。

蓝小莲让我进了她屋里。昏暗的房间乱七八糟的，显得狭窄、压抑。我坐到沙发上，蓝小莲慌乱地为我找茶杯——努力了好几次，她实在找不出一只拿得出手的茶杯。我说，不用了，你做饭吧，今晚我要在你这吃饭。

蓝小莲一下子从窘迫中解放出来，愉快地答应着做饭去。出了门，对那三个高矮不一的孩子说：“去爸爸那边要点钱，到菜市看看还有什么能招待客人的。”

三个孩子呼啦一下跑开了。

我环顾着蓝小莲简陋的家，心里有点不是滋味。蓝小莲怕我闷，打开电视机让我看。能收到的全是粤语电视节目，我听不明白，百无聊赖，随便从废纸堆里找一些旧报纸看看。蓝小莲就这一工夫，竟迅速梳理了头发，换了一套崭新的衣裳，白衬衣、蓝裤子，有些褶皱，远远便闻到樟脑味，而且很不合身，裤子显得肥大，衬衣却显得局促，捉襟见肘，主要是因为胸脯拉扯了太多的衣料。与十多年前相比，蓝小莲的乳房已经明显下垂，像两只挂在胸前的丧失了斗志的敌人的头颅。蓝小莲在隔壁的厨房里做饭，时不时过来看一下我，也不说话，笑一笑便走，似乎是让我看一眼她迅速改观的形象，甚至让我看看她与十年前相比风韵没有太多的减少。从我的眼神来看，她以为她的目的达到了，开始恢复自信和得意。

“我的生活水平并不差，我一家生活在镇上；你也看到了，我生了三个孩子，只要我愿意，我还能多生三个。”蓝小莲说。

我还来不及奉承，蓝小莲又转回厨房去了。

三个孩子兴高采烈地回来，走在最前面的是大儿子，手里提着一袋子肉，直奔厨房。另两个孩子在门外看我。我口袋里实在拿不出什么零食分给他们，为此我感到丢脸。但是两个小孩也没有鄙视的意思。

“我在电视上看见过你。”最小的是女孩，她自信地说。

“是吗？”我说，“不可能吧，是你记错了。”我从没上过电视，我只给电视台写过串词。

“就是你，牙膏广告上的那个人就是你，牙膏胖子！”小女孩任性地说，且不容置疑。

我只好说：“这个，可能是的。”

小女孩欣喜地去告诉蓝小莲：“屋子里那个人就是牙膏广告上的

那个胖子，他的牙齿果然很好看。”

蓝小莲吆喝了一声，小女孩竟跟蓝小莲争了起来。我只好去解围：“她说得对，我就是那个牙膏胖子。”

我们吃饭的时候话不多，蓝小莲不断地给我夹菜，令三个孩子大为不快。还不等他们吃饱，蓝小莲便支走了他们，用不容反驳的语气给他们下了三道命令：

把饭送给爸爸；

然后去胡萝卜家把作业做完；

第三，今晚有客人，你们就在胡萝卜家里住，明早和胡萝卜一起直接去学校。

只有两间房子。我准备睡在孩子们的房间里。

孩子们对我越发不满，走出好远了还回头对蓝小莲说，妈，别让牙膏胖子压坏我的玩具。

蓝小莲和我回到孩子们的房间里。天已经暗了，小镇安静下来，除了公路外偶尔传来几声汽车的轰鸣，几乎听不到其他声音。

“你丈夫在哪里？”我说。

“在汽车修理铺，那个瘸子就是。晚上他不回来，闻到他身上的汽油味我会吐。”蓝小莲说，“我前后吐了三次，每吐一次给他生一个孩子，我不愿意再为他吐了。”

我感觉到自己的局促不安。

“你没有听明白？”蓝小莲说，“晚上我丈夫不回来。”

我听明白了。

“十三年前你没有那么胖，那时候没有人叫你胖子。”

我的确比十三年前胖了很多。干我这一行的都是胖子。

“你为什么十三年了才来看我？你为什么又要来看我？”

“我是顺路的”。我说。“本来我早就应来看看你的，但张畅刚才才告诉你在下津镇，你一直都在下津镇吗？”

“嫁到下津镇前，我在市里。我以为我一辈子都会留在市里的。”

“你的丈夫也不错，会修理汽车。”

“我丈夫性格很好，人缘也好，在镇上是出了名的老实人，但没有人敢欺负他。他晚上不回来——他经常在铺子过夜，半夜里也有人请他修车。在市里找不到像我丈夫那样可靠的男人。”

“看得出来，他是这样的人。你真有福气。”

“你们那些朋友都好吧？张畅也好吧？”

“都好，只是黄高成死了——你还记得黄高成吗？”

“记得，那个到处诽谤我有巨乳症的瘦竹竿，他真死了吗？还那么年轻。”

“车祸死的。陈小皮离婚了，王孙到了美国，方向盘升任税务分局局长了。”

“一帮狗东西！不死的都过上了好日子。”

“他们确实很混账，吊儿郎当的。”

“听说你编电影了，叫编剧是吧？现在你有地位了，我早就知道即使在北京你也能混出人样来……”

“没有，刚刚开始，一切才刚刚开始，这一行也不好混，甚至比不上修理汽车。”

“你不用谦虚，糊弄不了我，别以为乡下人什么都不懂。”

我们沉默了一会儿。大概我们不知道说什么好了。

“我丈夫晚上不回来。”蓝小莲说，“我很少让他碰，他手上的汽油味洗一百遍也洗不掉。他血管里流的不是血是汽油。”

“你丈夫是一个可靠的人。”我说。

“他确实很可靠。”

又是一阵缄默。但她的胸脯有了新的变化，开始颤抖了，也就是说，她有些激动了。也许。

“你知道那时候我多么爱你吗？李煜，爱得快要死了。如果你是一辆汽车，我宁愿被你撞死。但你躲掉了，拐弯了——我哪怕成为你的轮胎也成。”蓝小莲突然转移了话题，说得勇敢、率真，单刀直入，让人无法躲闪。

我敷衍说：“是吗？”

“我从看到你第一眼开始就认定你是我的丈夫，可是你放弃我了，到手的福分被你当香蕉皮扔掉了。”

我说：“真遗憾……”

“我们中间只隔着一层纸，那层纸在你身上。”

我说：“大概是吧。”

“你是一个傻瓜……你为什么害怕乳房？”

我支吾着不知如何应答。

“我丈夫可不像你那样害怕乳房，但是我不给他碰……他手上的汽油味洗一百遍也洗不掉——女人的乳房像黄瓜藤上的嫩花，一碰到汽油就要枯萎。”

我说不上话。编剧的时候，我害怕写人物对话，我不擅长对话。

“你现在还害怕乳房吗？”蓝小莲说。

“什么？”我像刚醒过来一样。“我说你现在还害怕乳房吗？”蓝小莲火辣辣的猫眼一样的眼睛盯着我，非要我做出明确的回答不可。

“不……那么害怕了。”我说。

“那你。”蓝小莲关上了门，“摸一下吧。”

什么呢？其实我心里明白，但畏缩不前。蓝小莲迎上来，抓住我的手，要通过肚皮底往上送到她的胸脯里去。我本能地把手缩回来。

"你到底还是害怕。"蓝小莲很失望，"跟十三年前一样。"

蓝小莲横亘在狭窄的通道上，我像一个无路可逃的小偷。

"如果十三年前你摸了它，我就是你的人了——你为什么不摸一下呢？"

"你为什么不摸一下它？"

"我看得出来，你害怕，你究竟害怕什么？"

"……我告诉你，我骗了你，我现在过得很不好，你看到了，我住的是什么地方，哪怕我住在市里的厕所也比住在这鬼地方强。我不应该过得这么坏的，是你们在市里败坏了我的名声，你们现在都过得很好，即使黄高成死了也比我好。我一直想到城里生活，天天都想，但恐怕等到我死了才能……你母亲还记得我是吧？"

"我就不明白，乳房有什么可怕的？你究竟害怕什么？"

"我丈夫并不可靠，他赚的钱还不够买盐，一个废物，他没有资格碰我的身体——我的身体本来属于你的，十三年来，我一直给你留着，不信你闻闻，我的乳房没有汽油味……"

"你为什么不说话……"

"你不摸一下它，我这一辈子都会想不通你为什么害怕乳房，来，李煜，你把你的手伸进来……"

我被逼到了墙角，无处可退。蓝小莲重新抓住我的右手，闭上了眼睛。我的右手交给了她，任凭她摆弄。此时此刻，眼睛是多余的，我也让它闭上了。我的右手摸到了她的左乳，又摸到了她的右乳。上上下下，像在两座高山中来回爬行。她抓我的手偶尔松一下，我想把它收回来，她却及时地重新抓紧，如此反复。我的右手在冒汗，在喘气。

蓝小莲睁开眼睛，"除了大，还有什么不一样吗？"

我慌乱地摇摇头。

“那你为什么害怕呢？”

我感觉到屋子外有脚步声。我很紧张。但实际上屋外可能什么也没有。

“现在你还害怕吗？”

我害怕得想呼救。蓝小莲却越来越兴奋，力气突然大得吓人，要将我的手穿过她的胸膛，一直伸到她的心里去。脚步声似乎越来越近。像千军万马。

我终于憋不住了，挣扎着要逃出来。但蓝小莲仍不肯放开我的右手，镇静而温顺地看着我，像一个情窦初开的小姑娘，满是雀斑的脸上依然有当年的自信和矜持。我闻到了她身上的汽油味，浓烈得呛人，仿佛要燃烧起来了。我得逃了。

我的车大概修好了。我想。即使还没有修好，我还是应该去看看我的车，如果还没修好，我就看着它，一直到天亮。

看样子蓝小莲还有很多的话要说，即使一个通宵也说不完的。我怎么才能穿越她离开这里?

幸好，屋子外传来了孩子们的喧闹声。他们回来了。

“妈，胡萝卜家里没有多余的床了，他家也来了客人。”

蓝小莲像泄了气的皮球，悻悻地嚷道:“你们就不会改去洪三宝家？”

蓝小莲放开我的右手，赶紧开了门，三个孩子忐忑不安地站在门外。

“妈，你哭什么呀？”

“我没有哭。”

“你明明哭了，妈，你害怕什么呀？”

我衣冠楚楚地走出来，竭力装出若无其事的样子。外面的空气清新舒畅，四周的青山高耸到了天上。

我要到修理铺去。蓝小莲舍不得，却不好在孩子们面前表露出来，巨大的胸脯一耸一耸地颤跳着，那样子，不是生气就是激动。

“替我向张畅问好。”蓝小莲突然故作愉快地说，“下个月，我到城里找你……们。”

我装作没有听见。在黑暗中我看不到蓝小莲的面孔了。她也应该看不到我。

估计是，孩子们钻进了屋里，旋即又跑出来。

“妈，幸好那个牙膏胖子没有压坏我的玩具。”

我走出了好远，可是还是听得很清楚。因为这里的夜晚寂静得让人害怕。而那孩子如释重负的声音听起来很舒服，像微风从脸上轻轻吹过。

2010年1月18日

最细微的声音是呼救

蝶花派出所实习民警小宋刚报到的第一天便接到一个电话，电话里传来深沉而急促的呼救声。小宋神色紧张地追问报警者的详细情况，是不是遇到危险了？具体在哪里？能不能先做自救措施？等他一问下来才知道，打电话的是一个老太太，不是她身陷险境，是她听到了她所在的仙鹤居民小区有人呼救，不仅仅她听到了，小区的其他人也听到了，虽然不知道声音从哪里传来，但确实听到了低沉的、哀求般的呼救声，尽管声音低微，若隐若现，如海面上溺水者的惊叫，但还是像闪电一样穿透了她们的耳膜，让她们既心惊胆战又焦虑不堪。

小宋向所长汇报。所长说："不管她，打报警电话的那个老太太神经有问题，这几天她老打电话说这个事，大前天、昨天老赵都去了仙鹤小区好几回了，哪有人呼救？屁事也没有。"小宋说："那就先不管她。"可是，过了一会儿，电话响了，又是刚才报警的老太太。

"那呼救声都喊了好几天了，你们为什么见死不救？你们是不是太过冷漠了？"

小宋说："你真听到呼救声了？没有听错？"

老太太在电话里吼叫："我们没听错，每一个耳朵都听到了，就你们警察没听到！"

"可是，我们所的民警老赵都去了几趟了。"小宋说。

老太太吼声："老赵是一个聋子！聋子怎么还当警察！"

小宋见过老赵，可是老赵不是聋子呀，一点也不聋。

老太太在电话里猛说了一通，说几号楼几号房传来的呼救声，昨晚都叫了一宿了，整个小区的人都睡不着……你们要是来晚了，便要出人命了，人命关天啊。

小宋对所长说："所长，你还是让我去看看吧。"

所长说"你去便是了。"

小宋很快便骑车来到仙鹤小区。打电话的老太太就待在正大门口，看到小宋便拦住了："你是小宋吧？看上去你比老赵负责任，那个老赵呀，像个老爷一样，每次来都不好说话，像猫一样哼哧几声便走了。"

仙鹤小区是一个新旧建筑掺杂的小区，既有崭新的楼房，也有破破烂烂的房屋。原来这里是氮肥厂的职工宿舍，后来氮肥厂倒闭了，不仅厂区卖了，部分职工宿舍区也卖了。楼房间显得拥挤不堪，垃圾也随处可见，住在这里面的人员也杂七杂八的，什么身份的人都有，什么地方搬过来的人都有，连物业管委会也搞不清楚小区到底住了多少人。按老太太和另外几个的指点，小宋爬上了七幢四楼，敲开了四〇二号单元的门。

按老太太所说，呼救声是从这套房传出来的。像是一个女声，低沉得几乎让人听不见，只有在半夜三更万籁俱寂的时候才听得清晰，虽然不知道为什么呼救，也不知道呼喊什么，却正是因为如此才让人毛骨悚然。小区物业管理的保安说，他也听到了，他也曾敲门进去过。这户住的是一对氮肥厂下岗夫妇，男的得了白血病都半年了，半死不活的，他们唯一的女儿是个智障，去年被人拐卖到了河北，上个月刚生了一个儿子便坠楼身亡。保安说，他们夫妇都坚决否认曾发出呼救声。

开门的是一个女人。小宋说："有人听到这里发出呼救，是你们吗？"

那女人说："不是，我们早就声明过，即使饿死也不会给政府添麻烦，你看我丈夫，连说话的力气都没有了，哪里还能呼救？肯定是你们听错过了。"

小宋往屋里瞧了一眼，乱七八糟的房间里，散发着浓厚的药味。一个人躺在床上，骨瘦如柴，胡子和头发一样长。

"我没有呼救……"床上的人说，低沉却颇具穿透力，"我倒以为是我们顶头上的住户在呼救，我好像也听到了，如果我能起来，我想爬上去看看是怎么回事……"

小宋的心颤抖了一下，我们以为是你呼救——其实你是可以呼救的——五楼上住的是什么人？

保安争着说："住的是一对从美国回来的夫妇，平日出入挺文明的，从不乱扔垃圾，也不乱吐痰，两口子对人也挺和气，生怕得罪人似的，对保安也客客气气，夫妻彼此相敬如宾，每天都像在谈恋爱，亲热得令人羡慕，说明他们生活很美满。这样的住户怎么会发出呼救呢？"

一直跟在身后的报警老太太说："他们亲热给我们看的，说不定他们比仇人还憎恨对方……"

保安说："怎么可能呢？那样子谁也装不出来，是你看不惯吧？"

老太太不屑和保安争论，紧跟在小宋的身后，生怕被谁插了队似的。

小宋耐心地爬上五楼。开门的果然是一对年轻夫妇，他们几乎是半裸拥在一起，满脸兴奋，且喘息未定。很明显，他们为了应付敲门而中断了做爱，但他们没有不满的表情，相反，还对不速之客充满了歉意。老太太对此也不显得尴尬，对他们说："近来我们听到了你这里发出呼救声，现在民警同志来看看是怎么回事。"

那对夫妇面面相觑，男的说："我是曾经呼救，但那是在美国，我觉得活得压抑，快要窒息了，便报了警，美国警察告诉我，你要活得不压抑，建议你回到中国去，于是我们便回来了——可是我们呼救了吗？我倒听到我们头顶上住户呼救了，对，应该是他。"

六楼的住户是一个孤寡老人，儿女都不愿意理他，因为他是一个疯老头，脾气很古怪的，很少出门，出门也不跟别人说话。老太太主动介绍了六楼住户的情况，以证明她对这幢楼了如指掌。

保安也说是住着这样的一个人，听说他曾经是一个教授，房子是老伴留给他的，他老伴原来是氮肥厂的职工，一直跟在青岛啤酒厂工作的儿子生活在一起，很少回来。

小宋爬上七楼，敲开老头的门。老头戴着老花眼镜穿着一身睡衣出来打开门。小宋打量了一下，老头头发苍白，却油光发亮，整洁如洗，脸上却洋溢着愤激的表情，但这表情应该在他的脸上停留了很长的时间，并非是因为小宋他们的打扰才突然出现的。

"教授，有人听到你呼救了……"小宋说。

"是吗？"老头突然转怒为喜，兴奋地说，"你们真听到了吗？"

小宋说："你遇险了？有什么困难吗？"

老头说："我写的文章还在这里，还没有发表呢，但他们便听到我的呼救声了？"

老头旋即返回书房，兴致勃勃地取来一叠书稿递给小宋。小宋看了一下题目：《救救孩子，救救中国》。

小宋哭笑不得："教授，我是说你有没有呼救……"

老头认真地说："呼救了呀，都在书稿上。即使还没有出版，它自己也能发出振聋发聩的呼救声，你们都听到了吧？"

小宋只好解释说："我们说的不是抽象的呼救声，是具体的，物理意义上的……是从嘴里发出的呼救声，有人听到你从嘴里发出的呼救声了，大家很关心你的，有人报警了。"

老头终于明白了，失望地说："原来是这样——我的嘴巴是用来吃饭的，从没有发出过呼救声，我历来是用文章来呼救……你们可以读读我的文章——它呼喊声比喉咙发出的不知道要强多少倍。"

小宋说："等有空我一定拜读，但现在得找到真正呼救的人，也许他（她）正危在旦夕，我们得救人于危难。"

老头突然醒悟似的说："对了，我也听到了呼救声，是从我顶层楼上传来的。天天都在呼救，昨晚也呼喊了半宿。"

小宋将信将疑。老头推开小宋，看到了躲在小宋身后的老太太，大声地说："住在我上面的不是她吗？就是她。"

老太太说："是我呀，我住的就是这幢楼的最顶层——我呼救了吗？"

小宋狐疑地看着老太太。老太太有点慌乱："老头子撒谎，我怎么会呼救？"

老头争辩说："我听到了，呼救声是从你那里传来的，我经常一边写文章一边听到你的呼救声，文章越写越激荡，我对你的呼救声都产生依赖性，听不到你的呼喊我都写不出文章来了。"

老太太斥责了老头子一声"老疯子"，便爬上楼去。小宋跟随着她到了顶层。

老太太熟练地开门进去。小宋也跟着进去了。

屋子内布置得很整齐，也很干净，但空旷得有点寂寞，还弥漫着一股腐味。小宋说："是你一个人在住吗？"

"不是……"老太太依然有些慌张说，"不是我呼救的，不是我……"

小宋说："其实是谁呼救也不要紧，有紧急情况是可以呼救的，呼救是不用付钱的……"

"真不是我，我……虽然我很想呼救，可是我一直没有……"老太太说，"我害怕，我快死了。我怕听到自己的呼救声，所以我不会呼救。"

小宋说："你身体不好？"

老太太说："好，很好，一口气能爬上来，我身体很好，可是我觉得自己快死了……"

小宋说："你的亲人呢？"

老太太说："他们晚上才回来，一回来便满满一屋子人了。"

保安凑近小宋的耳朵悄声说："她一直是一个人住，像六楼的老头……"

老太太说："我没有呼救，我想起来了，呼救声好像是从我顶层传来的，对了，是从顶层上传来的，我敢肯定，不会错——老不死，为什么到现在我才想起来？"

保安说："上面是楼顶，楼顶是封锁的，除了保安其他人没有钥匙上去。"

老太太说："你怎么知道别人上不去？也许有呢。"

小宋对保安说："那你领我到楼顶上看看吧。"

保安打开楼顶锈迹斑斑的门。小宋走到楼顶上去，踩着楼面的预制板，似乎有种晃荡的感觉。因为人迹罕至，楼面上都有丛生的杂草了。

楼顶上除了一个小水塔，再也没有其他东西了。小水塔是用水泥筑的，四四方方的，里面一滴水也没有，只有一些鸟粪。保安说：

“小水塔已经废弃多年了。”

老太太说：“我喝过小水塔的水，十年前。”

小宋仔细端详了一番小水塔，似乎发现了秘密似的：“呼救声是小水塔发出来的！”

保安莫名其妙，上上下下看了一通：“没道理呀，有风的时候小水塔至多也只能发出嗡嗡的风声，不可能会呼救……”

小宋不容置疑地说：“就是小水塔发出的呼救声！”

老太太的神情也赞同保安的质疑，也跟着保安端详小水塔，结果一脸茫然。小宋觉得自己的话过于武断，甚至强词夺理，他还不习惯这样说话，因此心里有点虚，但转念一想，警察就得这么说话。

保安再次端详了一番小水塔，仍然一脸茫然，要刨根问底，可是小宋就是不肯说出所以然来。保安有点不服气，反复察看，又屏气凝神地听。小宋吆喝了一声：“看什么看，有什么好看的，你能看出什么头绪来？”保安愣了愣，被迫放弃寻找真相，但他依然不服气。

“你们告诉大家，呼救声是从小水塔传出来的，把它拆了，就不会再有呼救声了。”小宋说，“废弃的东西就应该拆掉，否则会扰民的。”

老太太似乎终于弄明白了什么，如释重负，赞赏地对小宋说：“你工作比老赵认真，老赵干活粗心，没有耐性，还不能好好说话，真不知道他怎样当上警察的。”

小宋离开仙鹤小区的路上，耳朵嗡嗡地一路响着，开始以为是什么噪声，可仔细一听，却是低沉而急促的呼救声。这声音不知道是从哪里传来的，好像从遥远的地方，也好像就在身边；听不清楚是谁发出这声音，好像是正在捡破烂的小老头，又像是行色匆匆的陌生人……反正是有人呼救。小宋屏息听了一会儿，才听清楚这声音原来是从自己的心底发出来的，像空气一样弥漫得到处都是，又像锋利的刀子能穿透一切。小宋心里一慌，好像要赶往哪里拯救什么似的，不禁赶紧加快了步伐，拼命蹬车，一下子跑到了风的前头。

2009 年 10 月 20 日

灵魂课

店铺位于民主路和普陀路交接一角偏左靠内的黄金地段。往东，是白沙长途汽车站，往西，是风景秀丽的灵山大道，路的尽头是殡仪馆。几乎就在店面的正面，高大的电线杆一侧，是19、27、323、398路公共汽车上落站，公交车方一停稳，一群乘客冲下来，另一群乘客挤上去，然后车门关闭，把他们往南湖菜市场和海洋公园方向带去。那些在这里下车的乘客，一部分越过马路对面闪进五月花小区或民族棉纺厂，另一部分便拐过店面从侧门进入肿瘤医院，这一部分基本上是患者，或者是去探望患者的，至少跟病患者有关，也许还有一些是去处理后事的，脚步匆匆，若有所思。他们的脸上鲜有笑容，即使偶现的一丝笑意也马上被尘埃、汽车尾气和福尔马林的气味凝结了。但这里毕竟算得上熙熙攘攘，川流不息，各店铺寸土必争，门口都摆满了应该摆放的东西，显得异常拥挤，行人倒也习以为常，脚尖绊着那些特别的物品也不会发出惊叫，从容，豁达，不动声色。他们中的一些人偶尔会抬眼看看头顶上的店名，本来波澜不惊的脸孔突然露出错愕的异样，甚至还悚然一笑，让人察觉到了他们虚无的表情。

这里一间挨着一间的大都是寿衣店，也有棺材店，还夹杂着花店、香火店和快餐店。我谋生的这间店铺，实际上是两间，上下楼，一楼是吉祥寿衣店，二楼是客栈，空间都很窄小，每间也就二三十平方米的样子。我的老板娘是一个中年妇女，善良，精明，也有慈悲情怀，我很少看到她的丈夫，听说他在外面有了别的女人。寿衣店的生意比较忙，要招揽生意，看到神情哀伤的行人经过得以恰当的表情和言语让他们留下来，宽慰一番，然后再推介各种款式的衣裳，逝者是男的还是女的？是亲人还是朋友？瘦的还是胖的？身高、年龄、身份、生前喜好都要问得清楚。大多顾客都比较挑剔，而且脾气都不好，得赔尽小心。而客栈则清淡得多，偶尔才来一两个顾客，来了，也是放下或取了东西便走，或者看一眼东西就放心离开，他们说话比我们还客气。卖寿衣有很多行话，很多禁忌，还得有专业知识，老板娘嫌我是新手，嘴巴不够滑，说话还不入行，就让我边干边学的同时主要负责接待客栈的顾客。

通常是，我领着客人沿着狭窄的楼梯轻手轻脚地爬上二楼。二楼也就是一间房间，装潢十分典雅，暗红色的木地板，墙壁上贴满了薄荷绿的瓷片，上面画着宗教题材的图案，基督、圣母、天使和佛陀、罗汉、道士被和谐地安排在一起，没有让人觉得混乱和滑稽。瓦蓝色的天花板由灿烂的云彩和金碧辉煌的宫殿组成，打开灯，一道佛光祥和地笼罩着整个房间。只有薄薄的纱帐式的窗帘，即使不用开灯，大厅里的亮度也恰到好处。我们把这所房间称为客栈。客栈虽小，却居住着三四十个客人，而且还不觉得拥挤。原因是，他们占的地方很少，整齐，稳当，也异常安静。他们来历不明，互不认识，却能和睦相处。他们就住在橡木架上，像一本本的书贴切地待在书架上面。他们居住在泛着漆光的黑色盒子里，盒子上面有的雕刻着我所不熟悉的名字，有的什么标记也没有留下。每一个盒子都有两层，第一层装着一个人的灰烬，第二层安放着他的灵魂——灵魂占的空间要比灰烬更宽阔一些。盒子的设计者说，因为灵魂是要活动的。

“当头这一个盒子是母亲的，她在这里三年了，跟他们在一起总算有伴。”老板娘说，“她要等我父亲。我父亲十年前跟另一个女人跑了。她至死都相信父亲会回来的，即使等不来他的骨灰，至少他的灵魂会回到她的身边——一个人死后会懂得后悔，要回到被他伤害的人身边忏悔。她要等到和我父亲一起在春天里埋葬，但现在我父亲仍在青岛，还活着。当时这间房子是间杂物房，我母亲一手创建了这个客栈，她相信将来会有很多灵魂要暂且蜗居在这里，想不到她竟成为第一个。”后来，一些朋友一时无法安置他们的亲人，便把他们暂时搁在这里，渐渐地，这里便成了一个客栈。客栈没有名字，没有工商和税务登记，当然也不广为人知，性质上顶多像个地下旅馆，但熟知情况的人都称它为“灵魂客栈”，是让漂泊的灵魂暂且安息、休憩的地方，但它们迟早是要离开的。没有谁愿意死后仍留在异乡。

当然，我不必向客人介绍这些。因为它并不重要。重要的是，我通常得告诉客人：“我们说话要小心一点，不要惊醒他们，不要勾起他们的乡愁。”然后我轻描淡写地介绍一些客栈的基本情况和规矩，还着重提到比殡仪馆便宜得多的收费和浓厚得多的人情味。

客栈的租客，怎么说呢，都不是权贵和有钱人，他们大都不是本市户口，是漂泊在这个城市里的散兵游勇，他们送来的要么是亲人，要么是朋友，客死他乡却不急着叶落归根的微不足道的灵魂。他们暂时把他们安放在这里，等到过年回家了，等到死者亲人的悲痛减轻了，或等到连低廉的房租都交不起了，才把他们带回乡下去。

也有一些，生前就反复叮嘱甚至哀求，死后不要把他们带回乡下，花花绿绿的城里的生活还没过够呢，房子呀，车子呀，还没有买，我不甘心半途而废回到乡下去，被别人瞧不起，自己也难受。这部分人便成了我们客栈长期固定的“房客”。

客栈只是兼营，老板娘并不指望它能给她带来多少收益。事实上，客栈生意异常清淡，有时候好几天甚至一个月也没有光顾的人。偶尔有客人来，意味着这所客栈又增加了新的成员，我得按照规定给这个新房客贴上序号，安排他一个体面的位置。客人一般不说什么，看到自己送来的盒子有了着落，便匆匆离开。我通常得叮嘱他们记住亲人或朋友的编号，还得善意地提醒：“别忘记每月替他交纳房租费。”客人又看一眼我递给他的名片，上面有老板娘的银行账号和联系方式，他们常常会明知故问地说：“怎么是邮政储蓄的账号呀？”老板娘主要考虑到邮政储蓄方便乡下人。我顺便向他们转告老板娘的话：“五年来，外面房价飙升，房租费也是一月一个价地往上蹿，更不用说殡仪馆的费用了，但我们客栈的房租没涨过一分钱。”

像城里人出租的房子那样，我们的客栈也有拖欠房租费的，有的一年半载没交过一分钱，打电话过去，要么是听到敷衍的话，要么是号码已经永远安息。老板娘是仁慈的人，并没有把那些被遗弃的“房客”的盒子扔掉，还替他们说话：“如果他们还活着，一定不会拖欠我们的。”按照她的要求，我对所有的盒子一视同仁，也每天都给那些拖欠房租的盒子擦拭灰尘，让它们露出暗淡的有尊严的光泽。那时候，我已经在这个城市混迹了两三年，没找到一份像样的工作，变得越来越穷困潦倒，一直同甘共苦的女友终于离我而去，为了生计，我愿意在这里跟那些肉体已经率先离开了这个纷扰世界的人们待在一起，将他们的房租费部分地转为我的房租费。久而久之，他们跟我熟悉了，我也接纳了他们，我甚至能聆听得到盒子间的窃窃私语，那些梦想呀，劳碌呀，遗憾呀，懊悔呀，不甘呀，无奈呀，都从他们安静的外表下溢出来，像细微的尘埃那样轻轻地飘浮在空中。

有一天，来了一个特殊的客人。

那天我正在擦拭骨灰盒子，听到楼下老板娘大声地呼叫我的名字。我赶紧下楼去。在楼梯口，我首先看到一只白色的气球。一个上了年纪的老太太正在楼梯口下面等着我。她很矮小，却拄着一根比她高出一大截的拐杖，拐杖顶头系着一只半瘪的白色气球，无规则地晃动着；满头脏乱的白发，面容枯槁，背有点弯了，似乎患了白内障，看我的时候眼睛要靠到我的身上了才把我看清，张嘴说话时口气很臭。嘴里没有像样的牙齿了，空洞洞的，身上穿的暗灰色土布衣服沾满了泥污。

"带我上楼去找我儿子。"老妇说得很直接。我也明白她的意思。客人来看望亲朋好友的盒子时往往就是这样直来直去的，省去了许多忌讳。

请跟我上楼吧。我说。

"你得帮我。"老人向我伸出另一只手，"这个楼梯不是让活人走的，拐杖也不管用。"

我迟疑了一下。楼梯虽然窄了一些，但还算平缓，看上去老人的腿也不瘸，她应该能上得来。

老板娘有点忙碌，正在和一个顾客说话，转过头来对我说："这位大婶从乡下走路来的，走了五六天，行了几百里的路，累了，你得帮帮她。"

老人的鞋都破成那样了，泥垢把它包裹起来。看样子，老板娘说得没有错。

我只好搀扶着她，但只上了两三级台阶她便气喘吁吁地动不了了："一路上我的腿都用尽了力气，变成了废腿，你得背我。"

我很不情愿地蹲下来让老人趴在我的身上。老人身子轻飘飘的，浑身散发着恶臭，让我很不舒服。

到了二楼。老人从我身上下来，站稳，盯着屋子里密密麻麻的盒子，嘤嘤地哭了起来。声音很微弱、干涩，听起来不像是哭，而是喊。

"大婶，你儿子叫什么名字呀？"我用充满宽慰的语气问。

"我儿子叫阙小安。你认识阙小安吗？"老人看着那些盒子问我。

我不认识。说实话，盒子里的人我一个也不认识，萍水相逢，素昧平生，他们到了盒子里都变成了同一个模样，洁白，柔和，粉末状，支离破碎，盒子上也没有照片，只有名字，有的连名字也没有，只有编号，甚至有的连编号也没有。

我说，我帮你找找。但我对阙小安的名字很陌生，没有一点印象。我翻了一下登记册，确实没有阙小安的名字。

"是他的堂兄弟送他到这里的。他们怕我承受不了，不敢把他带回家，不敢告诉我小安死了。但我知道他死了，难道我连自己的儿子是死是活还不知道吗？"老人面带愤色，"即使他们不告诉我，我也能找到阙小安——我只有一个儿子，世界上只有一个阙小安。"

"他是不是被安放在匿名盒子那边了？"我说。

前面已经说过了，这里的盒子大多数是有名字的，但也有一些没有名字的，送它来的人压根就没有告诉我们盒子里的人是谁。"你不要问他是谁，你就按无名盒子让它待在这里就是了。"有的客人讳莫如深地嘱咐我，"他曾留下遗嘱，生前不能在城里安身立命，死后也要待在城里。没有名字，没有标记，谁也不能将它带走。"老板娘告诉过我的，那些没有名字的盒子，里面住着的都是不愿意离开城市回到乡下的年轻人。他们爱面子，喜欢城市，喜欢繁华和热闹，但年纪轻轻不是累死，就是病死，也有车祸死的，反正都是死于非命，可惜呀，只是他们不像老一辈人，早就没有叶落归根的想法啦。他们舍不得骨灰被撒掉，撒掉了，就灰飞烟灭，什么也没有了。盒子上没有名字、编号和标记，将来他们的亲人也无法分辨出他们是谁，他们就永远留在城里，目的就达到了。

“这里没有阚小安的骨灰盒了。他的身体早已经回到米庄。”老人说。

“那你还来找什么？”我疑惑不解。这只是一个客栈，旅客离开就离开了，不可能落下什么东西。

老人走到第二排架子前，轻轻地抚摸着九号位。那是一个空位置。“我儿子半年前就住在这里，那时候，这个房子里还没有那么多人。小伙子，我带走我儿子的时候，你也还没有来，如果你在，你就会认识他，他长得比你好看，比你高，比你壮，你只是比他白净一点——男人不要太白净。”老人说，“我只有他一个儿子，他跟堂兄弟离开米庄前给我种了一地黄瓜，安装了自来水，还给我准备了整整一年的柴米……他说，我要到城里去了，先是帮别人建房子，然后自己买房子，跟城里的姑娘结婚，妈妈，到那时你得帮我做饭带孩子。我真后悔那时候没有答应他。我对他说，我不要你到城里买房子，在乡下也能住得很好，你妈妈就在米庄住了五十年，只要你平安回来就好了。我跟米庄的人讲，我很后悔，我四十三岁才生下小安，我就一个儿子，他就这样死了，什么也没有了。”

我怔在那里，不知道说什么好。站在这里的客户，每个人都有自己的哀伤。

老人唠叨着，反复抚摸着九号位，像抚摸一张脸颊。那张脸被摸得发烫了。

我说，你儿子已经回家了……

“没有。”老人断然道，“他的灵魂还留在这里。”

我吃了一惊。

“小伙子，你知道灵魂吗？”老人说，“像你这么年轻，还不懂。等你到了我这个年纪，你什么都会懂了。”

我敷衍地点点头。

“小安很调皮，小时候就经常跟我闹，躲藏在庄稼地、稻秆堆里不肯回家。他爸爸死得早，要不，他就会怕他爸爸，就不会那么调皮，他就会听他爸爸的话，跟我回家了。”老人说，“我知道的，他还在城里，就在这里。”

我耸了耸肩，老人以为我怀疑她说的话，有点生气：“你怎么不相信呢？我儿子的灵魂在哪里我知道的，等到你到了我这个年纪，等到你的儿子死了，你也会知道的……”老人说话被自己的口水呛了一下，变得激动起来。

我要劝慰老人，想告诉她这个世界没有什么不能相信的。

“我告诉你一些我亲身经历的事情。二十年前，有一天夜里，我在做梦，突然有人把我叫醒，我睁开眼睛，没有人呀，我朝窗外喊了声，谁呀？外面传来一个声音说，我是阙勇。阙勇就是小安的爸爸。我说，那么深夜了，你才回来呀？他说，我死了，死在米河的第三个码头，现在已经漂流到旧磨坊了。那声音听起来跟平常不一样，微弱，伤心，像哭，但肯定是小安爸爸的声音。我开了门，外面什么人也没有。我就叫人，果然在旧磨坊河段找到了小安的爸爸，整条河都冒着酒气。”老人为了使我相信还说起了另一件事情，“去年，我在家里晒衣服，我眼前的阳光突然没有了，有一个人的影子闪过，我一看，像我的儿子阙小安。我喊了声，小安！那人影转过身来，满面是血，那肉都模糊了，像被野狗啃过。那影子没有回应，我继续喊，你是不是小安？我家那条狗跑过来，汪汪叫了两声，那影子刹那不见了。我知道那影子就是小安。果然，第二天，就听到有人说，阚小安在城里摔死了。我四处打听那是不是真的，但他们都没告诉我实情。其实，我哪里用得着他们告诉我，我心里明白……呜呜。”

老人哭得干巴巴的，像风吹过冬天的树梢。我劝慰她，世态无常，生死难测，请她节哀顺变。

“人死就死了，但灵魂总要回家呀，在外头居无定所，孤魂野鬼的，哪能安息？”老人拭了拭并不存在的眼泪，“米庄村头有一口古井，上千年了，那儿的水清得可以当镜子用，哪家的亲人在外头死了，灵魂有没有回到米庄，从井里就能看得出来。那口井能照得出死去的亲人的灵魂！我天天去井口往里看，就没发现小安，说明他压根就没有回来，米庄的人都是这样说的。”

井水可以照见魂灵的事小时候我也听说过，因此那时候我们小孩子都不敢往井里多看，生怕看到唬人的东西。

“你相信灵魂吗？”老人再一次拷问我。那倔劲不容我做出否定的回答。

“我当然相信。人是有灵魂的。人不管活着还是死了，都应该有灵魂。”我赶紧附和说，我妈妈五年前就已经去世了，我就知道她在天之灵一直看着我，她其他什么事情也不干，就每天鼓励我，监督我不要做坏事，做人要诚实，要吃苦耐劳，要孝敬父亲……

老人顿时高兴起来：“你年纪轻轻的也知道一些道理了。”

我说：“这些道理，小安也会知道的。”

老人突然变得满脸自豪：“小安每个月都给家里寄钱，那些钱我都给他留着，一分也没动，你看，从米庄到城里，我也舍不得花一分钱，那些钱，总有一天他还用得着。”

我说："小安比我孝顺，这些年我从没给家里寄过一分钱，倒是我父亲还给我寄过钱，他卖掉了耕牛，替我交过房租，还三番五次叮嘱我，一定要在城里出人头地，要衣锦还乡，在城里混不出名堂就别回去，别给你妈丢脸。我都好几年没回过家了——我爸不让我穷着回去。"

"你爸是一个混蛋。"老人抖了一下拐杖，"天底下哪有这样的父亲？如果你妈还在，她不会让你……你怎么会在此？你一定看见过阙小安！"

"我，我没有。"我说。

"你一个人在这里，不跟小安说话还能跟谁说话呢？你肯定跟他说过话，他是一个话痨子，他总是有说不完的话，听他的堂兄弟说，他就是一边说话一边干活才掉下来摔死的。"老人眼里放着光，尽管暗淡，尽管让人害怕，"他跟你说过什么话？说来听听。"

我说："怎么可能呢？我们互不相识，怎么可能呢？我们有什么可谈的？"

"你们都是年轻人，都在城里，都有野心，花花世界，灯红酒绿，乱七八糟的，什么都可以谈的，你们有没有说到自己的母亲？小安怎样说我的？他埋怨过我年轻的时候名声不好吗？你母亲年轻的时候名声也不好吗？"老人的思维有些混乱了，语无伦次。

无论是生前还是死后我母亲的声誉一直很好，说到她村里人都交口称赞。

"他是一个话痨子，不说话就吃不饱饭，不说累就睡不着觉，睡熟了也还要说话，现在我才明白，原来他是要用二十五年的时间把一辈子的话都说完。"老人说，"话还没说完，他就摔死了，他肯定还有很多的话要说。他回到家了，可是我没有听到他说话，我的耳根一直清清静静的，证明他的灵魂还没有回家。小安还赖在城里不愿意回去，我得亲自来找他。”

我把所有的灯都开了。房子里顿时明亮了许多。我能听到窗外嘈杂的汽车声音和人的声音，这些声音比什么都真实。

“你帮我劝劝小安，让他回家，他知道的，米庄。”老人突然恳求我，“城里有什么好连死了都不愿意离开？花花绿绿，乌烟瘴气，坏人比好人多，房价都长到天上去了……”

“也许小安并不在这里。”我说，“你看，如果他的灵魂还在这里，我们都能看得到，他会跟我们说话。”

老人突然抓住我的手，让我去摸一下九号位。

“是不是还暖和？”老人说。我点点头。老人说：“床铺子还热，说明他刚才还在，看到我来了，他却跑掉了，躲起来了。他还太顽皮，不愿意跟我回家。小伙子，你的眼睛好使，你看看，他往哪里跑了？他能跑到哪里去？”

“他会跑哪里去呢？我又不认识他。”我搪塞着。这个城市太大了，我也不知道它的边界到底在哪里，到底有多少藏身之所。

“他长得黑黑瘦瘦的，头发乱蓬蓬的，鼻子像他爸，嘴巴像我……我有他的照片，你看看。”老人从口袋里摸出一张皱巴巴的照片，阙小安穿着夹克牛仔裤，朝我们微笑着，一副怡然自得的样子，他的身后有一颗巨大的闪闪发光的金元宝，一看便知道是在财富广场拍的，他的身边到处都是与他无关的游人。

“你带我去找找……”老人乞求道，眼眶里渗出了混浊的泪水。

可是我要工作。我去哪里寻找一个飘忽不定的乃至根本不存在的灵魂？

“你帮帮大婶。”老板娘从楼下上来，对我说，“她来一趟城里不容易，你就当陪她散散心。”

老人从怀里掏出一把钱递给我：“阙小安寄给我的钱，平时我舍不得用，我就知道总有一天能派得上用场，小伙子，我给你钱。”

我推托着。老人非要我收下不可，说：“这些钱，我留着也没用，我不需要钱。”

老板娘对我说：“那你就收下吧，一路上总得花点。”

我背着老人下了楼梯，指着照片对她说：“我们去一趟财富广场，小安照相的地方。”

老人说，他就该在那里。

我们上了19路公交车。车上的人满满的，有人给老人腾出了一个位。她一坐下，旁边有的人马上便挪了位置，或捂住了鼻子。

“小安坐过这趟车。我闻得出来，他就坐在我这个位置，座位上还有他的气味。”老人大声说，鼻子使劲地吸着气，仿佛真闻到了熟悉的气味。旁人奇怪地看着她。

我劝老人别那样，小安看到你在城里出洋相会不高兴的。

“他的堂兄弟说了，我家小安在城里很安分守己，没做过一件坏事。”老人环视了一下车内的人，自豪地说，“除了调皮，他没有其他毛病。”众人愕然。老人突然对司机说：“司机师傅，我家小安乘车逃过票吗？”司机没有回答，或许没有听见，或许他根本就不愿意搭理。

老人感觉到了城里人的冷漠，显得不高兴：“我是来带我儿子的灵魂回家的，一找到它我马上就回米庄了，再也不占用你们的座位。”

我站在老人身边，面对众人异样的目光我很尴尬，但我又不便表明这个老妇不是我的母亲，甚至不是我的什么人，是刚刚认识的，一个原“房客”的母亲，除此之外，跟我没有什么关系。老人的拐杖太长，周边的乘客都防着它，怕被它伤着，更怕不小心碰破了那只白色的气球而惹来意想不到的麻烦。我局促地向众人表达歉意，尽管大可不必如此。我只希望老人少说一些话。她应该饿了，要不，至少口渴了，安静一些总是好的。

财富广场终于到了。我背老人下了车。老人很容易便站对了阙小安拍照时站立的位置。那时候，阙小安笑得很灿烂，好像身后的金元宝只属于他一个人似的，他可以随时把它搬走。老人站在那里一动不动，风吹散了她本来就凌乱的头发。我跑到店那边给她买水和点心。回来的时候，发现很多人围住了她。她正用拐杖狠劲地打金元宝，拐杖被打开裂了，那只半瘪的气球依然还半瘪着，没有漏气。

“阙小安回家！阙小安回家！”老人边打边大声呼喊。

有人劝老人，可是她不听，仍然一边叫喊一边抽打。

一个胖胖的保安过来了，一把夺过老人的拐杖：“你在这撒什么野？你是不是想把金元宝打碎了一块一块往家里搬？”

其实金元宝毫发无损，被痛打过的地方依然闪着耀眼的金光。

“我打我儿子。他不肯跟我回家。母亲打儿子也犯王法吗？”老人争辩说，她给保安展示了照片，旁人也看到了，并相信照片上的男孩就是她的儿子，“他的灵魂还在这里。你们懂不懂灵魂？不懂是吧？等到你们像我这个年纪，等你们的儿子死了，你们就懂得什么叫灵魂了……”

“什么灵魂？莫名其妙，你再胡闹我就把你抓起来。”保安瞪着眼威严地呵斥着。一个城市的所有威严都在保安的脸上得到充分展示。

我赶紧向保安解释，低声下气地。

“她是你母亲？你为什么不管教自己母亲？”保安不怀好意地说。

“她不是我的母亲，我没有母亲了……我马上带她走。”我架起老人，对她说，“小安不在这里，我们走吧。”

“你怎么知道他不在这里？”老人挣扎着气喘吁吁地诘问，好像我是一个彻头彻尾的撒谎者。

我无法答上来。如果小安在此，看到母亲如此疯癫失态丢人现眼，即使他阻止不了，也早已经落荒而逃了。

“对，他应该不会在这里。”老人说，“我家小安不喜欢热闹的地方，不贪玩。人为财死，鸟为食亡，这块金元宝，阴气太重，会把人的灵魂摄进去。小安肯定不在这里，我们走。”

老人拉着我离开。老人手里抓着一张字条，上面写着民主路时代大厦三号工棚。老人说，是小安给她寄钱时留下的地址。生前，他就住在那里。老人问，时代大厦在哪里？我往前面指了指。老人拖着我，往工人文化宫方向走去。过了工人文化宫和万达影城，往右拐就是时代大厦。

一路上，老人不断地向我夸孝顺、懂事、勤快的阙小安，从她生他差点难产说起，说到怎样给他喂奶，他嫌母亲的奶味道不好，有股羊膻味，要吸别人的：“谁说我的奶有羊膻味？都是米庄的那些臭男人胡说的，吃不到奶说我的奶膻。我就不让自己的儿子吸别人的奶，自己的孩子得自己喂养，所以他从小就逆我，惹我生气；他多病调皮的小时候，曾经失火把家烧得精光。他的父亲是一个酒鬼、赌棍，从不尽父亲的责任，小安五岁时，就醉酒跌落河里淹死了。”她也说到了自己，年轻时她长得漂亮撩人，但在米庄声名狼藉，那是为了给小安吃得好一点。她扳着指头数了一串男人的名字，“那些男人比小安的爸爸好上一百倍，我宁愿小安有一百个爸爸——为了孩子，女人的名声算得了什么！”

“小安回到米庄，别人会取笑他，说你还不叫谁谁爸爸？”老人理直气壮地说，“我对小安说，不要紧，你该叫就叫，多几个爸爸有什么可笑的？可是，小安一个也没有叫。他都好几年没回米庄了。那些取笑他的人有的已经死了，有的快要死了。那些要小安叫他爸爸的男人也差不多都死光了，连灵魂也不知道躲到哪里去了！在这个世界上，比的不是谁的名声好，而是谁活得更长。”

时代大厦到了。这幢崭新的高楼富丽堂皇，是这个城市的一个标志性建筑。

老人仰望着大厦，她已经很用力了但似乎看不到顶头。

“他的堂兄弟说，小安就是从五十层高的楼上掉下来摔坏的……那么高的楼，从天上掉下来，他肯定被摔得魂飞魄散了。他的堂兄弟说，那时候他们已经请人给小安做了一场法事，给小安喊魂，把他破碎的灵魂从四面八方召回来重新拼凑在一起。那时候，他们没有告诉我小安出事了，小安肯定怨恨我为什么不早点来带他回家。我来迟他生气了，不愿意跟我回去了。他长大了，不再听我的话。”

我们站在这幢庞然大物面前显得异常渺小，我也试图看看它有多高，但无论如何也看不到顶头。

“小安到底摔在哪里？”老人四下寻找小安留下的痕迹。

时代大厦已经不是阙小安当初往米庄寄钱时的样子了，他当初住的工棚已经拆了，变成了停车场。停车场干干净净的，整齐有序地停放着锃亮的高档轿车，看起来，像一只只形态各异的盒子……小安当初就是在这里建这幢楼宇，小安在它的面前也会显得渺小。那时候，他应该站在楼宇的顶层，像一只鸟俯视着地面，看到地面上的人像蚂蚁一样爬行，有一天突然啪啦一声，他离开了脚手架，俯冲而下。他听到了自己摔在地上的声音，然后什么也听不到了。后来，他的堂兄弟把他装进了一只小盒子，寄存在我们客栈九号位。我忽然感觉到自己站立的地方就是小安当初躺的地方，血肉横飞，魂飞魄散，像一颗爆炸开来的炮仗。我侧着身，想在小安躺过的地方慢慢躺下去……老人硬是让我带着她找阙小安当初的住所，三号工棚。这哪还有三号工棚啊！我拿着字条，翻到背面，发现了一个电话号码。老人说，是阙小安的堂兄弟的："他也在城里，但我早就不理睬他了，他是骗子，是他骗小安到城里的，但又不负责把小安带回去。"在老人夺回字条前我赶紧记下电话号码并拨打过去。小安的堂兄弟接听了电话。我告诉他，阙小安的母亲来到城里了，就在时代大厦。小安的堂兄弟迟疑了一会儿才说："那，我过去吧。"

大约过了十几分钟，一个又黑又瘦、满面尘土的年轻人赶到了，我快步迎上去，迫不及待地要把老人交给他。

"你就是阙小安的堂兄弟吧？"我想当然地说。

"不是。我是阙小安。"年轻人瞧了一眼老人，拍打了几下身上的尘土，若无其事地说。

我惊愕不已，脑子一下子乱了。年轻人满脸疲惫，头发上还粘着混凝土浆，看得出来是从工地上过来的。

"你怎么会是阙小安呢？"我说。

"我本来就是阙小安。"年轻人好像受了委屈似的，理直气壮地说。

"米庄的阙小安？这个电话号码是你的？"我从老人手上抢过字条向他扬了扬。

年轻人瞧了一眼字条点点头。

我指着老人说："她是不是你妈？"

"是呀。她怎么又来了？真烦。"年轻人无奈地说。

"你不是……"我困惑不解。

"我没有死。我正在中央广场建大楼呢，比时代大厦更高。"年轻人露出自豪感来。

我仔细瞧了瞧，他跟照片上的阙小安长得没有什么区别。他应该就是阙小安。

老人靠近年轻人，摸了摸他的手："小安，你到底有没有摔坏呀？"

阙小安突然面带愠色斥责道："你就天天盼着我摔死！"

老人像我一样困惑地说:“你的堂兄弟不是说你已经摔死了吗?”

阙小安猛地甩掉老人的手:“你脑子早坏了，你就不能好好待在米庄? 我都说过多少回了，摔死的是阙小飞，不是我。那骨灰盒里装的不是我，是阙小飞。”

老人似懂非懂地看着阙小安，像做错了事的孩子愿意接受最严厉的批评。

阙小安歉疚地对我说，兄弟，给你添麻烦了。

我说，没关系，就当你妈给我上了一次灵魂课。我把老人给我的钱交给他，转身要走。

阙小安一把拉住我:“兄弟，你相信灵魂吗?”

我错愕地看着阙小安，不置可否:“我在寿衣店上班。我是骨灰盒保管员。”

阙小安给我递上一支烟，自己也点上一支，情绪慢慢平静下来:“我知道你说的那个地方，有个客栈，我的堂兄阙小飞在那里待过，是我亲自把他送过去的，本来他不愿意回米庄的，但他的母亲硬是接他回去，还把我妈的脑子吓坏了，她天天都在胡思乱想。”阙小安用夹烟的手指着自己的脑门说，“我妈，这里坏了。”

“你妈很可怜的。”我说。

阙小安向上用力吐了一口烟，烟雾在空中形成了一个奇怪的烟圈，他指着烟圈说:“我们米庄的人都相信这个。”

“灵魂?”我问。

“是的。”阙小安坚定地说，“也许你不相信。”

我想说相信，但没有说出来。

“我也不相信!”阙小安勉强地笑了笑，装出很豁达的样子。

老人拉着我的手，不让我走。阙小安粗暴地掰开老人的手。

“你的老板娘是个好人。”老人幽幽地对我说，“跟着她做事的，也都是好人。好人应该得到好报。”

我支吾着跟他们告别。老人突然上前一把又把我拉住：“我送你一只气球。”她飞快地从拐杖上端取下气球递给我，“这里装着一个人的灵魂，我送给你。”我左右为难，我怎么能接受如此虚无缥缈却又让人沉重的礼物？老人怕我拒绝赶紧补充说：“这是你母亲的灵魂，带着它，母亲就在你身边，她的灵魂才得到安息。”我迟疑着，盛情难却，但又毫无意义。阙小安又一次粗鲁地阻止了老人的荒唐行径：“那只是一只气球，里面除了空气什么也没有！”老人委屈地要与阙小安争辩：“你懂什么？里面明明装着一个人的灵魂！一个人的骨灰装不满一只盒子，一个人的灵魂也装不满一只气球。”老人要把气球塞给我，不料阙小安一把抓过气球，往地上一掷，气球弹起来，他再抓住，将它按在地上，然后狠狠地踩上一脚，啪一声气球爆了。老人惊慌失措地俯身寻找气球的残骸，顾不上我了，我终于脱身，赶紧快步离开。

我以为一切已经结束，但走出很远，仍听到阙小安厉声呵斥他的母亲。那声音把我镇住了。我在停车场出口的拐角处停下来，回头看他们母子。大厦的保安以为发生了什么事情，急匆匆走过来，很多闲人不知道从什么地方冒出来，也围了过来，七嘴八舌的。阙小安拉着老人的手要离开，可是她死活不肯。众人劝老人，老人斥责道，你们知道什么呀？他是我儿子，到处都是高楼，他迟早会摔死！面对负隅顽抗的母亲和给他带来了难堪、羞耻的围观，阙小安愤怒了，猛力拖着母亲往外走。老人站不稳，一个趔趄跌倒在地，顺势挣脱了阙小安，双手藏到了肚皮里，不再让阙小安抓着。可阙小安并不罢休，一把抓住母亲的右腿，继续拖着母亲往出口快步离开。老人双手胡乱抓着地面，试图抓住什么，但地面上什么也没有，只有她的肚皮、背、臂膊、左腿、头颅与水泥摩擦出的一道明亮的血痕。

“造孽啊，快放开我，你这个没有灵魂的东西！”老人恶骂着自己的儿子。

众人和保安都劝阻阙小安，可他没有听从，只是换了另一只手，更坚决地往外拖。老人的身体翻滚着，像一只拖把。众人在后来追赶着，但又束手无策，无能为力，甚至无法追上。

“救命呀！我要死了，我的灵魂要灰飞烟灭了！”老人声嘶力竭地呼喊着，那凄惨的令人战栗的声音穿透了午后热气腾腾的天空。

阙小安拖着老人从停车场的侧门出去，拖着她，快步穿过宽阔的马路，然后不见了，只剩下若近若远、似有似无的惨叫声折腾着我的耳朵。

大概是半年后。

有一天，我在客栈里专注地擦拭着盒子，突然有一只气球在我眼前晃动。我抬头一看，竟然是老人。她的一只手持着拐杖，拐杖的尽头依然系着一只白色的半瘪的气球，气球是新的，白得耀眼；另一只手捧着一只盒子，也是新的，那是一只常见的骨灰盒，洁净得一尘不染。

“小伙子，还认得我吗？”老人比上次更衰老了，衣衫褴褛，头发都乱得打了无数的结，只是拐杖也是新的，弯弯曲曲，还是那么长。她竟然连鞋也没有穿，脚趾满是血迹，脚背上的伤疤还清晰可见。我不知道她是怎样爬上这楼梯的。

认得。我说，你是从米庄来的大婶。

“九号位还空着吗？”老人蹒跚着走过来。

“还空着。”我说。我刚擦拭了一次那个位置。我几乎每天都要擦拭一遍所有的盒子和位子，因为只有干净才能显示出尊严。

老人用颤抖的手，艰难地将盒子举放到九号位，然后一丝不苟地将它摆正，直到认为稳妥了才松手。

“谁的？”我的心一沉。

“阙小安。”老人的脸上已经没有了悲伤，或者说她被皱纹和污垢覆盖的脸已经无法展示她应有的表情，“摔死了，粉身碎骨，魂飞魄散……他不愿意回家，死活要留在城里。就让他留在城里吧，反正他的灵魂我也带不回去。”

我将信将疑。从老人的神态和表情我完全看不出真伪。

“你将十号位留给我吧。过不了几天，我就来这里陪小安。我们母子终于可以天天在一起，他只有躺在我的身边才是最安全的，他从噩梦中惊醒一把就能抓到我的手了——你说，从那么高的空中摔死的人能不做噩梦吗？”老人从口袋里掏出一把钞票，乱蓬蓬脏兮兮的，面值不一，甚至还夹杂着五颜六色的冥币，“这是小安寄给我的钱，平时我舍不得用，我就知道总有一天能派得上用场。”老人凑近我的耳边悄悄地说：“我告诉你一个秘密，小安终于在城里安家落户了，要买房子、车子，要娶妻生子，要光宗耀祖了……这些，都需要钱。小伙子，我给你钱。”

老人把钱塞给我。我再三推辞着。“我家小安不能白住你们的。”老人突然将钱往空中一撒，愤怒地说，“人留下了，钱我也留下了！”

钞票在屋子里飞舞，我要等它们落下来，捡拾起来交还给老人，但她却转身径直下楼梯。我怕她摔跟头，要背她，但被断然拒绝。她就坐在楼梯上，双腿往前，用屁股走路，一步一步地往下挪，用了好长时间才下了楼梯。

我要向老板娘报告情况。但店铺空无一人，老板娘去了哪里呢？

老人从花花绿绿的寿衣中穿过，拄着拐杖摇摇晃晃地走了。我追着她。但她走得出乎意料地快。她是决意要甩掉我。我怕她摔跤，便停了下来。她一直往西走，很快被来来往往的行人淹没了，但系在那长长拐杖上头的那只白色气球一直在迎风飘扬，直到马路拐角处它才消失得无影无踪。

这是一个平常的午后。一只气球消失在空中。

2011年3月3日

陪夜的女人

女人搭乘乌篷船来到凤庄。

这是一条很特别的船。除了特别扁小外，尖细而稍向上翘的船头，古香古色的船板和涂抹了厚厚一层桐油的船篷，还有断断续续引人发笑的马达声都引起了围观者的好奇。凤庄早就没有这种船了。其实，由于航道淤塞，又由于无鱼可打，不说轮船，连渔船都已经很少见到。乌篷船从下游逆流而上，力气快用完了，速度越来越慢，宛若一个苟延残喘的人。

在人们的担心中，船总算在废弃了的码头靠了岸。船头摆满了炊具和其他日常生活用的物品，乱得像开杂货店。女人从船上跳下来，笨拙地拴好船，掸掸身上的暮气，然后神色镇静地往村子里张望。船里还钻出一个竹竿一样的男人，病恹恹的，吃力地扛着一件东西。后来才知道他是女人的丈夫，那东西是一张弹簧折叠床。男人把东西放在码头的石块上，跟女人嘀咕几句，转身便开船离开。他的脚下，便是慧江，宽阔浩瀚，水流平缓，黄昏的江面像大海一样孤寂。那条船，很快便看不见，似乎已经沉入深不可测的江底。

迎接女人的是一群叽叽喳喳的孩子。女人异常高大，皮肤黝黑，浑身胖乎乎的，头发很短，但手臂很长，而且粗壮，本来需要肩扛的折叠床她只是用手夹在肋中，另一只手还抓着一张薄薄的棉被。

“我要去方正德家。”女人说，“你们前面带路。”

孩子们迅速分成两半，一半在前面热情地引路，一半在女人的身后暗中取笑她的大屁股。通往村庄的石板路还残留着夏天洪水浸泡过的痕迹，萧瑟的田野像江面一样空荡。女人的到来给村子增添了新的气氛，像来了一位远客，引起了一些骚动。踩着几声狗吠，从屋里走出一些老人和一个腆着肚皮的妇女。

“来啦？”她们笑脸相问。

女人回答得很干脆，来了。

她们如释重负地松了口气。她们也许觉得女人话不多的时候，女人的话却意外地多了起来：“早上接到了两个电话，一个是金湾镇的，也是个女人，说我烦死了你一定得过来，但我还是答应来凤庄，方厚生跟我家的侄子在广州是工友，熟人嘛，总得优先照顾。”

腆着肚皮的女人是厚生的老婆，快生了吧，不是万不得已连石阶也不愿爬了，一来累，二来怕摔。厚生家有两处房子，一处在石阶下面，是三年前建的新房子，一层的平顶楼房；另一处在石阶的顶头，是祖屋，破旧得看看就忍不住要动手拆掉，厚生要父亲搬，但老人住那里已经百年，惯了，不愿挪，他说房子倒塌就倒塌顺便把他埋了最好。这座陡峭的石阶也是他家祖辈砌的，别人很少去爬。爬上高高的石阶，孩子们把女人引到老人的房间门外便一哄而散。为表明比其他孩子更勇敢一点，厚生九岁的儿子至善把女人带到了老人的窗前。窗是老式活动窗，能关上，关上后外面就看不到里面。至善踮起脚，颤巍巍地拉开窗棂，女人把脸贴着窗户往屋子里探望，里面只有一团难以打破的黑暗，但女人还是看到了一张有深蓝色蚊帐的床并闻到了迎面撞来的臭气。

“我阿公就在床上。”至善率真地说，“他就习惯这样，白天睡觉，晚上扰人。”

估计正德老人快睡醒了，睡醒就要吃饭。平常，饭是厚生家的给他送到床边，手一摸，就能碰到不锈钢饭碗，饭菜都在里面。老人像一个壮劳动力一样，每顿总得吃满满的一大碗饭，一直到死都是，因此他每喊叫一声都有很足的底气，谁也听不出他是一个行将要死的人。

“我还没有死，你们进来吧，陪我一会儿。”老人在里面说。他醒了，也就是说，凤庄漫长而烦人的夜晚开始了。

女人轻轻推开门进去，点亮了煤油灯。灯光首先照亮了自己，看上去女人有一张还算端庄的脸，样子很热情、虔诚、豁达，她四处张望空荡荡的房子，像出了趟远门的主人回到家里看看是否少了什么东西。

老人说，来啦?

女人说，来了。

老人说话的时候省气力，声若纤蚊，还有些沙哑。屋子很宽阔，没有什么显眼的摆设，地面黑得发蓝，凹凸不平。女人先是瞧了瞧老人的床。是一张清朝老式木床，差不多有她家那条船大。老人盖着被子，枕着一只高高的光滑的木枕头，只露出被拧干水了的瘦瘪的脸，胡子比台风后的荒草还乱。女人说被子该洗了，臭味熏得蚊子也不愿来了。老人断然拒绝说，不洗，洗什么，人死后统统都要烧了，连床都要烧掉的。女人还是坚持要洗，明早，我帮你洗了再走。但老人死活不肯，紧紧地揪住被子，生怕一放松女人便要抢走。

“被子又不是你的卵，你揪那么紧干什么！”女人笑着说。至善觉得女人挺幽默、乐观的，也嘿嘿地跟着笑。

厚生家的腆着高高的肚皮送饭进来。她住在台阶下面的新房子，老人住的是祖屋，厚生家的对女人说："饭你不用管，他自己还能吃，屎尿平时就拉在床上，他也不让清理，像牛栏，我习惯了，都闻不到臭味。"

女人说："你丈夫跟我说了，我什么都不用管，我只是来陪夜的——你知道陪夜吧？大多数病人都是在半夜里断气的，陪夜就是让他们断气的时候身边总算有个伴，不至于死得太寂寞。陪夜不是陪护，陪护得干很多脏活，我做不了陪护，看到别人的屎尿我也恶心，如果不是这样，我早到广州医院做陪护去了，干一天能赚七八十块，遇上大方一点的雇主能赚上百块，比在这陪夜强多了。"

厚生家的把饭碗放在老人的床边，老人也不侧身，伸手抓起就吃，狼吞虎咽的样子让人觉得他是一条从煎锅跳到水里的鱼。女人说："你慢点，不要白白撑死，我还没赚够你们一天的钱呢。"

老人说："我早想死了，就是死不了——到了我这个年纪，活着就是等死。"

女人嗔怪道："胡说。"

厚生家的对女人说："老家伙一过世，我就要去广州，连孩子我也要在广州生……烦死了。"

老人边吃边咕哝："快了，说不定今晚就死。"这句话厚生家的听多了，并不以为然，也不想跟老人说话，转身走了。

女人告诉老人："从此以后，每天晚上我都坐船过来陪你。"

老人沉吟说："其实我不怕黑夜，连死都不怕，我还怕黑么！"

女人把自己的床打开，摆在窗口下，离老人的床有三四米远。她试坐自己的床上，铁支架床发出尖锐的吱吱声。

老人说："我没有病，我跟我的祖辈一样，都是老死，自然死亡，像一棵老树，朽木，风不吹，自己也要倒——我的大限到了，我自己知道，厚生也知道的。”

女人说：“你的儿子还算孝顺，虽然没有回来服侍你，但舍得花钱。”

老人突然来气：“呸！我快死了，他还在广州干什么！”

女人说：“厚生他忙，你躺在这里不知道打工的难处，要拼命干活，还要看老板的眼色——现在城里到处都是人，找一份工作不容易……

老人被饭呛了一下，不断地咳嗽，突然一把将饭碗摔在地上。女人站起来捡碗：“你不要动怒气，很多老人就是动怒死的，到了这年纪，你还跟谁怄气！”

老人咳停，猛喘粗气。女人责备说：“我给不少老头陪过夜，从没见过火气像你这么大的。”老人的眼睛瞪得贼亮，突然张嘴大喊一声：“李文娟……”

女人想不到这个连说话的力气都凑不足的老头呼喊起来竟像船的汽笛那么洪亮、尖锐，底气十足，爆发力强，有振聋发聩之功。有两三个月了吧，老人每天晚上就是这样不知疲倦地呼喊着李文娟，差不多每隔一分钟便叫一次，把凤庄喊得鸡犬不宁，没有人能睡上一个好觉。厚生家的胆小，夜里不敢进老人的房间，甚至听到老人的呼喊心里也一颤一颤的。厚生回来过两三次，问老人，你嚷什么呀？我在广州都听到你嚷嚷，把人嚷烦了。老人说，我喊你妈——我快死了，身边没有一个人陪。厚生陪了他两个晚上，他便不叫，厚生一走，他又嚷了，嚷得理直气壮，像一个委屈的孩子呼喊厚生的母亲。女人觉得这个声音刺痛了她的耳，使她浑身不舒服。

“你嚷什么呀，厚生不是雇我来陪你了吗？”

老人又是呸一声，接着是更激烈的咳嗽，咳嗽的间隙大声嚷着：“李文娟……”

厚生告诉过女人，李文娟是他母亲的名字。厚生也不知道到底是不是她的真名，反正有悬疑的问题还有很多，比如老人的年龄，有的说一百零一，有的说才九十九，厚生也说不准，父亲六十岁才结婚，母亲四十六岁那年生下他后便去向不明。厚生的母亲是跟随一轮运干鱼的货轮来到凤庄，嫁给老人的，第二年便生下了厚生。那年四川客商从南海贩运一船干鱼到重庆，途经凤庄时做了短暂的停留，停留的结果是，给凤庄留下了一个女人。那个女人到凤庄里去找生姜治晕船，当找到生姜赶到码头的时候，船已经开走了。这个四十五岁的女人刚刚死了丈夫，要到重庆投靠亲戚，如果船上载的不是干鱼，太腥臊，她是不会晕船的，不晕船的话她就不会跑进凤庄要生姜，就不会留在这个人生地不熟的地方。也有人说她是被船家故意甩掉的，因为他们担心一个刚刚死了丈夫的女人会给船带来晦气。那天，她就在码头上哭，凤庄的人知道她刚刚死了丈夫，不愿收留她，甚至不愿给她一口饭。是方正德，不仅把家里最好的一块生姜慷慨地送给了她，后来还乘着夜色把她带回了家里，再后来就成了厚生的母亲。那时的人劝他说，正德，现在兵匪猖狂，你怎么能带一个来路不明的女人回家？凤庄的人担心她给凤庄带来不祥和危险，处处防着她，甚至有人悄悄报了官。其实，厚生的母亲是一个很好的女人，人长得好看，皮肤细嫩，唇红齿白，不像四十多岁的人。一听口音便知道是外地人，她说老家在陕西，凤庄从没有人到过陕西，因此不知道陕西离凤庄到底有多远。没几天，人们便发现厚生的母亲不是简单的女人，处事老练，说话得体，对谁都笑脸相迎，恭恭敬敬，大家明白她是见过世面历过风雨的人。而且，她还比凤庄所有的女人都勤谨，家里家外收拾得整整齐齐，把一个死气沉沉的家盘活了，对厚生的父亲也好，连重活都不让他做。在凤庄，只有厚生的父亲不用干重活，都让厚生母亲抢着干了。厚生母亲说，她没给前夫生下孩子，要给正德生一窝。第二年春，果然生下了厚生。四十六岁了，还能生孩子，简直吓坏了凤庄的女人。但厚生父亲高兴呀，他逢人便说，他要生十个儿子，要成为凤庄生儿育女最多的人。厚生的母亲跟凤庄的女人不一样，她有长远打算，能谋划，她跟厚生的父亲说，明年春天她要在地里种上一大片生姜，到了秋天把生姜贩卖到重庆去，然后从重庆贩回药材，卖给城里的药铺……厚生父亲为娶到一个精明、贤惠的女人而对上天感恩戴德，那是上天赏赐给他的女人，他这一辈子呀，除了对自己的女人好，就是要对上天好，不能骂天。厚生父亲一辈子都没骂过厚生的母亲，也没骂过天。厚生母亲曾对厚生父亲说，正德呀，你六十岁才娶妻，你得活到一百岁，否则你对不起我。厚生的父亲说一定要活到一百岁，跟厚生母亲过一辈子，对她好一辈子。但厚生还没满月，差两天吧，他母亲竟突然跑了，从此销声匿迹，杳无音信。四十多年了吧，厚生的脑子里早已经没有母亲的概念了，老人也很少提起她，甚至在他呼喊"李文娟"的时候，人们好久才想起，厚生的母亲就叫这个名字。

老人说："我眼睛一闭上，她就出现在面前，说明呀，她要带我走了。"

女人说："那是幻觉，是人都会产生幻觉，有时候我也会。"

"我活了上百岁了，也对得起她啦。"老人说。

女人说："她不该离开你，女人哪能随随便便离开自己的男人？"

"你知道当年她为什么要离开凤庄？"老人自问自答，"她生厚生得了重病，她不想连累我——你想想，四十六岁了才第一次生孩子……"

女人说："危险，不容易。"

老人一个人感慨万端。女人解开裤头，坐在屋角的尿缸上要撒尿的时候才发现窗户没有关上，揪着裤子尴尬地跑过来关窗。至善懂得害臊了，走下第五级台阶，还能听到哗啦啦的水声和女人埋怨尿臭的谩骂。

至善厌恶地捏住鼻子，夸张地对他母亲说：“这女人，撒尿的声音比牛还响！”

无论如何，这一夜，是凤庄多少天以来最宁静的一个夜晚，静得能听到远处江水流淌的声音。这天晚上，凤庄所有的人都听不到老人令人心烦的呼喊声，睡了一个安稳的好觉。第二天，有人小心翼翼地问，老人是不是驾鹤西去？厚生家的满怀歉意地说，还得等，还得多等几天——一盏残灯即使油料耗尽也不会马上熄灭。人们才知道，老人能还给凤庄宁静的夜晚，全是女人的功劳。

凤庄早起的人们看到女人天一亮就走了，头发也不梳理，脸还来不及洗呢。她说她男人和船在码头边等她，她得回去干活。女人家在江浦，离凤庄有二三十公里的路程吧，那边是姓齐人家，女人的男人也应该姓齐。女人说她家种了十几亩芭蕉，要除草、施肥，还得防台风，用柱子撑着芭蕉树，但台风来了一千根柱子也不顶用。女人埋怨，去年要不是一场台风把好端端的一地芭蕉毁了，我也不用给一个快要死的老人陪夜，陪自己男人不更好？

女人的男人果然已经在码头等待。他站在船头抽烟，高高瘦瘦的，腰有点弯，很孱弱的样子，对女人很殷勤。女人跳上船，男人递给她一条毛巾，女人浇浇江水洗脸，脸才洗好，船便开了。晨曦中船开得特别快，像是换了一条船似的，一会儿便到了江中，眨眼间消失在宽阔而沉静的江面上。

女人是个守时的人。黄昏，最迟也用不着到中央电视台新闻联播结束，她便会如期出现在台阶前，朝厚生家的房间里说一声，我来啦，便拾级而上，推开房门，高声地跟老人说话，把孤寂和恐惧驱散。每次进了老人的房间，女人都要往尿缸里撒尿，好像这泡尿憋了一整天了就等着到这里放掉的。白天干活累了，女人撒完尿便要睡觉。老人睡不着，要跟她说话。女人要早休息，因为明天还得回去干很多的活。老人说，厚生是请你来陪我说话的，不是请你陪我睡觉的，你得说话。女人说，你说呗，我听就是了。老人说，你真要听。女人说，我用心听着呢。老人便说话。他成了凤庄唯一在深夜里说话的人。女人开始是真的用心听，偶尔还回上一两句，后来注意力不集中了，估计是想着家里鸡零狗碎的事情吧，最后干脆不知不觉睡着了。老人也不知道女人是不是真听他说话，也不知道她是不是睡着了，反正说话，把每一个夜晚都当作是自己生命最后的一宿，每天夜里都要说很多的话，要把所有的话一口气说完，仿佛不说明天就没机会说了。

女人刚来的时候，老人对她说，我呀，死过很多次了。女人说，大难不死，有后福呗。老人说不是这个意思，他是怕，年轻时对死很怕。厚生十岁的时候，老人轰轰烈烈地死过一次。那时候在凤凰岭上修水渠，老人负责放炮炸石头。他都干了一天一夜了，几个放炮的人都累趴了，等他撤下来，他就是不撤。别人问他累不累，他说不累。其实他累得快不成了，他还要炸一口，再炸一口水渠就跟另一头接上来了，他硬是要多炸一口。结果炮响了，水渠两头连了起来，他却跑不及被泥石掩埋，大伙好不容易才把他扒出来，还没送到村卫生所便断了气。大队里紧急开会讨论，追认他为修水渠功臣，奖励他三十分工分。家里都为他准备后事啦，响器班把唢呐、牛角、箫笛吹得凄怆而热闹，抬棺材的人都要将他入殓啦，厚生的姑姑们哭得天昏地暗，厚生没有哭，厚生这小子不会哭，别人看不过眼，对厚生说，父亲死了，你装模作样也得哭几声呀。厚生就是不哭，仿佛他知道爹没有真死。“就这个时候，我复活过来了，把所有人都吓了一跳。”老人自豪地说，“那时候，这是一个天大的新闻，因为好多年没看到过有人死而复生了。小时候，我就曾看到方必富的祖父捕鱼失足跌落江底，被渔网缠住，从早上一直到中午才被人捞起来，身体冰冷，脸色死灰，大家以为肯定死了，便用破棉被一盖，准备第二天扛到山上埋了，但想不到半夜里他自己竟醒过来，到自家的厨房里找吃，把他的老婆吓得魂飞魄散。这叫作假死，过去有人被埋葬了才活过来，但复活得太迟啦，自己爬不出来，活活闷死在棺材里。那时候，我就做了一个长长的梦，梦见各种各样的人，梦见很多陌生的地方，梦见自己走了很远很远的路，后来听到文娟骂我，她说，正德，厚生还小，你死什么呀！还轮不到你呢，你答应过我要活到一百岁的，你快回去……因此，我就回来。”

女人说：“你怎么老是想着这些……”

老人说：“那时候年轻，怕死，连广州都没去过就死，心有不甘，现在不怕了，还怕什么？都活了上百岁了，阎王不请自己也得去，再不去就成贼了。”

女人说：“长寿是福呗，现在活上百岁也不是什么新闻，宋庄的冯启蒙一百一十二岁了，还能撑船哩。”

老人的身体原来是没有什么问题的，三年前，老人跟一只叼走了他的鸡腿的狗怄气，追打它，结果被几根稻草绊着摔了一个大跟头，从台阶上滚下来，从此便一直躺在床上。医生来了很多次，也没说什么，也不给开药，即使开了药他也不吃。老人说，没有病，吃什么药！油尽灯灭，水涸鱼亡，就等死呗。

老人以为女人瞧不起他，反复向她证明，死，我真的不怕，就当睡着了觉，就当出一趟远门……

女人笑了笑。女人知道，老人口口声声地说自己不惧怕死亡，事实上，不怕死的人是不存在的，黑夜来临，会使老人战栗，他在夜里呼喊“李文娟”就是对死神召唤的害怕。她的到来，像一盆冷水浇灭了他内心的恐惧。

老人说，他们已经五次把我背到堂屋，但每次我都没有断气，他们又得把我背回来——周而复始，他们都烦透我了。

习俗是，人之将死，最后要躺的地方必是堂屋，死在堂屋，死在列祖列宗牌位面前，才死得安心，才死得不寂寞，死后才容易找到早逝的亲人。老人三番五次地濒危，三番五次地躺在堂屋的左侧（女人躺的是右侧），平静地等待生命最后一秒的来临，亲人和背他到那里的人也屏气凝神地在等待老人咽下最后一口气。然而，不再需要奇迹的时候，奇迹却三番五次地降临，老人的气艰难地又缓回来了，死人般的脸色由苍白、僵硬变成暗淡、温润，最后竟然恢复成肉色，像熬过了寒冬腊月的枯树又有了生命复苏的痕迹，顽强而故意地嘲讽着大地的一切。他们的脸上没有惊喜，全是一番徒劳后无奈的苦笑。厚生一次又一次从广州连夜赶回，想一劳永逸地送别老人，但一次又一次地紧急召回派去向亲戚报丧的人，一次又一次歉疚地跟已经准备就绪的响器班和抬棺佬悔约，成了别人茶余饭后的笑柄。厚生终于失去了耐心，叮嘱自己的女人，大真死了，你才给我电话！这些日子来，他的女人好几次拿起了电话又放下来，她害怕说错了又要厚生白白跑一趟。

凤庄的妇孺最厌烦的不是老人从堂屋的地上一次又一次复苏过来，而是在夜里老人声嘶力竭的呼喊。声音不是野兽，困不住。凤庄人不多，但怨声载道起来却到处都能听见。开始的时候，小孩听不惯老人的呼喊，被惊吓得浑身发抖。后来不怕了，还没到深夜，还不睡觉的时候，他们有时在老人的窗口外往里尖叫或吹口哨，像挑逗一个失去法力的妖怪；老人被背到堂屋，他们还敢在门外探头往屋里张望、聆听，向大人报告老人是否还一息尚存。苟延残喘的老人也知道自己已经被凤庄所抛弃，招人嫌了，但他偏偏不愿嘴软，把好心好意来劝慰他的人都看作了恶意：你们把我活埋算了——你们，你们也有死的一天。后面那句话多歹毒呀！谁也不想被将死的人骂，那是不吉利的，所以没有人愿意跟老人说话，甚至对他产生了厌恶。他就在深夜里独自呼喊，让所有的人都听到像从坟墓里传出来的声音，都体会到深夜的寂静和黑暗的漫长。有几个老汉实在忍不住惊扰，站在老人的窗外责怪道，你嚷什么呀？没有人像你，存心要整个村庄的人都睡不了觉！面对指责，老人既不生气，也不争辩，仍然用冰冷的呼喊回应一切。老头们找不到更好的办法，只能用三个字发泄对正德老人的无奈和不满：老不死！老人如此，厚生的女人便有压力，她不堪重负，便把压力转嫁到远在广州的厚生身上。厚生也想不明白老人为什么会这样。媳妇说，他要陪呗。厚生陪不了，他在那家韩国人开的电子厂里干得正有起色，照此下去年底便能加薪升职了，但韩国人管得死，稍不小心便要被炒掉。厚生是一个兢兢业业的人，到底是珍惜来之不易的饭碗，轻易不请假。留在村里的男人越来越少，能出去的人都出去赚钱了，出去的女人也越来越多。老人濒危快不成了，只有一次是厚生背到堂屋，另外四次是不同的男人背的，他们都是因为家里有事正好从外面回来，就帮背一把。外出捞世界的人怕惹晦气，本来是不愿意背的，但没办法，村里只有你一个大男人，碰上这事，谁也逃不过，哪家没有老人，谁没有老死的一天？你总不会坐视不管吧？老人给人们带来那么多的烦恼，厚生觉得欠着凤庄人的人情，老人多活一天，欠的人情便越多。一次，厚生上医院，见识了一种叫“陪护”的职业，才豁然开朗：只要舍得花钱，陪别人去地府的活也有人干。厚生便试着雇了女人。

女人的到来使凤庄大大地松了一口气。她们恢复了往日的从容和惬意，女人从她们面前经过的时候，她们会拉住女人的手说："你真的不害怕？万一老人半夜升天了……"

女人说："害怕什么呀？不就是死人吗？除了不会睁眼说话外，跟活人没有什么区别。"

女人的勇敢征服了凤庄的妇人，她们只是想不明白，一个女人怎么会不害怕死人呢？

"老人不喊叫了，是不是你从家里拿来擦台布堵住了他的嘴巴？"她们说。

女人说："怎么会呢？"

她们说："那你肯定是把自己的奶子让他啃——老人就像小孩，有奶才安静。"

没等女人回答，她们便笑得令各自的奶子剧烈地颤跳起来，凤庄洋溢着欢快的气氛。

厚生家的也尴尬地笑。女人说，我睡自己的床——一个快死的人怎么还会想到奶子呢？可她们笑得更放肆了，女人觉得被别人开了玩笑，又拿不出好的回击办法，只好说，反正，我有办法让他安静，即使用奶子，那也是我的本事。

女人知道自己之所以能让老人在夜里安静下来，是因为老人把她当成了李文娟。凤庄的女人是这么说的。厚生家的也这么说，你就充当一回厚生的母亲呗，反正吃不了什么亏。女人说，那也算不了什么，一个行将就木的老头难道还能强奸我不成？妇人们觉得是，突然没话可说了。

老人又不是她的父亲，凤庄的妇人们不相信女人一点也不害怕，没有男人的陪同，夜里连厚生家的都不敢踏进老人的屋子，因为谁都知道那是离死亡最近的地方。但女人一点不害怕也不可能，有一次，厚生家的就听到女人在半夜里发出了一声惊叫，虽然不是很尖锐，但那声音肯定是受惊吓才发出来的。厚生家的以为出了什么事，翻身下床，在台阶下面大声地问女人，老家伙去了吗？女人良久才回答，还没有。老人适时地打了一个重重的呻吟，像刚刚缓过气来。厚生家的又说，要不要叫男人？凤庄没有男人了，我得到黄庄去叫。女人说，不用了，睡吧。黑夜又恢复了沉寂。没有人知道，那天夜里女人为什么会突然发出惊叫。凤庄的妇人们都听到了她的惊叫，知道她也会害怕，经此一吓，以为她可能不来了，但当天黄昏，女人还是来到了凤庄，只是比平时稍晚了一点点。

其实，那天夜里的那声惊叫确实是因为害怕而发出的。女人竟然不像她自己所说的那么勇敢、坚强。在她们意料之中的是，她果然也会害怕。

那晚，老人突然精神焕发，跟女人滔滔不绝地说起厚生的母亲。我这一辈子，故事多，遗憾也多，够说得上十辈子的，就一个李文娟，说到死我也说不完。老人说，在死掉之前，我就只说文娟。

“她是一个好女人，我从来没见过那么好的女人。”老人为了证实自己的话，举了很多例子，还用准确的数字说明问题，短短的一年时间里，文娟干了一万三千一百三十二件活，给我洗了八十二次脚，擂了两百一十五次背，她生孩子的那几天里，还给我修过两次脚指甲。她不让我干重活，她说那些重活呀你留着等厚生出了满月我再做，那时我还有力气，为什么不能干些重活？文娟说了，她的前夫就是干重活累坏了，丧失了生育能力，她不能再让自己的第二个丈夫累坏了……

“她不让我干重活，连轻活也让我少干，捕鱼期村里的男人日夜不停地都在江里捕鱼，她呀，就不让我去，让我养好身体，我的身体除了胃肠不好喜欢拉肚子外没什么毛病。一个季节下来，男人们累得趴在地上起不来，我呀，养得胖乎乎的，皮肤又白又嫩，人们说我像衙门的人，对我妒忌得要死。结果，我变得越来越懒惰，很快成了远近闻名的懒汉。外面的人都想到凤庄来看看，陕西的女人到底是长得什么样，竟然不用男人干活，一个女人也能把家撑起来！

“结果是她累坏了自己。坐月子还挑粪去地里培庄稼，还给渔场涮鱼。她涮的鱼比谁都多、都好，别的女人嫉妒她，说文娟，你不怕鱼腥啦？文娟说不怕了。那你还晕船吗？文娟不作声。正是她们刺激了她，使她想起了船，结果几天后便跳上乌篷船跑了。那是一条废弃了的船，不知道是谁丢下的，搁浅在沙滩上，在江边风吹雨打好多年了，没有谁愿意修补它，好几次洪水也没把它带走，如果知道它会带走文娟，我早就一把火将它烧了。那天临近黄昏，我正给厚生洗澡，有人从江边回来对我喊，方正德，你家文娟没洗完菜就跑了。我扔下厚生，从村子里追出来，沿着岸边拼命地跑。江面上灰蒙蒙一片，但我还是看见了那条乌篷船，船篷千疮百孔，船上只有她一个人，她就站在船尾摇船。我不知道她从哪里弄来的船撑，她把船划到了江中间。多宽阔的江面呀，像海一样。我大声喊，李文娟……但我这一喊，那条乌篷船一眨眼间便在江面上消失得无影无踪，像鬼船一样。她肯定看到了我，却不愿回头，连厚生也不要了。凤庄的人以为我欺负她，把她气走了——那时候只有我知道，她有病，旧病复发了，生厚生才复发的，那是一种治不好的病，她知道我家穷，不愿连累我……”

女人问：“什么病呀？”

老人不肯说。他宁愿以漫长的静默回应女人的好奇。

女人改口赞叹说：“多好的女人！”

“我到处找过她，要给她治病，即使把我自己卖掉也要攒钱给她治病——她一个人孤零零的，她要去哪里啊？她不是到外面等死吗？

但我找了大半年也找不着，有人说那条乌篷船渗水，她走不远，也许还不到陆家庄就沉了……但我不相信那条船会沉，跑得那么快、那么稳，她绝对是一把撑船的好手，一条破船到了她手上也跟好船一样……后来她肯定在哪里上了岸，在哪里躲着我，最后，病死在哪里了……你看，现在她回来了！她就在窗外，我看到她了——她要带我走了！"

女人突然感到害怕。她不是轻易害怕的人，这时却压制不住自己内心的惊惧，哎哟地惊叫了一声，像闪电划过寂静的凤庄。

"她跟你一样身材高大，能说会道，见过大世面。"老人低声地说。这是老人把女人和厚生母亲做的唯一的一次对比。

那天早晨，女人的男人早早就开船在码头等她，但她硬是要把老人的被子先清洗了。女人说，你不知道我费了多少口舌老人才肯松开抓住被子的手。这床被子真脏，黑乎乎的像一张牛皮，把一江的水都洗黑了，如果江里有鱼，也会被毒死。女人就把被子摊在江边的芦苇上面晒，黑麻做成的被子像船帆一样远远就能看见。黄昏，女人下船，把被子收起来，走进凤庄。

厚生家的正在屋檐下等她，称赞她说，只有你才能说服老家伙把被子洗了，连厚生也说不服他，死倔。

女人说，我真想把他背到江边，彻底把身子涮干净……我说了，身体脏兮兮地去了那边，厚生的母亲会骂你邋遢，还要骂厚生不孝顺。

厚生家的神情骤然紧张，那无论如何得帮他洗一次澡。

老人洗了一生中最后的一次澡。庞大的澡盆就放在床前，水汽一下子弥漫满屋子，水里掺了一些草药，散发着淡雅的香气。女人对老人说，过去呀，只有皇帝才能洗这样的澡水。但老人死活不愿洗。"人都快死了，还洗什么！"老人气呼呼地说。女人又劝了一会儿，老人仍断然拒绝洗澡。厚生家的觉得没有办法，要撤走澡盆。女人说声不要撤，一把将老人抱起，旋即像婴儿一样塞进了澡盆。老人试图反抗，但没有力气，只好死死抓住自己的衣服，但衣服很快被女人强行剥落，赤条条一丝不挂。厚生家的害羞，转身走了。女人熟练而敏捷地把水浇到老人的身上，用毛巾使劲地擦拭，水很快变成了墨黑。老人反抗不成，便张开嘴巴呼喊“李文娟”，开始时声音很大，后来被水声压住了，最后竟温顺得像个孩子，静静躺在澡盆里并装出死人的样子，一动不动，让女人帮他洗完了这次澡。

凤庄的妇人们打听到了女人的很多情况。有些情况是从江南传过来的，有些情况是从厚生家的那里来的。厚生打过几次电话回来，厚生家的向男人表达了对女人的满意，同时也流露了一些猜疑。厚生也许知道的也不多，但还是隐隐约约地说了一些女人的情况。几天后，凤庄的女人对女人便另眼相看了。女人感觉得到她们异样的眼神，连孩子们也远远地躲开她。女人终于忍不住问至善，你们为什么躲着我？至善说，我没有。女人说，我是说她们。至善直率地告诉她，她们说你年轻的时候是个浪荡女，在广州做过“三陪”，现在是第四陪，陪夜。

女人的脸突然暗下来，抓着手提袋的手不断地颤抖。至善后悔说错了话，“她们是胡说八道，”至善想挽回，“她们之前还说过，我的阿婆是旧社会的妓女，在船上做皮肉生意，得了脏病才被船家甩掉的……”

女人手里的袋子终于脱落，几只番石榴、枇杷子从石阶上滚下来。女人并没有回头捡散落的果子，呆站在石阶的中间，抬头往正德老人的房间张望。她犹豫了很久，至善以为她会掉头跑掉，因为她沿着河岸，还能追上她丈夫的乌篷船。但她还是从容地登上台阶，走进屋子，点亮了灯。但这一次，至善没有听到女人撒尿的声音。

从此，女人变得郁郁寡欢，甚至变得有些羞怯。第二天一早看见别人也不怎么打招呼，匆匆忙忙地就走。厚生家的似乎意识到自己说错了什么，向凤庄的女人解释，厚生说了，女人过去也不专门做那种事，如果不是家里穷，她也不会……她的男人，几年前从脚手架上摔下来，听说已经是个废人，除了开开船，做点赚不了几个钱的小生意，干不了什么活。凤庄的女人一阵唏嘘，都后悔自己说了一些不该说的话。凤庄的女人们舌头是长了点，但实际上她们是很感激女人，为表达她们的谢意，那天晚上，她们不约而同地准备了好些东西，糖果呀，瓜子呀，葡萄干呀，甚至还有奶粉，都是她们的男人从城市里带回来或寄回来的，看到女人来了，便热情地塞满了女人的双手和口袋："这东西，你夜里吃着解闷。"汉光家的最大方，把压在箱底舍不得戴的祖传手镯借给了女人。这只血纹路清晰的手镯在汉光曾祖母的坟墓里待过，能避邪，汉光家的说，连鬼都怕它三分。女人说，那么贵重的东西我怎么敢借你的呢？万一弄坏了怎么办？汉光家的说，不要紧，人平安无事最重要，一只手镯算得了什么！汉光家的把手镯大大方方地戴在女人的手上，女人羞涩地笑笑："其实，我什么也不怕，不过，现在心里更踏实了。"凤庄的妇人们看到女人都收下了她们的小礼物，心里也甚是踏实，好像女人已经原谅了她们。但过后的第三天，女人对厚生家的说，她男人的病又犯了，是旧伤复发，她不会开船，村里又找不到会开船的人，她只好在家护理男人两三天，这两三天，就不算钱。

厚生家的有点始料不及，但不好不同意。女人环顾一下散落在四处的妇孺，抹了一下头发，往江边匆匆走去。一会儿，有小孩回来报，开船的还是女人的男人。女人们的脸上布满了愧疚，断定女人是找借口开溜了。这天晚上，她们又听到了老人声嘶力竭的呼喊。李文娟，这个女人的名字又像鬼魂一样笼罩在凤庄的头上，缠绕在她们的耳边。宏发家的终于忍不住了，起来骂人，听起来是骂女人，实际上是骂老人。她一开骂，凤庄的人都睡不着，穿着睡衫聚在厚生家的院子里，你一句我一句的，开始是埋怨，后来是想办法。但想什么办法，夜狗不知疲倦地吠，老人依旧一声一声地呼喊着李文娟，只是那声音渐渐弱下去，像从很遥远的地方传来的，轻轻地抓着你的耳，然而正是这种听起来像垂死挣扎的声音让人更毛骨悚然和难以忍受。她们束手无策，那只有等女人快点回来。三天后的黄昏，女人终于又来到了凤庄，大家才松了一大口气。

三天不见的女人明显消瘦了许多，脸上结实的肉不见了，多了两块猪肺一样的雀斑。

“你家男人的病好了？”

女人说：“好不了，卧床了，医生说再做一次手术看看，不成的话到广州的大医院试试……小儿子也凑热闹，发高烧，拉肚子，真会烦人。”

妇人们关切的程度更深了：“你先把儿子的病治好，发高烧等不得……”

女人说：“没大碍了，由邻居帮看着。”

“你不在，夜里老人又叫开了。”

女人淡然道：“这老家伙……其实我在的时候他也叫——他每时每刻都在呼喊李文娟，只是你们听不见。”

妇人们觉得女人的话有些深意，像是一个读过些书的人。

平日里节俭得可怜的妇人们自觉地从深不可测的口袋里掏出一些面额不等的纸币来，塞到女人的裤兜里。女人百般推却，妇人们要生气了，她才收下，说是借，将来一定还，然后爬上高高的石阶，走进老人没有房门的房间。看到老人房间的灯亮了，大家的心也亮了。但几乎与此同时，妇人们听到了老人一声严厉的斥喝：

“谁要说文娟得的是脏病，我做鬼也不放过她！”

这句话说得比平时重一百倍，像是积蓄了很久的力量才说出来的，甚至把女人也唬住了。很明显，这句话是说给石阶下的妇人们听的，是一个将死之人对活人的最后警告。妇人们的脸色刹那间全变了样，慌里慌张，随即争相向厚生家的否认自己说过李文娟的不是，我们都没见过她，已经是多少年前的事了啊！厚生家的连连澄清事实，谁说啊，谁都没说过。听厚生家的这么一说，妇人们才放下心来。一安静，便听到了女人不断抚慰老人的说话声。老人的气估计憋了很久，就等女人来了才发泄。女人慢声细语地说，她们都说文娟是一个好女人，没有人说过她的坏话——她们也没有说我的坏话，我听到的全是好话。

老人的气一下子还缓不过来，不断地咳嗽。此后很长的时间里，妇人们再也听不到女人的说话声，听到的只是老人无休止的咳嗽。她们惊疑，到了这时候老人还能说出那么严厉的话，甚至声音还那么雄壮、凶悍。她们有点失望，心怀疙瘩各自散去。

这个夜里她们又听不到老人的呼喊了，宁静得好像要发生什么事似的，她们忽然不习惯这种宁静，心里痒痒的，想听到老人的声音，甚至希望老人突然用一声熟悉的、锐利的呼喊打破黑夜的沉闷和驱散她们心头的不安，让她们能安然睡去。这种等待一样也很漫长，她们辗转反侧，又凝神定气，耳朵都向着老人的方向伸。老人是在下半夜去世的。第一次鸡啼后，厚生家的迷糊里听到女人叫她，她惊醒了，侧耳一听，果然是女人在石阶上头大声地喊：老家伙不成了。整个凤庄都听到了女人的呼喊，凤庄提前醒了，到处传来长舒一口气的声音。厚生家的惊慌地爬起来，双手抱着肚皮走到石阶下面，对是否爬上去正犹豫不决。女人说，你不用上来了，老人不能说话了……厚生家的慌乱地说，那我马上去黄庄，叫谁家的男人背他到堂屋去。女人说，也不用了，我自己能背。在厚生家的惊疑之际，女人已经把老人从屋里背出来。老人耷拉着头，喉咙里发出咽、咽、咽的声音，像被骨头卡住了。厚生家的小心翼翼地问，老家伙留下什么话吗？女人说，没有，整晚他就只说过一句话，大家都听到了，就一句……

女人从石阶上一步一步探脚走下来，摇摇欲坠。厚生家的既为女人担心，又感到恐惧，本能地往下退却，把路让给女人，甚至忘记用电筒为女人照路。当无路可退，女人从她身边走过的时候，厚生家的怯生生地问老人：大，你没事吧？

老人没有回答，紧紧地伏在女人的背上，双手松松垮垮地搭在女人的胸前，像一堆不可靠的烂泥。

“人一死，就变重！”女人喘着粗气说，她头发凌乱，没有穿鞋，“快叫至善，给老家伙送终。”至善已经躲在屋角的拐弯处，伸出半颗头。厚生家的说，至善，到堂屋跟阿公叩头。至善害怕，转身倏地消失在黑暗里。厚生家的远远地跟在女人的背后，一直来到堂屋。女人摸黑进去了，好像踢到了什么，骂了一声。厚生家的说灯在中间的台上，有火柴。女人又踢到了什么，又骂了一声，这才把灯点亮。堂屋里的灯光像濒危的生命一样孱弱，厚生家的看不到女人的脸，也不敢靠近，只是站在堂屋的门外，等待女人从屋里传出话来。大约过了十几分钟吧，女人才从堂屋里走出来，轻描淡写地告诉厚生家的：“天一亮，你就可以给厚生打电话了。”

天一亮，女人就收拾东西走了。凤庄都忙于为老人办理后事，开始没有谁留意她的离去，直到有人突然说起，方学明的父亲癌症到了晚期，挨不了多久，开始哭苦喊痛，喋喋不休地唠叨先他而去的老婆，看样子也需要陪夜的女人，她们才想到女人。听说女人要走了，连手镯都还给了汉光家的。她们丢下手里的活匆匆跑回家里，胡乱抓了一些东西，面条、粉丝、腌菜、腊肉什么的，有的看看家里没有什么送得出手的，焦急得四处去借，借不到东西干脆从米桶里飞快地装了满满的一袋米……那是要送给女人带走的，她毕竟给凤庄带来了好多个安静的夜晚。她们争先恐后地追到江边的时候，女人的乌篷船已经离开码头。令人难以置信的是，是女人自己开的船。她男人没有来。她原来不会开船呀，现在却开船了。可以断定的是，昨晚也是她自己开船来的！

人们正惊讶间，至善突然喊了一声："她的船要翻了！"至善你能不能不乱说话？妇人们狠狠地瞪了至善一眼，他的母亲甚至抡起巴掌要抽他的嘴巴。"我看她的船真的要翻了！"至善依然坚持自己的判断，也许是要亲眼证实自己并非信口开河，他沿江边追着乌篷船奔跑。

女人站在船头，手抓着方向盘，动作异常生硬、拙笨，不像是在驾船，而是在试图制服一条鲨鱼。船不听使唤，负隅顽抗，船体左右摇晃，最后向左侧明显倾斜，看上去就要翻了，把妇人们的心吊到了空中。妇人们屏气凝神，紧张得浑身是汗，直到船稍稍平稳，才小心谨慎地向女人晃动手中的东西，但依然不敢喊话，生怕一喊话便分散她的注意力，铸成翻船悲剧。当她们觉得可以松一口气了，船却已经到了江心，在晨曦中越去越远。方学明家的突然觉醒，想对着船呼喊，却连女人的名字也不知道，窘迫得满脸通红。就在转眼间，船消失得无踪无影，只剩下浩瀚的江水和四向逃逸的雾气。

"跑得真快，像鬼船一样！"

方学明家的悻悻地说。

2007年5月

后记

写作的秘密

朱山坡

十年前，我发现了一个“秘密”：对写小说而言，想象力和虚构能力比生活经验更重要。于是，我不再迷信繁杂紊乱的现实生活，而是回到想象中去虚构我的小说世界。那时候，我刚刚学会在电脑上打字，同时也开始懂得小说应该怎么写了。于是，我开始笨拙地在电脑前弄小说。开始之初，我对文坛几乎一无所知，对西方文学也鲜有接触，不知道什么样的小说才是好小说。我调动了遥远而混沌的记忆，在想象的空间中开疆辟土，虚构出一个个光怪陆离陌生得连自己都懵懂的世界，冲动，蛮横，狂傲，怀疑，困惑，自卑，胆小如鼠又浑身是胆，分不清楚白昼和黑夜，用不尽的才华和力气，新的灵感每隔几分钟便来光临一次，像新开张的店铺顾客盈门、川流不息，无论我怎么忙碌也应接不暇。我的小说一篇一篇地走下流水线，在各大文学期刊上登堂入室，惊喜交集，又忐忑不安。这种状况持续了五年左右。直到现在我还在忌妒那时候的自己。然而，回头再去读那时候的小说，才发现很多漏洞、稚嫩和做作，但我依然把那个时期作为成长的开端，我提着这一口气跑了很长的路。现在，这口气早已经泄了，我换了一种方式去面对写作，每写一篇都要事先花许多的时间来积攒力气，但中途的泄漏往往更多。因此，我每次都务必争取在力气泄漏完之前把小说完成。

于是，十年之后，我发现了这个“秘密”：对写小说而言，力气比才华更重要。发现这个“秘密”的时候一般都是人到了中年。年轻的时候好像从没缺少过力气，连歇一歇的念头和时间也没有。现在我发现力气的重要了。小时候大人告诉我，力气是从饭量中来，饭量越大力气越足；许三观说，力气藏在血液了，血卖光了人也就没有力气了。作家积攒力气的方式要矫情得多。阅读、思考、观察、争论、情怀，与虚无的抗争，对世俗的质疑，神经病一样对一切存在的东西进行永无休止的探究和追问，在这过程中，作家像蚂蚁储备过冬的食物一样积攒自己的能量。我不害怕自己从少年变成了中年，又从中年步入老年，而是害怕我无法积攒足够多的力气去完成下一篇小说。

说到这里，我又发现了一个新的“秘密”：文字量的多寡跟一个作家的高度没有半毛钱的关系。然而，我觉得自己已经写得够多了。虽然我不知道一个作家到底需要写多少才算多。我非常认真地写下了一篇又一篇的小说，每次都以为离理想中的小说距离越来越短，越来越短，仿佛只有一步之遥。但谁都明白，即使就只差一步，要走完谈何容易！因此，我现在的写作不跟名利较劲，也不跟同行较劲，而跟自己较劲，跟自己理想中的小说较劲，看走完最后那一步到底有多难。对我而言，写作已经变成了一个人的拉力赛。这一路上，还有很多“秘密”需要我去发现和验证。

现在，我有机会回头梳理一下那些曾经让我激动万分或让我的失望纯净到没掺杂任何希望的小说，这看似意义非凡，实际上往往使人陷入更深的虚无。我不善于谈论自己的小说，对吆喝之事更是难以启齿。好小说和坏小说之间只有一毫米之差，高明的读者往往比固执的作者更善于察觉。因而我更愿意相信读者。这个短篇小说集几乎汇集了我自以为得意的篇什。我深知短篇小说集在市场多么不受待见，因此我尽量把最好的往篮子里装，目的是想让出版方能够多卖出几本，除此之外，我再也想不出其他报答太白文艺出版社的方式了。

2013年11月20日　南宁

图书在版编目（CIP）数据

灵魂课 / 朱山坡著.—西安：太白文艺出版社，2014.2
（中国文学新力量）
ISBN 978-7-5513-0676-8

Ⅰ.①灵… Ⅱ.①朱… Ⅲ.①短篇小说—小说集—中国—当代 Ⅳ.①I247.7

中国版本图书馆CIP数据核字（2014）第007751号

灵魂课

作　　者　朱山坡
责任编辑　周瑄璞　靳　嫦
封面设计　焚香图文
版式设计　高　薇
出版发行　陕西出版传媒集团
　　　　　太白文艺出版社
　　　　　（西安北大街147号 710003）
经　　销　陕西新华发行集团有限责任公司
印　　刷　西安市建明工贸有限责任公司
开　　本　880毫米×1230毫米　1/32
字　　数　221千字
印　　张　9.5
版　　次　2014年4月第1版 第1次印刷
书　　号　ISBN 978-7-5513-0676-8
定　　价　26.00元